Le solstice d’été

Premier trimestre 2020
9782377940288
Éditions Le Livre et la plume
19, rue Ballu, 75009 Paris
www.lelivre-et-laplume.com

Jean-Jacques Gréteau

Le solstice d'été

Le solstice d'été, d'habitude le jour de l'année le plus important pour moi, beaucoup plus que Noël ou le premier de l'an.

Jim Harrison

Chapitre 1

La pièce était plongée dans la pénombre. Les seuls bruits qui parvenaient étaient ceux de la rue. Ils étaient largement étouffés par les doubles rideaux et les volets fermés à l'espagnolette qui ne laissaient filtrer qu'un minuscule rais de lumière. Une femme, de noir vêtue, était là, silencieuse comme une ombre, assise dans un petit fauteuil de velours vert Empire, les mains reposant sur les bras du siège, le regard impénétrable, raide comme une statue de pierre. Près d'elle, sur une petite table, une bougie achevait de brûler dans sa bobèche. Un peu plus loin, un gros bouquet de fleurs apportait les seules notes de couleur et dégageait ses odeurs en ondes discrètes.

Au milieu de la pièce un homme reposait sur un lit, et son visage d'une blancheur opaline tranchait sur le bleu sombre de la literie.

La dame veillait son mari, mort la veille, foudroyé par une crise cardiaque. Elle était là depuis un couple d'heures après s'être rendue chez le notaire de la famille, avenue Kléber, pour lui demander de préparer la succession. La sœur du défunt et son mari étaient venus lui rappeler – au cas où elle aurait pu l'oublier – que le défunt avait probablement un testament déposé chez Me Fromentin. Cette visite comme les remarques qui l'avaient accompagnée l'avaient exaspérée. Elle n'était pas en état de supporter le ton supérieur et encore moins ce qu'elle avait pris pour des ordres de la part de sa belle-sœur. Leurs relations n'avaient jamais été bonnes et elle avait trouvé le comportement de la dame très froid en un moment où une veuve, noyée dans son chagrin, a besoin de compassion. Après quelques minutes dans la chambre mortuaire à parler d'une voix beaucoup trop forte et pointue, elle était repartie avec son mari.

La dame, elle s'appelait Béatrice, avait limité les visites à quelques-uns de ses proches. Elle n'avait pas envie de tenir compagnie à tous ceux que cette mort indifférait et encore moins à ceux qu'elle réjouissait. N'étaient venus partager sa douleur que Philippe Cardinet, l'associé-gérant de la banque Dumaine, un ami de toujours, trois familles d'amis personnels, Alain Crauste, conseiller économique à l'Élysée, et Georges le fidèle chauffeur du président, qui était ressorti de la pièce en larmes. C'était tout et c'était peu. Béatrice savait que ceux-là au moins n'iraient pas claironner dans la presse ce qu'ils avaient vu ou prendre subrepticement des photos monnayées ensuite grassement dans la presse à scandale.

Le défunt n'était pas en effet un quidam ordinaire.

Eugène Cardi-Tabuschi était le patron de la banque Pérignon, vénérable institution financière, crainte et respectée jusque dans les couloirs du pouvoir. Au fil du temps, elle avait plusieurs fois sauvé le franc quand celui-ci dansait la gigue, secoué par les forces telluriques de la spéculation internationale. Pérignon était alors appelé discrètement à la Banque de France, et mobilisait ses fonds et ses réseaux pour remettre à flot le bateau qui tanguait. La banque avait été créée pendant le Second Empire, cette période bénie des banquiers, dont elle avait largement soutenu les grands projets ferroviaires avant d'exporter ses capitaux et ses compétences dans toute l'Europe. Les fils, ou les gendres parfois, avaient succédé à leurs pères : Alexandre après Nissim en 1904, Moïse après Alexandre en 1932 puis Eugène après Moïse à la Libération. La banque Bronfmann était devenue la banque Pérignon quand Moïse avait pris la suite de son beau-père. Le nom du bon abbé inventeur du champagne, fleurant bon le terroir français, lui avait paru préférable à ce patronyme venu d'un ghetto moldave en un temps où les ligues chassaient le juif. La gloire de Rothschild plaçait ce nom à l'abri des turbulences du moment ; Bronfmann n'était pas une protection, il pouvait même passer pour une provocation. Pérignon avait échappé par un miracle que nul ne s'expliquait à la grande vague des nationalisations de 1945. Il se murmurait que, tout en continuant ses activités lucratives sous l'occupation, elle avait aidé en sous-main la France libre, puis recruté quelques compagnons de la Libération dans son conseil d'administration et dans ses équipes. C'eût été en harmonie avec les pratiques habituelles de la banque qui n'omettait jamais, quand elle allumait un feu, d'y placer deux fers.

Eugène avait pris la présidence en 1946, à trente-quatre ans. Il s'était marié trois ans plus tard avec Béatrice de Capestan, d'une vieille lignée d'Armagnac, propriétaire d'une centaine d'hectares de vignes parmi les plus réputées de la région. L'union avait été inféconde et pour la première fois, au décès d'Eugène, ce ne serait pas un fils ou un gendre, pas plus qu'un neveu qui allait prendre les rênes. C'était un des grands chagrins d'Eugène.

Sa mort, qu'aucune alerte n'avait laissé craindre, plaçait maintenant Béatrice au premier plan de la banque et de ses responsabilités.

Pour mieux comprendre la suite et ne plus y revenir, il faut savoir que le capital de la banque Pérignon était détenu par deux personnes, les enfants de Moïse. Eugène possédait 67 % et des broutilles des actions et sa sœur 32 % moins quelques dixièmes ; les administrateurs avaient chacun quelques actions. Eugène, par un acte testamentaire, faisait don en cas de décès de la totalité de ses actions à son épouse.

C'est ce testament que la belle-sœur de Béatrice semblait craindre et qu'elle lui avait demandé d'aller quérir chez le notaire. Maître Fromentin l'avait reçue dans la matinée en décalant quelques rendez-vous. La succession Cardi-Tabuschi méritait qu'il y consacrât tout son temps et qu'il rencontre cette veuve qu'il connaissait à peine. Il occupait un bureau d'angle tapissé de lambrissures d'un bois sans doute rare, derrière lesquelles on devinait des placards profonds. La pièce se prolongeait par une rotonde de vitraux luisants comme des pierres serties et elle ouvrait sur un jardin intérieur. Le notaire avait déposé devant lui le testament qu'Eugène avait signé quelques années plus tôt. Il en avait assuré la parfaite conformité et confirmé à Béatrice qu'en vertu de ce document dont il se proposait de faire une copie, elle était désormais propriétaire d'un peu plus de 67 % des titres de propriété de la banque et en devenait *ipso facto* administratrice.

Chapitre 2

Le lendemain, tout le monde n'avait pu entrer dans la synagogue de la rue de la Victoire. De petits groupes discutaient sur le parvis avant de s'éloigner. L'important était d'être vus à l'intérieur, pas de poireauter devant le portail en attendant la fin d'un office qui allait s'éterniser. D'autorité, Béatrice s'était installée sur la chaise la plus proche du catafalque que le rabbin Moussa avait sans doute fait avancer pour elle. Elle croisa le regard de sa belle-sœur, aussi noir que sa mantille. Elle pensait peut-être que cette place était la sienne. La synagogue était bondée, pleine de gens que Béatrice n'avait jamais vus et auxquels, noyée dans son chagrin, elle n'avait guère prêté attention en entrant derrière le cercueil. Le prêche du rabbin Moussa, vieil ami de la famille qui, le jour du décès, était arrivé trop tard pour réciter le kaddish, fut brillant comme à son habitude. Le rabbin aimait briller et il distillait ce brio en s'en délectant dans les salons du faubourg Saint-Germain où sa présence était un *must* que la vieille aristocratie catholique et monarchiste appréciait. Dans une homélie que Bossuet n'aurait pas reniée, il évoqua avec des accents dont on ne pouvait suspecter la sincérité la figure d'un homme que Béatrice eut quand même du mal à reconnaître, et qui lui tira à deux reprises un léger relèvement des commissures devant l'outrance. Quelles vertus les hommages aux défunts permettent-ils de découvrir chez des hommes dont on ne soupçonnait pas jusqu'alors qu'ils pussent les posséder !

« Disons aujourd'hui un ultime adieu à un homme grand et généreux, grand parce que généreux, que la réussite matérielle due à un talent si singulier n'a jamais éloigné de ses frères. Eugène Cardi-Tabuschi aurait pu vivre dans la douceur et la quiétude des félicités d'ici-bas, mais nul plus que lui n'aura été aussi détaché des biens de ce monde. Jéhovah l'a rappelé à lui et l'accueille aujourd'hui dans sa grande miséricorde parmi nos frères défunts. »

À la sortie de la synagogue, le cortège prit la direction du cimetière du Montparnasse. Le véhicule avançait sur le boulevard au pas d'un valet de ferme, avec sur ses flancs deux grands étendards noirs damassés, ornés des lettres dorées « ECT ». Sur les trottoirs, de nombreux passants s'étaient arrêtés et s'interrogeaient sur ces trois lettres qui brillaient sous le pâle soleil de ce début de journée. Qui pouvait être ce défunt qui déclenchait un tel cortège à sa suite ? Béatrice avait précisé dans les avis parus dans le carnet du *Monde* et dans celui du *Figaro* que la plus stricte intimité était souhaitée par la famille pour la mise en terre. Mais la foule était déjà là comme elle l'aurait été à un spectacle auquel il fallait être, de ceux dont on pourra dire plus tard : « J'étais au cimetière du Montparnasse le jour où le banquier Cardi-Tabuschi a été enterré. » Et, comme au spectacle, en attendant les entrées en scène, chacun s'installait en recherchant les meilleures places, celles d'où on pourrait guetter la larme de la veuve et la voir jeter trois poignées de terre dans le caveau. À l'arrivée du cortège, les photographes se déployèrent dans le carré et commencèrent leur mitraillage. Ils sautaient de tombe en tombe, enjambaient les pierres, déplaçaient les couronnes, s'interpellaient à voix haute, éclataient de rires sonores qui ricochaient de cénotaphe en pierre tombale ; ils osaient même écarter les gerbes fraîchement déposées pour obtenir le meilleur angle de vue. Ce ballet dont l'indécence choqua même les plus blasés de ces cérémonies funéraires obligea le rabbin à intervenir avec force. Son visage d'ordinaire si apaisé ne put contenir longtemps la véhémence de son exaspération et il explosa, en lâchant aux photographes : « Ça suffit ! Un peu de respect, messieurs de la pellicule. »

Rien ne fut épargné à Béatrice, pas même le discours du ministre des Finances qui rappela ce que la France devait à la banque et à son président. En regardant Béatrice, il émit le vœu que l'excellence des relations entre ce qu'il appela « nos deux institutions » se poursuivît à l'avenir. Elle se contenta d'un petit signe de tête qui valait sans doute acquiescement. Réclamant le silence, il s'avança vers le cercueil en noyer, et plus marmoréen que nature, il y déposa la croix de commandeur de la Légion d'honneur.

C'est alors que sa belle-sœur s'approcha d'elle. On la vit se pencher à l'oreille de Béatrice qui paraissait surprise de ce qu'elle entendait.

« Tous ces gens veulent nous témoigner leur affliction. Beaucoup sont venus de loin, il faut que nous acceptions de les recevoir.

— J'avais demandé l'intimité pour ce dernier acte. Il y a beaucoup trop de monde et sans doute trop peu d'affliction.

— Ils attendent cela et ne comprendraient pas que nous nous dérobions. Regardez-les. »

Et elle montra d'un discret geste du bras les mines qui étaient autour d'elles et qui s'allongeaient en voyant l'hésitation qui avait saisi Béatrice. Allait-elle les priver de ce dernier plaisir, celui de lui serrer la main, peut-être même de l'embrasser et de lui dire des mots qui allaient la toucher ? Personne ne partait. La discussion entre les deux femmes ne pouvait se poursuivre plus longtemps. Sa belle-sœur prit Béatrice par le bras et elles s'installèrent côte à côte devant le caveau encore grand ouvert dans lequel quelques fleurs avaient déjà été jetées. Le mari de la belle-sœur se tenait derrière sa femme, tout empli d'une dignité un peu compassée.

Pendant une heure bien tassée, ce fut un long défilé avec une litanie de formules, toujours les mêmes, auxquelles les deux femmes répondaient d'un mot, toujours le même. Derrière beaucoup de ces visages, Béatrice vit surtout des mines de circonstance, celles qu'il fallait présenter devant une veuve en espérant qu'elle garderait le souvenir de cette présence qu'il serait utile de rappeler le jour où... qui sait ? Il faudrait solliciter la banque Pérignon. Les plus émus étaient ceux de la banque, c'est-à-dire ceux qui y travaillaient vraiment. Ils étaient tous là, derrière Louis de Balzan, le directeur général. Le délégué CGT portait fièrement son badge rouge comme un gonfalon d'opérette. En avançant, il suscitait les regards haineux des messieurs en costume trois-pièces qui ne comprenaient pas la présence au sein de cette vénérable institution de ceux qui voulaient abattre un système dont Pérignon était le plus bel échantillon.

Chez les salariés, les yeux étaient trop brillants pour douter de la sincérité de leur émotion. Les administrateurs fermaient le bal en arrivant en rangs serrés dans un ordre qui semblait protocolaire derrière leur vice-président. La belle-sœur examinait chacun de ces visages pour y lire un signe, mais tous ces masques étaient comme moulés dans la cire et se projetaient déjà dans l'avenir de la banque. La mort de son président ouvrait une période de grandes incertitudes. Béatrice, elle, était pétrifiée dans son chagrin et répondait aux mots susurrés comme un automate.

Alors que le cimetière s'était vidé, un homme était resté planté près d'un de ces grands monuments funéraires en marbre blanc qui abritent des générations d'une même famille et qu'on ne trouve que dans des nécropoles comme celle du mont Parnasse. Béatrice, flanquée de sa belle-sœur et du mari de celle-ci, passait devant lui sans le remarquer, quand l'homme s'avança et retira son chapeau. Elle reconnut un des administrateurs de la banque.

« Bonjour madame. Je suis Louis Dormeuil, le vice-président de la banque. Je vous renouvelle mes condoléances attristées. » Il marqua un petit silence comme s'il cherchait ses mots, des mots qu'il ne trouvait pas, ou des mots qu'il était inconvenant de prononcer à ce moment-là.

Chapitre 2

« J'ai décidé de convoquer une réunion du conseil d'administration.

— Très bien, monsieur. Vous n'avez pas, je pense, besoin de mon autorisation pour cela. »

Le ton était un peu sec. Béatrice n'avait tout simplement pas envie d'entendre parler de la banque. Elle savait bien que le sujet viendrait à elle tout naturellement, le moment venu. Le vice-président semblait gêné, mais il n'avait pas terminé.

« Il n'y aura qu'un seul point à l'ordre du jour. L'élection d'un nouvel administrateur et surtout celle de notre nouveau président. Depuis la mort de votre mari, nos statuts me donnent le pouvoir de convoquer le conseil. C'est aujourd'hui mon devoir. Je voulais juste vous en prévenir. »

Voyant qu'il agaçait Béatrice, qui n'avait qu'une hâte, regagner son appartement, le vice-président Dormeuil s'excusa : « Désolé, madame, de vous avoir importuné en un moment comme celui-ci, mais je me devais de le faire. Comme veuve de feu notre président, vous recevrez bien sûr une convocation. »

La belle-sœur qui jusqu'alors avait assisté en silence à cette discussion fit entendre son charmant petit timbre de voix : « J'espère que je serai convoquée moi aussi. Je suis quand même la sœur d'Eugène. »

« Quand même ! » Ce « quand même » avait été prononcé d'un ton haut perché comme si ce que n'avait pas dit le vice-président avait été offensant.

Dormeuil paraissait surpris. Manifestement, l'idée de convoquer la sœur du président – qui n'avait jamais souhaité sa présence en son conseil – ne l'avait pas effleuré. Sans beaucoup réfléchir, il lui répondit : « Vous recevrez, vous aussi, une convocation, madame. »

Et l'homme tourna les talons pour rejoindre la limousine qui l'attendait rue de Froidevaux.

Chapitre 3

Béatrice était de retour dans son appartement de la rue Geoffroy-Saint-Hilaire ; elle commençait à lire la masse de cartes qu'elle avait reçues depuis deux jours et qu'elle n'avait eu ni le temps ni le cœur de lire. Elle se préparait un thé quand la sonnette de l'appartement se fit entendre.

La silhouette qui se détachait dans l'embrasure de la porte la mit tout de suite mal à l'aise. C'était sa belle-sœur.

Avant même d'avoir prononcé un mot, elle s'était assise dans la profonde bergère que Béatrice venait de quitter. Ses traits trahissaient une excitation fébrile, ce qui n'étonna pas Béatrice, car elle savait depuis longtemps que sa belle-sœur était une vraie mèche d'amadou qu'une étincelle suffisait à enflammer. Quelle était donc l'étincelle du jour ?

« Il faut qu'on se parle.

— Voulez-vous boire quelque chose ? Je me préparais un thé.

— Comment voyez-vous la suite après la mort d'Eugène ?

— La suite de quoi ?

— La suite d'Eugène à la tête de la banque Pérignon, évidemment, ajouta-t-elle comme s'il pouvait y avoir un autre sujet à discuter entre elles.

— Très franchement je n'en sais rien. Je n'y ai pas réfléchi. La réunion du conseil d'administration sera sans doute éclairante à ce sujet.

— Comme sœur d'Eugène et surtout comme fille de feu mon père Moïse, j'estime que le poste de présidente me revient. J'ai une capacité en droit. J'ai été nourrie au lait de la finance depuis mon plus jeune âge. Mon père avait une grande affection pour moi et je sais qu'au moment de choisir son successeur, il avait beaucoup hésité entre moi et Eugène. J'estime donc avoir les qualités et la légitimité familiale pour être la future présidente de Pérignon. C'est cela que j'étais venue vous dire pour que vous ne soyez pas surprise quand j'en ferai l'annonce au conseil. »

Béatrice n'avait pas la force de réagir à ce que disait sa belle-sœur. Elle se contenta de lui dire en la regardant : « Si telle est votre volonté, pourquoi pas ? » Mais la belle-sœur n'était pas venue là pour une autorisation dont elle n'avait que faire. Elle voulait entendre Béatrice sur un point qui la turlupinait.

« Êtes-vous allée chez maître Fromentin ? Y avait-il quelque chose ?

— Oui j'y suis allée, et il m'a envoyé une copie du testament d'Eugène qui est dans le courrier que je suis en train de dépouiller. Tenez. Si vous voulez le lire. »

Et elle tendit à sa belle-sœur la grosse enveloppe kraft qu'elle n'avait pas encore décachetée. D'un geste un peu nerveux, la belle-sœur se saisit du paquet et l'ouvrit. Béatrice la regardait. Dans ses yeux elle lut, au fur et à mesure qu'elle avançait dans le document, une glaciale incrédulité s'attarder dans son regard. En le reposant sur la petite table qui se trouvait devant elle, elle regarda sa belle-sœur.

« J'ai peur que ce testament ne soit une déclaration de guerre entre nous. Il vous fait son héritière et désormais la propriétaire des actions de la banque. Je vois que vous avez bien su manigancer pour parvenir à vos fins. Mon frère était un être faible que vous avez manipulé. Je ne me suis pas suffisamment méfiée de vous, épouse si parfaite qui vivait tranquillement dans l'ombre de son chéri. Qu'allez-vous faire maintenant de ces 67 % du capital de Pérignon ? Oui. Qu'allez-vous en faire ? »

Devant ce torrent verbal que rien ne pouvait arrêter, Béatrice était comme pétrifiée. À la question posée, elle n'avait tout simplement rien à répondre. Pour une raison toute simple : elle n'y avait pas réfléchi. Ce soir, elle n'avait pas envie d'affronter sa belle-sœur qui continuait à la regarder fixement de ses yeux animés d'un feu passionné. Quels sentiments avait-elle éprouvés, cette femme, en apprenant la mort de son frère ? Béatrice comprenait mieux maintenant que tout son esprit s'était vite déporté sur le contrôle de la banque familiale. Dans la saga des Cardi-Tabuschi, elle n'était qu'une intruse, autant dire : rien.

La belle-sœur – elle s'appelait Roselyne – continuait à parler, mais elle ne le faisait que pour elle. Béatrice ne l'écoutait plus. Elle n'avait qu'une hâte : la voir quitter au plus vite son appartement. Mais l'autre ne lâchait pas prise. Elle était déjà entrée dans le combat de sa vie et son premier adversaire était cette belle-sœur dont elle se rendait compte en la voyant sur son sofa, presque cassée, la tête basse, qu'elle n'était pas une adversaire à sa taille. Voyant que Béatrice ne réagissait pas, elle finit par se lever, tourna les talons et avant de sortir de la pièce en faisant claquer la porte, elle eut le temps de lancer une dernière salve : « Je suppose que nous poursuivrons cette discussion demain à la réunion du conseil d'administration. »

Chapitre 4

Cette visite avait ébranlé Béatrice. Elle avait vu en sa belle-sœur une femme perdant tout contrôle, en imaginant que le rêve de sa vie, qui lui « revenait de droit » comme elle n'avait cessé de le clamer, ce trésor dans lequel l'argent, la puissance, le pouvoir, peut-être même la gloire faisaient si bon ménage, pouvait lui échapper. Après avoir repris ses esprits et réfléchi, elle se saisit du testament, ferma la porte de son appartement en prenant soin d'actionner tous les systèmes de sécurité, et retrouva sa petite voiture dans le parking souterrain.

Elle descendit la rue Monge, prit la rue Claude-Bernard et arriva dans le quartier du Luxembourg. Comme soulagées d'une attente intolérable, quelques gouttes de pluie commençaient à frapper le macadam tout neuf qui avait remplacé les vieux pavés haussmanniens qu'un gros prurit estudiantin avait déterrés quelques semaines plus tôt. Dessous, dans leurs hallucinations, certains avaient pensé y trouver une plage. Elle arrêta sa voiture devant un bel immeuble en pierre de taille de la rue Guynemer et appuya sur une plaque phosphorescente où elle avait lu : Philippe Cardinet.

Philippe était une des seules personnes en qui elle avait une confiance absolue. Ils s'étaient connus une trentaine d'années plus tôt à Bordeaux. Béatrice y avait été envoyée par son père pour suivre des cours d'œnologie avec l'idée bien ancrée dans la tête de ce vigneron-hobereau gascon qu'elle lui succéderait à la tête du domaine de Capestan.

Depuis sa prime jeunesse, elle avait toujours vécu au milieu des vignes, n'avait entendu parler autour de la table que de technique de vinification à améliorer et de crainte d'orage, ou d'une de ces maladies qui rongent les feuilles et gangrènent les pieds de la vigne. Au fil des ans, elle s'était mêlée aux discussions, avait participé aux cueillettes des grappes, presque grain à grain, et aux vendanges. Et puis un jour, son père l'avait autorisée à rejoindre le chai où se fabriquait le plus merveilleux nectar de tout l'Armagnac (il avait été reconnu comme tel par *La Gazette des alcools* en 1934). Là, elle avait regardé M. Ladoir, un grand taiseux toujours vêtu d'un long tablier noir, faire ses mystérieux mélanges, ses délicats assemblages. Il ne lui avait rien expliqué, c'était à elle de le comprendre. De sa passion, elle décida de faire son métier. Ses parents avaient bien un peu protesté – elle avait compris qu'ils étaient heureux de son choix et que ces mots-là n'étaient que de circonstance – et le bac empoché brillamment au lycée d'Auch, elle était partie à Bordeaux suivre les cours qui allaient lui faire acquérir cette culture œnologique qui lui manquait. Elle s'était affirmée aux yeux de tous. Pour la première fois de sa vie, elle était vraiment fière d'elle. À Bordeaux, elle était la seule fille de la promotion. Les garçons aimaient tous s'afficher comme « vignerons », le plus beau des labels à leurs yeux. Elle avait eu du mal à féminiser ce nom. Elle était Béatrice de Capestan, et se destinait à diriger le plus beau domaine de la région.

Philippe Cardinet, lui, suivait le cursus classique de l'étudiant en droit et il allait terminer sa licence. Ils s'étaient retrouvés à Paris, alors que Béatrice était déjà mariée et que Philippe menait une belle carrière à la banque Dumaine, petite, mais florissante banque patrimoniale.

Elle attendait depuis quelques minutes derrière la porte vitrée en s'inquiétant un peu. *Et s'il n'était pas chez lui ? Dans ma précipitation, je ne l'ai même pas appelé avant de partir...* Elle fut soulagée quand elle vit la lumière du hall s'allumer. Philippe

Chapitre 4

Cardinet l'avait reconnue et vint rapidement lui ouvrir.

« Mais que t'arrive-t-il ? »

En voyant le visage tendu de son amie, il s'était bien gardé d'une de ses plaisanteries habituelles. Pour qu'elle vienne le voir à cette heure-ci, le jour même de l'enterrement de son mari, sans l'avoir prévenu, il devait y avoir une raison sérieuse et impérieuse. Il l'avait vu le matin encore au cimetière et n'avait rien décelé d'anormal chez elle ni perçu le moindre signe qu'elle aurait pu lui faire pour qu'ils se voient le soir.

« Installe-toi », lui dit-il en lui montrant le premier fauteuil qui se présentait devant elle. « Sophie et les enfants sont partis quelques jours chez mes parents à Caudéran. Que se passe-t-il ? »

Elle lui raconta en détail la visite de sa belle-sœur, n'omettant rien ni de ce qu'elle lui avait dit ni du ton menaçant qu'elle avait bien senti monter. Elle lui parla donc de la légitimité quasi dynastique dont elle se prévalait, de sa volonté (qui, elle s'en rendait bien compte à ce moment-là, dépassait largement la sienne) d'accéder à cette fonction dont, à l'entendre, son frère l'avait quasiment dépossédée, et bien sûr de la réunion du lendemain. Elle sortit le testament de son sac et le tendit à son ami. Il le lut rapidement en prenant quelques notes sur un petit carnet qu'il avait près de lui.

Après avoir lu le document, Philippe Cardinet semblait étonnamment perplexe.

« Ta belle-sœur doit avoir des pulsions suicidaires.

— Que veux-tu dire par là ?

— Dans votre société, le président nomme le ou les associés qui disposent de la majorité du capital, ce qui au terme du document que je viens de lire est ton cas. Donc si telle est ton envie, nul ne peut s'opposer à ce que tu sois la prochaine présidente de la banque Pérignon. Sauf si…

— Sauf si quoi ?…

— Sauf si ta charmante belle-sœur intente une action en nullité de ce testament. Mais vous n'en êtes pas là...

— Elle est capable de tout pour parvenir à ses fins.

— Mais toi ? En as-tu vraiment envie de cette présidence ?

— Suis-je capable d'assumer cette responsabilité ? Je préfère me poser d'abord cette question. C'est une charge écrasante. Eugène ne m'a jamais mis au courant de ses affaires. Avant de savoir si j'en ai envie, je préfère me poser la question de ma capacité à *faire le job*.

— Sans très bien savoir la conception qu'en avait ton mari, je crois que le job de président d'une banque comme Pérignon n'est pas ce que nous appelons dans notre jargon celui d'un exécutif. Il y a pour cela un *staff*. Je connais le directeur général, Louis de Balzan, sur qui tu pourras t'appuyer. Le rôle du président est d'abord un rôle de représentation, de réception des gros clients, et de gardien des valeurs de la banque. Je ne vois rien là que tu ne sois capable d'assumer. J'ajoute un élément auquel je pense maintenant : ton mari t'a clairement fait confiance en te léguant toutes ses actions en pleine propriété. Il aurait pu ne te céder que l'usufruit, ce qui t'aurait permis d'en jouir confortablement et en laisser la nue-propriété à sa sœur qui aurait été, alors, en droit de présider. Je me trompe peut-être, mais j'y vois un signe : celui d'empêcher sa sœur d'accéder à cette présidence à laquelle elle rêve tant. Elle a dû lui seriner si souvent que c'est elle qui devrait être assise dans le beau fauteuil. »

Béatrice croyait aux signes que le destin, la fortune ou le hasard envoie aux hommes. C'en est un peu désespérant tant la volonté semble absente de tout cela. Là, elle réalisait que c'était plus qu'un signe qu'Eugène lui envoyait, c'était une décision qu'il avait, à coup sûr, mûrement réfléchie, et prise de son vivant. Il avait confiance dans les qualités de sa femme pour présider Pérignon, sinon jamais il n'aurait choisi de lui confier le pouvoir en lui cédant toutes ses actions en pleine propriété. Pouvait-elle se dérober à ce qu'avait souhaité Eugène ?

« Comment vois-tu ce conseil d'administration ? » dit-elle en tournant vers son ami un regard qui n'était plus éteint comme quand il l'avait retrouvée dans le hall, mais qui était devenu celui d'une femme qui se posait des questions sur elle-même.

« Il faut d'abord que tu sois claire dans ta tête. Veux-tu ou non de cette présidence ? La question est aussi simple que cela. Si tu n'en veux pas, tu l'offres sur *un plateau d'argent* à ta belle-sœur, car elle ne se pose pas de questions. »

Philippe voulait maintenant se taire. Son rôle, ce soir, n'était que d'éclairer le choix de son amie, pas de l'entraîner vers une décision plutôt qu'une autre. Face à lui, Béatrice avait joint les deux mains devant sa bouche, dans une attitude fréquente chez elle quand elle entrait en phase de réflexion. Lorsqu'elle reposa ses mains sur la petite table devant elle, elle lâcha sans trembler : « Je serai candidate. »

Ils partirent dîner dans une pizzeria qui se trouvait au rez-de-chaussée de l'immeuble. Béatrice était fatiguée de cette journée, et à son entrée dans la salle, une surabondante odeur d'oignon, de sauce tomate et de fromage, mêlée à une épaisse fumée de cigarillos lui donna mal au cœur. La serveuse était une jeune femme très belle, très brune, avec de longs cheveux tombant en boucles sur ses épaules. Philippe s'amusait à voir les regards des hommes converger vers sa jupe sans doute un peu étroite au bassin, quand elle passait près des tables. Aucun mot déplacé, aucun geste ambigu. Cette femme faisait saliver les hommes, mais elle était respectée.

Béatrice n'hésitait plus, mais se demandait maintenant comment, devant son conseil, elle allait aborder la question de la présidence. Cardinet lui conseilla de ne pas polémiquer avec sa belle-sœur, mais de se caler sur son paquet d'actions. Ce n'était pas une question de légitimité, mais de simple respect des statuts, des textes. Devait-elle faire circuler le testament pour prouver que c'était elle, désormais qui disposait de la majorité du capital ? Philippe le lui déconseilla. Il fallait que d'emblée, elle affirme son autorité ; et mettre entre les mains de tous les administrateurs un document familial serait déjà un premier signe de faiblesse. Par contre, elle demandera demain au notaire de lui fournir un certificat attestant du poids réel de son actionnariat. La réunion étant prévue à dix-sept heures, elle aurait largement le temps de s'en préoccuper.

Ils se quittèrent vers vingt-trois heures, alors qu'une violente averse s'était mise à tomber.

En arrivant devant la porte de son appartement, il lui sembla voir des traces autour de la serrure, comme si quelqu'un avait essayé de s'y introduire en son absence. Une rapide inspection lui montra que tout était en ordre à l'intérieur. Ces traces de peinture écaillée qu'elle n'avait jamais remarquées étaient sans doute là depuis longtemps.

Chapitre 5

Le lendemain matin, elle prit son petit déjeuner comme tous les jours dans sa loggia en forme de rotonde aux murs recouverts de boiseries chaleureuses, qui donnaient à cette pièce une allure intimiste. C'est Eugène qui avait ajouté cette rotonde dont la partie vitrée offrait une vue superbe sur le Jardin des Plantes. Chaque matin, l'éveil du beau jardin de Buffon était un hymne à la vie qu'ils savouraient en prenant leur *breakfast*. Eugène ne partait jamais avant d'avoir bu son thé et mangé toujours la même assiette de bacon noyé dans *une montagne* d'œufs brouillés, le tout arrosé d'une fillette de cidre normand. Mais ce matin, Béatrice, devant sa tasse de thé, accusait le poids de sa solitude, et son regard triste était celui d'une âme meurtrie. Elle s'était dispersée dans tant de démarches depuis la mort d'Eugène, que cette débauche d'activités avait comme dissimulé l'énorme béance qu'elle ressentait ce matin. La discussion de la veille avec Cardinet lui avait fait du bien. Elle l'avait rassérénée après les pénibles moments qui l'avaient précédée. La réunion de l'après-midi occupait maintenant tout son esprit. Elle ne connaissait aucun administrateur à part ce vice-président avec lequel elle avait échangé trois mots à sa sortie du cimetière. Ce conseil, Eugène lui en avait bien parlé quelques fois sur le ton de l'humour badin qu'un maître d'école utilise pour parler de ses élèves. Elle avait surtout compris qu'il ne les avait jamais vraiment pris au sérieux. La déférence que Dormeuil lui avait manifestée lui revenait à l'esprit. Pour cet homme, au travers des mots qu'il avait prononcés – « c'est mon devoir, je voulais vous en prévenir » –, c'est bien elle et personne d'autre qui était attendue à la tête de la banque. Avant d'aller avenue Kléber chez maître Fromentin quérir l'attestation, elle décida d'aller se détendre en descendant courir au Jardin des Plantes.

Son jogging et la douche qui suivit l'avaient détendue. Elle n'avait plus la forme de l'époque où, jeune mariée, elle avait failli remporter le cross du *Figaro*, mais elle avait tout de même couru une bonne heure, croisant et recroisant les mêmes personnes que les autres jours : l'élégant jeune homme qui la gratifiait d'un sourire un peu trop charmeur, lequel se transforma au fil des tours en une œillade un peu appuyée qui l'obligea à esquiver son regard ; cette vieille dame qui marchait à pas de pèlerin et qui était si menue que, quand le vent se leva, elle eut peur de la voir prendre son envol ; et ce vieux monsieur, très droit, à l'allure de ces anciens officiers de cavalerie dignes comme des candélabres à qui il ne manquait que la cravache. Elle n'avait évidemment pas répondu à l'œillade, avait été effrayée par le petit sourire charmant, mais édenté de la vieille dame et avait failli répondre par le salut réglementaire au signe de tête plein de distinction de l'officier de cavalerie. Même si le moment ne s'y prêtait pas, elle s'amusait des attitudes singulières de ce petit groupe qui musardait plus qu'il ne courait, et qui avait trouvé dans l'immense oasis au cœur de Paris *le* cadre de son bon plaisir.

L'attestation certifiant l'élément capital du testament d'Eugène lui fut remise par l'assistante du notaire. Maître Fromentin était occupé et lui fit savoir qu'il pourrait la recevoir après la réunion du conseil d'administration « si tel était son bon vouloir ».

Comme elle avait un peu de temps devant elle, elle entama une de ces tournées qu'elle affectionnait, celle de la recherche des livres rares. C'était peut-être là sa vraie passion, la seule que lui ait transmise Eugène, lequel s'était constitué au fil de ses flâneries une bibliothèque de grande valeur dont il avait fait don quelques mois plus tôt à l'Institut de France. Le Chancelier de la vieille dame du Quai Conti l'avait remercié dans une lettre sans chaleur et lui avait fait savoir qu'il acceptait que ce legs vienne rejoindre le million et demi de volumes déjà présents au cœur de l'ancienne Académie Royale. Entre Saint Sulpice et Odéon, elle ne visita pas moins de sept librairies qu'elle connaissait depuis longtemps, fureta dans les boutiques et les arrière-boutiques, monta sur des escabeaux, consulta des catalogues, engagea la discussion avec les libraires qu'elle connaissait tous.

Avant cette réunion de conseil qui allait engager son avenir, elle avait besoin de détendre son esprit, trop embrumé depuis la mort d'Eugène. Ce qui était d'habitude une expédition dans un monde où il fallait traquer les pépites, ne devait être aujourd'hui qu'une aimable flânerie qu'elle s'autorisait dans un quartier qu'elle n'était pas loin de considérer comme la Babylone des temps modernes. C'était pour elle la meilleure des détentes. Là, elle allait laisser libre cours à sa passion en feuilletant des ouvrages dont la rareté avait déclenché sa curiosité, en recherchant le beau papier soyeux et satiné du Japon, en traquant les petites déchirures et les trous de ver, en caressant les reliures comme on le fait d'un petit chat avant de l'adopter, en sentant leurs odeurs pour fuir les maroquins de chèvre qu'elle ne pouvait supporter. Toutes ces manœuvres pouvaient lui faire consulter un livre longtemps avant de le remettre à sa place ou de le mettre de côté pour y revenir plus tard.

Même si elle n'était venue dans le quartier que pour humer cet air de belle culture, elle fut vite saisie par son démon. En sortant de la dernière boutique, à deux pas de l'Odéon, elle avait rempli un grand sac. Elle ne recherchait plus depuis longtemps que ces livres sortis pratiquement de la plume de l'auteur, et considérait les éditions suivantes comme autant de copies trop souvent maltraitées par les éditeurs. Un curieux, poussé par l'amour des beaux livres aurait trouvé dans son sac : *Les Liaisons dangereuses* dans une édition de 1782, l'édition originale *Du Tonkin aux Indes* du prince Henri d'Orléans et, pour faire bonne mesure, un autoportrait à la plume de Baudelaire. Tous ces ouvrages allaient vite prendre place sur les grandes étagères qui tapissaient les murs de son bureau-bibliothèque, dans l'ordre alphabétique auquel elle tenait, quelle que fût la qualité des auteurs ou des ouvrages. La seule exception à cette dictature de l'alphabet était réservée à son fonds de littérature classique et tous ses volumes de La Pléiade qu'elle avait placés dans une petite armoire vitrée, sanctuaire inviolable qui ne pouvait supporter aucun voisinage qui l'eût affadi. En rangeant l'autoportrait de Baudelaire dans le coffre de sa voiture, elle n'avait pas la tête à la réunion qui se profilait dans une demi-heure, mais elle savait déjà où elle allait accrocher cette pépite. Une place l'attendait près de son poème *L'Ennemi* dont elle avait déniché un jour une belle édition, imprimée sur du papier de Hollande.

Ma jeunesse ne fut qu'un ténébreux orage
Traversé çà et là par de brillants soleils ;
Le tonnerre et la pluie ont fait un tel ravage,
Qu'il ne reste en mon jardin bien peu de fruits vermeils.

Chapitre 6

Il était seize heures cinquante quand elle gara sa voiture rue Lafayette, devant la banque Pérignon. Louis Dormeuil arrivait devant la marquise en verre sablé qui marquait l'entrée de la banque. Cette entrée était discrète et rien – si ce n'était une petite plaque en métal cuivré semblable à tant d'autres dans le quartier – n'indiquait que, la marquise franchie, on pénétrait dans un des temples de la finance internationale.

« Bonjour madame. Je craignais que vous ne fussiez en retard. Suivez-moi. »

Ils s'engouffrèrent dans le hall et au fond prirent un ascenseur sur lequel un écriteau était posé : « Réservé aux administrateurs ». Béatrice voyait les employés, les bras chargés de dossiers, passer près d'eux et monter dans les étages par l'escalier qui était juste à côté. De ses grands yeux fatigués, Dormeuil regardait le panneau sans le voir, l'esprit déjà tendu vers ce qui allait suivre ; ce n'était pas aujourd'hui, alors qu'une séance délicate s'annonçait, qu'il allait s'interroger sur ces trois mots lus si souvent et sur lesquels personne dans la banque ne s'interrogeait plus depuis longtemps. Béatrice, dont le regard brillait d'interrogations comme celui d'une novice entrant au carmel, trouvait cette situation étrange, et pour dire clairement ce qui lui traversait l'esprit à ce moment-là, elle y voyait une belle injustice.

Avant de la voir pénétrer quasiment au bras du vice-président dans le saint des saints de la banque, une revue des dix hommes qui l'attendaient avec un brin d'impatience et de curiosité s'impose, pour bien comprendre auprès de qui Mme Béatrice Cardi-Tabuschi allait bientôt s'asseoir.

À tout seigneur, tout honneur. Louis Dormeuil était le vice-président depuis une dizaine d'années. Représentant de la troisième génération, il dirigeait un groupe de textile du Nord où il présidait en outre le patronat régional. Homme aux convictions chrétiennes fermement chevillées à un corps solide, il fut l'un des gros contributeurs du Mouvement républicain populaire. Ce mouvement avait été à la Libération le premier parti de France, peu regardant alors sur le recyclage des pétainistes qui trouvaient là le réceptacle idéal pour se refaire une blancheur virginale. Louis Dormeuil n'avait jamais été de cette engeance-là.

Près de lui, Louis Amanieu apportait la caution et la respectabilité de la soierie lyonnaise. Son entreprise avait été vendue par l'entremise de Pérignon, à un gros conglomérat de la Ruhr. Depuis, Louis Amanieu était un homme riche et même très riche. Le défunt président aimait sa faconde et appréciait aussi s'entretenir avec lui en tête à tête le soir autour d'un *single malt* d'âge respectable. Lors des réunions, il se comportait par contre comme le muet du sérail, réservant ses commentaires aux apartés avec son président. Si on peut se permettre une légère intrusion dans sa vie privée, force est alors d'évoquer discrètement pour ne plus y revenir, la liaison de l'ex-roi de la soie avec la secrétaire du président, Mme Globeux.

Fernand Costa avait fait fortune dans l'immobilier. Les besoins nés de la reconstruction du pays furent une aubaine pour son entreprise établie près de Versailles sur les bords de Seine. Homme de réseaux, il n'avait pas son pareil pour obtenir les marchés de construction les plus juteux. Ses réceptions, ses fêtes, ses chasses en Sologne étaient fastueuses ; on y croisait tout ce qui brille, grouille, grenouille et porte breloques et fanfreluches. Pour Pérignon, il fut un intercesseur précieux dans le monde du béton qui devenait le matériau à la mode. Il présidait la filiale de la banque qui avait la lourde charge de gérer plusieurs dizaines de milliers de mètres carrés de bureaux et de logements à Paris, Marseille et rue de la République à Lyon.

Chapitre 6

Antoine Grosdidier était un personnage étrange. D'une corpulence telle qu'il avait fallu l'installer seul, à l'autre extrémité de la table face au président, il n'avait jamais possédé d'entreprise, mais il avait conseillé plusieurs présidents de groupes internationaux qui espéraient recueillir des miettes de son immense réseau. C'était *un seigneur de l'influence*, pour reprendre le titre d'une biographie qui lui avait été consacrée. La finesse de son esprit combinée à la lourdeur de son corps faisait de lui un personnage plein de contrastes, que pour cette raison le président Cardi-Tabuschi avait tenu à faire entrer au conseil. Sa finesse n'allait pas sans un certain machiavélisme ; il n'aimait rien tant que les situations conflictuelles, qu'il pouvait provoquer à l'occasion avant d'avoir le plaisir de les apaiser avec la douceur d'un ange. Faux homme de consensus, Grosdidier était un vrai fauteur de troubles quand il lui apparaissait qu'il fallait qu'un conflit éclatât pour éclaircir une situation un peu trouble ou vider une querelle. À titre vraiment anecdotique, l'homme fut en des temps lointains, oubliés et depuis longtemps prescrits, un collaborateur notoire et s'était refait à peu de frais une virginité dans le monde feutré des conseils d'administration.

Pierre Lombard était un ancien diplomate, recruté en un temps où avoir un Ambassadeur de France en son conseil apportait ce surplus d'élégance qui distingue une banque de l'élite du lot commun de celle qui ne foisonnent que de guichets. L'homme avait été en poste dans les ambassades les plus prestigieuses, notamment celle de Washington, et il avait fait bénéficier Pérignon de ses relations passées qu'il avait vite réactivées. Il intervenait peu, mais sa parole, pour rare qu'elle fût, était cousue d'or pur quand elle s'élevait, doucereuse, dans le huis clos du conseil. De son passé, il avait conservé tous les attributs du diplomate : une expression policée, raffinée même, un comportement d'une extrême urbanité et un sens consensuel de la négociation, toujours en recherche du point d'équilibre. Cardi-Tabuschi l'avait avec tact et douceur éloigné du cœur des moments à forte intensité dramatique quand les colères, les finasseries indignes d'un diplomate de haut vol étaient sorties comme on sort la dague pour achever la bête blessée. Il n'apparaissait que le jour où tout était terminé et où il fallait faire le discours de clôture. Et là, il excellait.

Ludovic Bailly était un personnage. L'homme détonnait dans le milieu de la banque d'affaires, petit monde où la litote était le mode d'expression naturel, où il était de bon ton de cultiver le doute, d'étaler sa discrétion, de veiller sur ses secrets. Bailly était un avocat prestigieux, associé d'un grand cabinet parisien aux ramifications internationales. Il était au conseil l'homme au nœud papillon rouge. Tout en lui respirait la grande bourgeoisie parisienne, y compris dans ce qu'elle peut avoir de meilleur : une certaine disposition un peu sardonique à l'autodérision. Cet homme était sans doute le seul à traverser les séances du conseil dans un état jubilatoire. Il était né pour être heureux et ne se privait jamais d'un bon mot dont il adorait orner sa discussion comme d'autres aiment à décorer leurs plastrons. Ses *mots* étaient célèbres et ils pouvaient être cruels ; l'homme n'avait pas son pareil pour trouer un impertinent, pour balayer sans égards la plus honnête des façades de respectabilité. Il planait joyeusement sur les ailes flamboyantes du verbe. Parmi les administrateurs, ceux qui ne pouvaient supporter la moindre altération de leur image évitaient sa compagnie. Malgré l'immensité de sa fortune, Bailly était pingre. Les jetons de présence qui lui étaient généreusement servis par la banque Pérignon ne lui suffisaient pas. La banque Rothschild l'avait sollicité déclara-t-il un jour à Eugène. Il ne dit que cela, mais il l'avait dit et Eugène avait compris. De guerre lasse, il l'avait placé à la tête de la filiale spécialisée en gestion de fortune. Là, il pouvait en toute discrétion tripler par ses primes et ses bonus, des jetons qui n'attestaient d'ailleurs ni de son assiduité ni même de sa présence.

Chapitre 6

Qu'eut été un tel conseil d'administration sans la présence d'un ancien ministre. La défunte IVe République avait usé suffisamment son personnel politique pour accorder quelques loisirs à ceux des ministres, dont la trajectoire s'était brutalement arrêtée à l'occasion d'un renversement de gouvernement dont elle avait le secret. Joseph Peyraud était un de ces malheureux. Il s'était un jour retrouvé membre du gouvernement en profitant, disait-il, la flamme de la fierté dans les yeux, du rôle charnière joué par son parti. La vérité était moins glorieuse : il avait tout simplement fini par être récompensé de sa présence assidue à la buvette. Un jour, le président du Conseil fraîchement investi cherchait à constituer son équipe, et, passant par là où il savait que quelques députés traînaient toujours, il y avait trouvé Peyraud qui noyait son vague à l'âme dans un pastis. Après tout, lui ou un autre, pour ce secrétariat d'État sans grande importance. Peyraud était le plus heureux des hommes quand un vil courtisan le gratifiait d'un « monsieur le ministre », titre auquel son modeste rang de secrétaire d'État lui donnait légitimement droit. Son visage rayonnait alors de bonheur et ses grands yeux se mettaient à briller d'un éclat où se lisait sa fierté. Il avait le sentiment d'être devenu quelqu'un et savait le faire sentir à l'occasion quand, mis en confiance par la bonhomie du personnage, d'aucuns se risquaient à trop de familiarité. La charge était alors lourde et pouvait même être balourde. Ses immortelles et sentencieuses envolées, qui alignaient mots creux et tournures absconses, étaient devenues des « peyrolades » dont chaque mercredi les lecteurs du *Canard enchaîné* faisaient leur miel. Quand même ! Pourquoi fallut-il qu'il lance un soir d'assemblée générale bien arrosée que *le cul est la chose au monde la mieux partagée* ? L'outrance choqua. Personne ne sut jamais si ces formules lui étaient soufflées par la fulgurance de son génie ou s'il les avait glanées de-ci de-là et notées avec soin dans le cahier à couverture de moleskine qu'il avait toujours sur lui. Certains jours, Cardi-Tabuschi se prenait à regretter ce choix qui lui avait été conseillé par un président du Conseil. Joseph Peyraud vivait sa présence à la banque comme il avait vécu sa carrière politique, en homme lisse que les aspérités de la vie ne pouvaient atteindre. Il va de soi qu'il n'avait jamais apporté un seul client nouveau ni soufflé la moindre idée originale, mais il ornait avantageusement la photo de famille des administrateurs et la belle plaquette sur papier glacé qui était remise aux invités de marque. La mention « ancien ministre » rassurait les sots même si elle laissait de marbre tous les autres.

Michel Roumanoff était le deuxième nœud papillon de l'assemblée. Il en était en outre la plume ; une plume élégante, incisive, précise ; une plume qui, pendant trois décennies, avait fouillé dans les rapports annuels des sociétés cotées, traquant les pépites, écrasant d'un mot ou de cent, les malades de la cote, distillant ses commentaires qui, au fil des ans, devinrent de plus en plus acides. Cette plume avait longtemps ferraillé avec jubilation contre les chroniqueurs des journaux d'en face, ceux qu'avec dérision il nommait les « progressistes ». Le vrai progrès pour Roumanoff était celui que procurait la prospérité des entreprises, ce qu'il appelait le ruissellement, qui à partir d'une belle grosse richesse finissait par suinter goutte à goutte jusqu'au bougre qui en récoltait les dernières égouttures. Ancien journaliste au *Vif Argent* puis au flamboyant mais éphémère *Liberté chérie* avant de finir au *Matin de Genève*, l'homme était d'abord un polémiste. Il n'aimait rien tant que ces querelles qui ravissaient ses lecteurs. Né prince Roumanoff à Saint-Pétersbourg, il avait fui la Russie avec ses parents, leurs paquetages bourrés de kilos d'emprunts émis par le régime du tsar. La noblesse du lignage avait pâli en France et n'avait été relevée que bien plus tard par le talent de Michel dont l'anticommunisme féroce était dressé comme le dragon érige son épée en taillant et sabrant, droit devant lui. À 68 ans, la tête couronnée d'une belle chevelure argentée soigneusement lustrée, il portait toujours beau, veillait à son maintien et n'aimait rien tant que les ornements de la coquetterie masculine : le porte-cigarettes en bakélite, la grosse chevalière ornée du blason des Roumanoff, la pochette systématiquement blanche. Et puis, bien sûr le nœud papillon fleurdelisé posé sur la chemise blanche, au col orné d'un inimitable jabot. Il continuait à écrire, mais s'était réfugié dans des feuilles d'extrême droite aux tirages confidentiels. Le président Cardi-Tabuschi l'avait recruté en 1956 alors qu'il brillait au firmament de la presse française. Au fil du temps, la confusion ambiguë entre le journaliste financier à l'engagement de plus en plus outrancier et l'administrateur flamboyant de la banque Pérignon avait fini par poser problème. Les concurrents ne se privaient pas de dauber sur cet étrange administrateur dont les dérapages éclaboussaient l'honorable établissement. Une des dernières grosses colères du président avant son infarctus avait été déclenchée par la lecture d'un article où Roumanoff analysait les évènements du joli mois de mai. En défendant les émeutiers, il prenait des positions fortement hétérodoxes par rapport à celles des milieux financiers. Le président avait aussitôt adressé un communiqué à la feuille en question en précisant que ces propos n'engageaient que leur auteur et n'exprimaient « d'aucune façon les positions de la banque Pérignon ». Il était devenu encombrant pour la banque, marquant celle-ci d'un sceau d'activisme bien éloigné de l'image de mesure et de pondération que son président souhaitait lui voir afficher. Il avait prévu de demander à Roumanoff de remettre son mandat à la prochaine Assemblée générale. Quand le destin s'en mêle…

Ce sang neuf qu'il comptait apporter au prochain renouvellement, M. Cardi-Tabuschi en avait donné un avant-goût pendant l'assemblée générale de juin 1967. Il avait remplacé un octogénaire qui venait de mourir par un expert-comptable de 40 ans. Michel Diarmon était un ancien des Hautes Études commerciales et ne manquait pas de le rappeler à tout bout de champ à ses collègues. Il avait des avis sur tout. Aucun des sujets débattus n'échappait à ses compétences, forcément universelles. Il parlait haut et fort, d'une voix de stentor dont il accentuait encore la belle, grave et profonde sonorité (ce qui, pensait-il, ne pouvait qu'impressionner encore un peu plus son auditoire). Toutes les fées s'étaient penchées sur son berceau ; une seule était restée à la porte du logis, celle qui distille, il est vrai avec parcimonie, l'esprit de finesse. Il ne procédait que par affirmations, déclamées sur un ton péremptoire, qui se terminaient par un petit rire nerveux semblable au gloussement de la gélinotte. Il s'était vite rendu insupportable à la majorité des membres du conseil qui sentaient bien tout le mépris que Diarmon leur témoignait. Il était d'une autre race, tout simplement : celle des nouveaux seigneurs de la connaissance qui avaient été éduqués au biberon de la *Harvard Business Review.*

Il avait toutefois un allié. Michel Albertini s'était longtemps senti esseulé au sein du conseil. Autodidacte génial, il avait fait fortune dans le monde des jouets, inondant l'Europe entière de maquettes de petites voitures, de jeux de cubes et de chevaux à bascule, bref de tout ce que l'immense armée des enfants du baby-boom consommait avec frénésie. Il daubait sur le monde de la Haute Finance auquel il n'avait jamais essayé de s'intégrer. Le président avait souvent dû le rappeler à l'ordre pour qu'il n'importe pas son excentricité vestimentaire jusqu'à la salle du conseil même s'il n'habillait cette excentricité que de lin et de cachemire. Que faisait-il donc dans un univers qu'il méprisait ? La banque Pérignon avait été sa banque-conseil quand il avait racheté le fabricant badois Kroll und Brisgau ; l'homme avait plu à Cardi-Taduschi par ses intuitions géniales et il avait pensé qu'il apporterait à son conseil cette touche d'irrespect et de fantaisie qui lui faisait cruellement défaut. Mais en fait de touche, c'est par grosses louchées qu'il déversait ses excentricités. Le résultat avait dépassé tout ce que le président avait pu imaginer. De fait, Albertini était incontrôlable : plus colérique qu'homme de caractère, ses silences n'étaient pas de réflexion, mais de vacuité, et le génie de ses intuitions ne dépassait pas, hélas, le monde du jouet. Il devint vite impossible, cabotant entre les silences qu'il ornait gracieusement d'un petit sourire railleur et de longues logorrhées insipides qui faisaient ouvrir des yeux de glaciale incrédulité à « monsieur le ministre » et à l'ambassadeur Lombard. Dans une salle où la profondeur des réflexions pouvait atteindre le fond des abysses, Albertini se noyait dans les détails. L'arrivée de Diarmon l'avait sorti de sa torpeur. Il s'était vite pris d'affection pour son jeune collègue, mais il était difficile de démêler dans son attitude la part de la sincérité face aux prestations de l'expert qu'il était bien seul à juger brillantissimes et de calcul en sentant la sourde hostilité dont celui-ci était l'objet.

Chapitre 7

Louis Dormeuil et la veuve du président entrèrent de conserve dans la salle du conseil d'administration. En un siècle, les seules femmes qui étaient entrées dans cette salle étaient les femmes de ménage. Le conseil d'administration était une affaire d'hommes, un condensé de compétences, un assemblage de caractères. Jamais il ne serait venu à l'esprit de Nissim, d'Alexandre ou de Moïse d'appeler une femme à siéger dans ce saint des saints de la Finance française où elle n'aurait apporté que la fragilité et les humeurs de son sexe.

Béatrice arrivait dans une longue robe noire (non parce qu'elle était en deuil, mais parce que c'était sa couleur préférée) sur laquelle elle avait passé une élégante veste d'alpaga. Neuf hommes s'étaient levés d'un même mouvement. Béatrice fit le tour de la grande table recouverte d'un tapis vert un peu défraîchi, accompagnée du vice-président. Devant chaque administrateur, Dormeuil citait son nom. Certains répondaient d'un petit commentaire ou d'une aimable formule d'accueil, d'autres préféraient se taire.

Dès son entrée dans la salle, Béatrice avait aperçu sa belle-sœur. Elle la regardait avec dans les yeux le même air d'arrogance qu'elle lui témoignait d'ordinaire. L'ambassadeur Lombard, qui avait été bombardé *chief of protocol*, l'avait installée sur une chaise non pas autour de la table, mais bien en arrière. Elle avait tenu à être invitée, elle l'était bien, mais Lombard n'avait pas voulu commettre d'impair en attendant sans doute des instructions. Elle fut honorée d'un sourire poli de Béatrice quand celle-ci passa près d'elle.

Cette salle était d'abord une galerie de portraits. Tous les présidents qui s'étaient succédé depuis le jour où le jeune Stambouliote

Nissim Bronfmann avait créé la banque continuaient à surveiller les débats d'un regard sévère. Entre le buste en plâtre de chacun d'eux, des photographies témoignaient de la participation active de Pérignon à l'essor industriel du pays. Ces clichés jaunis portaient en témoignage des moments importants, ceux où Pérignon avait apporté sa pierre à l'édification d'une France nouvelle, moderne, tournée vers un avenir radieux, celui des voies ferrées et des grosses locomotives à vapeur, des barrages au fond des vallées, des centres industriels enfumés, de l'aménagement des ports. La photo la plus récente – la seule qui était en couleur – montrait Eugène aux côtés du général de Gaulle, leurs casques sur la tête, dans un complexe sidérurgique flambant neuf. La profusion murale tranchait avec l'extrême dépouillement de la table. Devant chaque administrateur, une petite chemise rose et un crayon finement taillé avaient été posés. À l'intérieur de la chemise, trois petites feuilles : l'ordre du jour de la séance, limité à la seule élection du nouveau président, un mot personnel de Louis Dormeuil d'une délicate affliction à l'égard du président défunt, et un étrange feuillet signé Michel Diarmon dont chacun avait pris connaissance avant le début de la séance.

Louis Dormeuil s'installa dans un fauteuil trop grand pour lui et, comme s'il en prenait conscience, se hâta d'ouvrir la séance. Une chaise avait été avancée pour que Béatrice s'installe à ses côtés.

« Madame… pardon mesdames, messieurs, mes chers collègues. C'est avec une grande tristesse que j'ouvre cette séance. Mes premières pensées vont bien sûr vers vous, madame. Nous partageons votre douleur. Plus qu'un président, je crois pouvoir dire que nous avons perdu un ami. La mort de M. Cardi-Tabuschi est d'abord un drame familial, mais c'est aussi une perte immense pour la banque. Il est de notre devoir et de notre responsabilité de surmonter notre peine et de penser à l'avenir de cet établissement. J'espère que le président que nous allons élire tout à l'heure saura puiser dans l'exemple d'Eugène Cardi-Tabuschi les leçons qui lui permettront de mener la banque Pérignon vers des lendemains heureux et prospères… »

Quel est l'administrateur qu'on entendit alors susurrer « heureux parce que prospères » ? D'aucuns, la mine grave, se tournèrent vers le ministre Peyraud dont le visage s'était légèrement empourpré.

« Notre réunion, vous le savez, ne comporte qu'un seul point à son ordre du jour, l'élection de notre nouveau président. J'ai fait part à ceux d'entre vous qui ont eu la gentillesse de me solliciter que je ne souhaitais pas postuler à cette haute fonction dont je ne me sens pas digne. Je n'ai reçu qu'une seule candidature, celle de notre collègue Michel Diarmon qui explicite dans un document qui vous a été remis le sens de sa démarche et les raisons de sa candidature. Souhaite-t-il maintenant prendre la parole ? »

Oui, l'expert-comptable souhaitait prendre la parole. Il n'attendait même que cela et piaffait depuis un moment, d'une impatience de yearling entravé, indifférent aux déclarations lénifiantes de Dormeuil, fariboles d'une époque révolue. Il était temps que cette assemblée de séniles incapables cède la place à d'autres, ses amis, qui, eux, avaient été formatés *for making money*. La détermination de Diarmon se lisait dans son regard ; il avait les yeux en flammes. Il essayait d'évacuer son trop-plein de nervosité en tapotant machinalement le petit dossier placé devant lui. Quand Dormeuil lui céda la parole, il redressa le buste, gonfla sa poitrine en une profonde inspiration, chaussa ses fines lunettes en métal dont à vrai dire il n'avait nul besoin puisqu'il n'avait rien à lire et, chose inouïe, dans cette salle de l'élégance compassée, il osa faire ce que personne en un siècle, n'avait fait avant lui. Il retira sa veste.

« Chers collègues. J'ai remis à chacun de vous un mémorandum, sans doute trop court, où j'explique pourquoi je suis candidat à la présidence de notre banque qui revenait de droit à la sœur de notre défunt président, laquelle a eu l'élégance de se retirer devant moi. Je l'en remercie très sincèrement, du fond du cœur, et elle vous livrera tout à l'heure les raisons qui l'ont amenée à me céder la place. Je crois le temps venu de réveiller la belle endormie. Je me suis livré, ces derniers jours, à une analyse fouillée des comptes qui m'a conduit à une conclusion sans appel : sans un effort sérieux pour redonner à la banque un souffle nouveau, un dynamisme qui s'est émoussé au fil des ans, nous allons perdre notre *leadership* dans le monde des banques d'affaires. Au cours des trois dernières années, notre part de marché en *Mergers and acquisitions* – excusez-moi... je traduis... en fusions et acquisitions – est passée de 74,45 % à 67,24 %. Ces 7,21 points ont été abandonnés à d'autres parce que nous avons perdu le contact avec les entreprises les plus modernes, celles dont les managers ont été formés à l'anglo-saxonne, dans les universités américaines. Ces gens-là sont des prédateurs en puissance et ce sont eux dont nous avons maintenant besoin, et non plus de vieilles gloires qui ne nous apportent rien. Je pense être au sein de notre conseil celui qui connaît le mieux ce monde, tout simplement parce que j'en suis issu et que je le côtoie tous les jours. Certes, comme vous tous, je n'ai que quelques actions de la banque, mais j'apporte bien plus. La vraie question aujourd'hui n'est plus qui possède cette banque pour la présider, mais qui a le talent pour le faire. Avec moi, j'en prends l'engagement solennel, la banque Pérignon retrouvera ce lustre qu'elle n'aurait jamais dû perdre. »

Que s'était-il donc passé depuis la visite bien peu courtoise que sa belle-sœur avait rendue à Béatrice ? Alors que celle-ci s'attendait à affronter sa belle-sœur, voilà qu'elle voyait surgir ce phénix à la lippe arrogante, à la figure aussi émaciée que celle du chevalier de la Manche, dont on lisait l'ambition à visage découvert.

Avant de reprendre le fil de la séance du conseil d'administration extraordinaire de la banque Pérignon, un retour en arrière s'impose pour bien comprendre.

Roselyne, après avoir pris connaissance du testament de son frère, après avoir recouvré ses esprits, après en avoir conféré avec son mari puis en avoir délibéré avec son avocat de Genève, avait compris que c'était peine perdue – pour le moment – de faire acte de candidature. Entre deux femmes, dont l'une avait un paquet d'actions qui pesait le double de celui de l'autre, entre une femme fraîchement veuve désignée par son mari et une sœur dont chacun s'étonnait qu'elle n'ait jamais siégé au conseil, le combat était trop inégal pour être mené. Le temps n'en était pas encore venu.

Qui eut alors l'idée de Diarmon ? La chronique ne le dit pas, mais, dès le lendemain aux aurores, le fringant jeune homme entrait dans le bel hôtel particulier qui jouxtait le parc Monceau, là où logeait la belle-sœur quand elle était à Paris. Il sauta sur l'occasion qui était celle de sa vie. Pour remercier Roselyne, il lui promit la vice-présidence de la banque. Les deux compères – ou comparses si on veut – scellèrent leur accord autour d'une coupe de champagne. Dom Pérignon de belle cuvée, évidemment.

La harangue de l'expert-comptable avait été accueillie dans un silence de chambre funéraire. Il traduisait la gêne devant une charge aussi rapide et aussi lourde alors que le cadavre du président était encore tiède. Les vieilles gloires s'étaient reconnues, la porteuse du gros paquet d'actions sans talent, elle aussi. Tous se sentaient coupables des maux dont Diarmon les accablait et beaucoup baissaient leur petite tête chenue. Ils avaient compris qu'ils étaient carrément accusés d'avoir, pendant toutes ces années, ronflé sur leurs pupitres.

Mauvais présage assurément que cette entrée en matière qui contrevenait trop aux codes jusqu'alors en vigueur. S'il ne s'était agi que d'une entorse aux bonnes manières, dont cette maison – et cette salle tout particulièrement – était comme imbibée, la faute aurait été sans doute pardonnée, mais dans l'esprit de beaucoup, cette philippique traduisait surtout un manque de respect à la mémoire du président défunt, et cette faute-là était autrement grave. C'était cracher à la figure d'Eugène Cardi-Tabuschi et beaucoup comprenaient que ce crachat leur était à eux aussi destiné. Parmi tous ces esprits un peu chamboulés, ils étaient sans doute quelques-uns à penser qu'après tout, cet homme providentiel leur permettrait d'arrondir un peu plus leur galette, cette friandise remise sous enveloppe cachetée en fin d'année.

En un mouvement dont on aurait pu penser qu'il était coordonné, dès que Diarmon se fut rassis, Louis Dormeuil se leva. Il avait le visage fermé.

« Cher collègue, je vous remercie… Je ne pense pas qu'il y ait d'autre candidat ? »

Il jeta alors un regard circulaire autour de la table, mais personne ne se manifestait pour contester à l'expert-comptable cette présidence qui n'était plus qu'à une petite portée de sa main fleur de sel. Pour lui, la cause était entendue ; entré simple administrateur, il allait ressortir de cette salle cinquième président de la banque Pérignon. Il aurait un jour son buste près de ceux de ses illustres aînés : de Nissim le fondateur, d'Alexandre l'esthète et mécène du Louvre, de Moïse l'ami des puissants, d'Eugène enfin qui avait donné un lustre international à la banque – ce qui équivalait en quelque sorte à l'immortalité. Beaucoup de mines semblaient défaites devant l'inéluctable. La victoire allait vers celui qui avait osé forcer les portes de son destin.

C'est alors qu'une petite voix se fit entendre.

« Si, moi, je suis candidate. »

En un ensemble parfaitement réglé, dix têtes se tournèrent vers celle qui venait de prononcer ces mots d'une voix assurée, dans laquelle ceux qui la connaissaient auraient eu tôt fait de reconnaître les accents du défi. C'était les mêmes que ceux qui l'avaient portée, jadis, à choisir de diriger le domaine de Capestan avant que le destin amoureux ne s'en mêle. Au moment où elle s'exprimait, Béatrice s'était levée.

« Je vous dois, messieurs, quelques explications. Je vais être franche. Rien ne me destinait à succéder à mon mari. Je pensais, madame, dit-elle en se tournant vers sa belle-sœur dont le regard était totalement incrédule, que vous alliez postuler, vous me l'aviez fait comprendre, je m'y attendais et je m'y étais préparée. Vous avez donc changé d'avis. Je ne suis pas dupe de votre manœuvre. Derrière le candidat que nous venons d'entendre, j'entends moi, votre voix de sirop, celle que vous savez prendre pour convaincre. Si rien ne me poussait à succéder à mon mari, rien ne m'obligeait non plus à faire cet acte de candidature. Votre conseil contient suffisamment de talents qui ont fait leurs preuves ici ou sur d'autres théâtres pour m'en dispenser. Vous-même, cher ami (*elle se tourna alors vers son voisin Dormeuil*) auriez fait un excellent président. Depuis son origine, la présidence de la banque s'est toujours transmise de père en fils ou en gendre. Les circonstances font que cette fois-ci, il ne peut en être ainsi et que c'est donc à moi, dont mon mari a fait son héritière, que naturellement elle aurait dû revenir. Je ne veux pas de cette logique-là où le pouvoir se transmet comme en héritage. Malgré ma part dans le capital qui résulte de l'acte dont j'ai remis copie à votre vice-président, je veux que cette nomination résulte d'un vote de confiance. Je ne serai votre présidente que si la majorité d'entre vous m'accorde vos suffrages. Vous avez compris, j'espère, que je ne suis pas motivée par des considérations financières. Ceux qui me connaissent savent aussi que je suis insensible aux délices du pouvoir, à ces ambitions qui transforment vite des hommes équilibrés en hystériques. Rassurez-vous, je sais parfaitement où se trouvent les vraies valeurs de la vie. Depuis un siècle, cette banque a été dirigée par des hommes dotés d'une solide intelligence des affaires, mais aussi de belles valeurs morales qui ne sont jamais entrées en collision avec les intérêts de la banque. C'est cette filiation-là que je revendique et cette voie-là que je veux poursuivre. »

Ses paroles étaient écoutées dans un silence absolu, chacun sentant bien que sous le suaire, sous cette colère blanche, un cadavre allait apparaître. Ce sera Elle ou Lui. Elle avait créé un bel effet de surprise dont elle était la première étonnée. Dans leurs poses emplâtrées, les anciens présidents eux-mêmes ou à tout le moins leurs mânes paraissaient ahuris du spectacle qui se déroulait là, sous leurs yeux fatigués. En un siècle, Nissim en avait pourtant vu bien d'autres. Il arrondissait un peu plus encore ses gros yeux globuleux, tandis qu'à ses côtés Moïse, le père d'Eugène plissait les siens jusqu'à les fermer, ravi du tour joué par cette belle-fille dont il avait toujours apprécié le cran. Le clan des ancêtres était soudé derrière elle. Certains administrateurs prenaient des notes sans doute pour éviter de la regarder, d'autres étaient comme hypnotisés par cette belle femme qu'ils connaissaient mal. Personne au sein de l'honorable assemblée ne l'imaginait capable d'asséner aussi tranquillement, d'une voix suave et sur un ton posé, un tel coup empanaché.

Elle fixa alors celui qui s'était exprimé juste avant elle et qui se trouvait face à elle, de l'autre côté de la table. Michel Diarmon était livide. Dans une mise en scène parfaitement organisée, il s'était assuré le concours d'une grande majorité du conseil. Personne n'avait pensé que la veuve, que beaucoup n'avaient découverte sous sa mantille noire, prostrée dans son chagrin, qu'au moment où elle recevait leurs condoléances devant la tombe de son mari, que cette dame donc pût avoir la moindre ambition présidentielle. Elle avait décidé de ne franchir le pas qu'à l'instant où sa belle-sœur allait sortir du bois, mais elle n'avait pas imaginé le scénario qui se présentait maintenant devant un conseil d'administration où la question de la présidence n'avait jamais été un sujet de discussion et encore moins de frictions. L'atmosphère était devenue épaisse, un vent mauvais flottait autour de la table.

Diarmon avait bien senti que la déclaration de Béatrice faisait vaciller ses ambitions et risquait de sonner le glas de ses espérances. Pouvait-il tenter un coup de poker, un vrai tour de force contre la veuve du président, jouer sa carte maîtresse – ces fameuses compétences qu'il s'autodistribuait à foison ? Il avait ignoré cette dame à la personnalité qu'il pensait insignifiante, sans aucun de ces talents pour lesquels les managers, les vrais, se reconnaissent au premier coup d'œil, à la première parole prononcée. Pour lui, cette ignorance valait mépris. Peu importait l'épaisseur de son paquet d'actions. Comment ce stratège de haut vol, ce maître tacticien cherchant les clés de la réussite dans la bible du management qu'il commandait directement à Boston, avait-il pu négliger celle qui d'une voix douce venait de faire, sans trembler, acte de candidature ? Les bonnes fées n'auraient-elles déposé sur son front qu'une minuscule brindille de finesse qu'il aurait emporté cette présidence haut la main, mais toute cette morgue qui huilait son menton, cette suffisance qui suintait de partout, ce mépris qui se lisait à visage découvert étaient autant de braises sur lesquelles Béatrice n'avait plus qu'à souffler pour les entretenir encore un peu. L'homme commençait à se consumer, à se recroqueviller sur son siège et, l'air incrédule, à quêter autour de lui, une aide, un appui, un encouragement, un simple regard ami, mais personne ne le regardait plus. Où étaient-ils donc tous ces courageux qui l'avaient assuré, les yeux dans les yeux, de leur indéfectible soutien ?

Quelqu'un allait-il venir en aide à ce malheureux qui se noyait sous leurs yeux ? Albertini était ailleurs, Roumanoff riait sous cape, Peyraud se croyait à la Chambre un soir de retournement de majorité, l'Ambassadeur de France appréciait la martingale de la veuve. Dormeuil s'était tassé encore un peu plus profondément dans son fauteuil de président et semblait dépassé par un scénario qu'il n'aurait pu imaginer. Les autres attendaient le dénouement de cette pièce dont ils n'étaient plus que les spectateurs.

Béatrice s'adressa directement à l'expert-comptable.

« Monsieur, je vous remercie. Je vous remercie de vos paroles dont je ne sais s'il faut les mettre sur le compte de la franchise ou sur celui de la maladresse, mais peu importe. Je comprends votre ambition personnelle et peut-être même aviez-vous de vraies ambitions pour cette Maison, mais cette “belle endormie” ne se donnera pas à vous si le conseil m’accorde sa confiance. La banque Pérignon ne se prend pas à la hussarde comme une fille de joie, mais elle se donne comme une femme du monde. »

Quelques sourires, bien timides et vite effacés, apparurent sur quelques visages. Outre sa beauté, cette femme avait donc aussi de l’esprit. En un tour de table silencieux, la veuve-candidate fixa tour à tour chaque administrateur droit dans les yeux avant de conclure. Elle n’avait pas à se justifier, elle n’avait pas de programme à défendre, elle n’avait plus qu’à prononcer la phrase rituelle :

« Je vous confirme, messieurs, être candidate. Monsieur le vice-président, veuillez faire apporter l’urne pour que chacun puisse maintenant exprimer sa préférence dans le secret et en toute liberté. »

Diarmon pouvait-il laisser sans réplique cette harangue dont il était la cible et dont il comprenait bien maintenant qu’il en serait la victime ? Il se tourna vers Louis Dormeuil qui, depuis quelques minutes, s’était encore un peu plus profondément enfoui dans le moelleux de son fauteuil. Le pauvre semblait écrasé par la tournure imprévue que prenait une réunion qui pourtant s’était annoncée comme sans surprise : un seul candidat, une élection de maréchal, et l’affaire était réglée en cinq sec. M. Dormeuil détestait les surprises presque autant que les conflits.

« Monsieur le vice-président, je suis blessé par les paroles que cette dame vient de prononcer à mon égard. J’ai dit ce que je pensais. Si le terme de “belle endormie” vous a choqué, j’en suis navré, mais il correspond précisément au fond de ma pensée. Cette banque est sur une pente déclinante et, si rien ne change, ne sera plus dans quelques années que l’ombre de ce qu’elle fut. Votre décision, madame, me conduit à retirer ma candidature. J’aurais accepté un autre adversaire dans ce combat pour la présidence, un adversaire avec un programme, avec une stature. Dans la vie, on se choisit ses adversaires, on ne se les laisse pas imposer. Vous combattre par le biais de ces malheureux bulletins me semblerait indigne. Vous allez donc devenir la présidente d'une banque qui, malgré son déclin, est encore une référence dans la France d'aujourd'hui. Permettez-moi de vous dire qu'elle aurait mérité une autre présidence que celle que vous allez entamer. Qu'allez-vous en faire de cette présidence ? Votre déclaration, à part les paroles désobligeantes à mon égard, est vide. Vide de sens, vide de contenu. Je précise que, bien évidemment, je ne resterai pas plus longtemps administrateur. Je ne veux pas mêler mon nom au désastre qui se profile. »

Béatrice ne réagit pas. Elle sentait bien que sous la violence des mots, Diarmon était touché, même s'il tentait de se donner belle contenance. Elle le regardait. Sur son visage aux traits irréguliers, elle voyait un feu qui allait mourir et qui jetait ses derniers souffles. La déception était trop forte après une phase où il s'était laissé prendre à un rêve un peu fou de nouveau maître de la finance française, européenne, et pourquoi pas mondiale. Il s'était vu discutant en suzerain avec un quelconque ministre des finances, être invité au groupe de Bilderberg pour régir l'ordre du monde, donner des conférences dans les plus grandes universités américaines, peut-être même recevoir un jour l'ordre de la jarretière des mains d'Elizabeth II. La présidence de Pérignon était l'entrée assurée dans le gotha des grands de ce monde. Il enrageait maintenant de laisser tout cela à cette veuve qui semblait le narguer en le regardant.

Une voix doucereuse, à peine audible, se fit alors entendre. C'était la petite musique de Louis Peyraud qui s'élevait, cherchant à griffer la lourde chape de haine qui s'était abattue sur la salle. L'ancien ministre en avait entendu plus qu'il n'en pouvait supporter.

« Je crois que le conseil a bien compris, monsieur. Votre rancœur vous aveugle. Je crois en effet qu'il n'est que temps que vous partiez. »

Jamais Peyraud, le si placide Peyraud, au débit si lent, au ton si papelard n'avait parlé ainsi, à tel point que les pointes de ses oreilles avaient légèrement rosi. Diarmon avait compris. Il choisit de rendre les armes.

« C'est bon, vous pouvez enregistrer ma démission, monsieur le vice-président », dit-il en se tournant à nouveau vers Dormeuil qui avait commencé à se redresser, sentant la situation s'éclaircir.

Le comptable se tourna alors vers Michel Albertini. L'autodidacte génial baissait la tête. Chacun connaissait les liens qui unissaient les deux hommes et tous avaient compris que lui aussi allait partir. Le séide allait suivre son maître. La surprise se lut sur les visages des administrateurs quand ils entendirent ses premiers mots.

« Je vous présente moi aussi ma démission. Ceux qui avec moi ont préparé l'élection de Michel ne seront pas surpris de ma décision, mais je voudrais dire avant de partir que je ne m'associe pas aux paroles prononcées par notre collègue. Je pars, car je me rends compte que je me suis fourvoyé en acceptant ce poste d'administrateur. Je suis un industriel, un concepteur de produits, un meneur d'hommes qui s'est piqué de finance, sans doute à tort, le temps d'un mandat et qui souhaite maintenant consacrer toute son énergie à son entreprise. Je rends grâce à Pérignon pour cette merveilleuse opération Kroll und Brisgau qui permet maintenant aux jouets Albertini de survoler le marché européen et m'en retourne sans regret vers mon cher Haut-Doubs retrouver mes collaborateurs, mes amis et mes enfants. »

Diarmon, lui, avait déjà quitté sa place. Au moment où il allait refermer la porte de la salle, il lança à la cantonade :

« Vous n'êtes qu'une bande de capons. »

Béatrice se promit de rechercher, dès que ses nouvelles occupations lui en laisseraient le loisir, le sens d'un mot qu'elle entendait pour la première fois et dont elle avait bien compris qu'il ne s'agissait pas d'un compliment dans une bouche gâchée de vilains petits plis qui frémissaient comme si de fines aiguilles dansaient sous sa peau.

Chapitre 8

Louis Dormeuil s'était levé de son siège de président. Il se tourna vers Béatrice et d'un geste lui désigna la place.

« Madame. Cette place est désormais la vôtre. Je ne pense pas que mes collègues souhaitent que nous procédions à une élection. Même si je n'y étais pas favorable, elle aurait peut-être eu du sens avec deux candidats. Désormais… »

Et il laissa la phrase en suspens comme si, la messe étant dite, il était temps de lever cette séance tendue qui l'avait mis mal à l'aise. Béatrice réfléchissait. Elle n'avait plus cet air moqueur qui avait tant irrité Diarmon.

« Je tiens quand même à ce vote pour que chacun puisse se positionner en toute liberté face à ma candidature. Je comprendrais parfaitement que certains d'entre vous émettent des réserves sur mes capacités à occuper le poste ou sur ma personnalité, que sais-je encore et je veux leur laisser la possibilité de le manifester au travers d'un vote. S'ils veulent ensuite exprimer leurs doutes de vive voix, je les écouterai. »

Roumanoff marquait quelques signes de fébrilité en hochant la tête. Il voulait intervenir.

« Deux administrateurs sont partis. Comment pensez-vous pallier l'élection du dixième et du onzième fauteuil ? »

Béatrice sourit de cette manie qu'avait Roumanoff de parler comme s'ils étaient à l'Académie française en donnant à chaque fauteuil un numéro. Il savait, et n'en était pas peu fier, qu'il occupait le septième fauteuil, celui dont avait hérité le baron Haussmann, peu après la création de la banque, ce qui avait permis à Pérignon de réussir sa première grosse opération avec le lancement d'un emprunt émis par la ville de Paris pour financer les grands travaux de la capitale.

« Je vais engager des consultations dès demain. »

Une voix que personne n'attendait se fit alors entendre. C'était celle d'une femme tassée sur son siège qui n'en pouvait plus de se taire.

« En tant que sœur d'Eugène, j'estime qu'une de ces deux places me revient de droit. Je suis en outre porteuse d'un bon tiers des actions de la banque et présente donc toutes les qualités pour prétendre à l'un des deux sièges. Je ne vois d'ailleurs pas pourquoi cette élection ne pourrait pas se faire dès maintenant puisque je fais acte de candidature et que je suis présente. »

Tout le monde se tourna alors vers Béatrice. C'est elle qui devait répondre, personne d'autre n'avait qualité pour le faire. Elle venait de dire qu'elle allait engager des consultations dès le lendemain pour pallier ces deux sièges vacants. Pouvait-elle se déjuger et accéder – alors qu'elle n'était pas encore présidente – à ce qu'on pouvait considérer comme une injonction, une quasi-sommation de sa belle-sœur ? La réponse, que chacun prit à juste titre pour une réplique, ne tarda pas.

« Chaque chose en son temps. Cette séance ne contient – n'est-ce pas monsieur Dormeuil ? – qu'un seul point à son ordre du jour. » Elle se saisit de la feuille qui était devant elle et lut : « "Élection du nouveau président". Tenons-nous-en donc à ce qui est prévu ; si les suffrages de nos amis me placent dans ce fauteuil, je vous recevrai dès demain. »

La belle-sœur – dévoilons enfin son identité complète, Roselyne de Puychardon – ouvrit des yeux de braise en direction de Béatrice.

« À quelle heure souhaitez-vous donc me recevoir ?

— Je vous le dirai tout à l'heure après le vote et si le conseil me manifeste sa confiance. Ne brûlons pas les étapes. Chacune d'elles a son importance. Monsieur Dormeuil, voulez-vous distribuer les bulletins et faire tourner l'urne ? Je vous en remercie. »

Un huissier entra dans la salle avec une boîte en métal qu'il remit au vice-président. Des bulletins blancs et ceux au nom de Béatrice Cardi-Tabuschi commençaient à tourner. Sur un signe de Dormeuil, l'huissier passa derrière chaque administrateur qui lui remettait son bulletin plié en deux ou en quatre selon le degré de confidentialité que chacun voulait préserver. Dormeuil étala les huit bulletins devant lui et commença leur dépouillement. « Madame, madame, madame… » On se dirigeait vers une élection de maréchal, quand le vice-président s'arrêta devant un dernier bulletin. Il était bien au nom de Béatrice comme tous les autres, mais il était aussi orné d'un gros point d'interrogation tracé en rouge pour ne pas échapper à l'attention du scrutateur. « Comment, chers amis, doit-on considérer ce bulletin ? Est-il nul ? Est-ce un vote d'opposition ? Il n'y a que celui qui l'a rédigé qui peut répondre. Souhaite-t-il le faire ? »

Installé à un bout de la table, Antoine Grosdidier avait posé près de la feuille d'ordre du jour, la biographie qui lui avait été consacrée *Le Seigneur de l'influence.* C'était une vieille habitude qu'il avait, à chaque séance, de venir avec ce livre, dont sa belle tête souriante ornait la couverture, comme si en le feuilletant il y trouvait les réponses qu'on pouvait attendre d'une pythie. Ce jour-là, la pythie avait dû parler puisqu'un signet était glissé dans le livre.

« Je confesse être l'auteur de ce point d'interrogation, signe minuscule au milieu d'un bulletin à votre nom. Pourquoi donc ce signe, me direz-vous ? Parce que je m'interroge, madame. Suis-je donc le seul au sein de notre honorable compagnie dont les oreilles aient rougi en entendant notre collègue Diarmon ? Si ses propos ne relèvent pas du délire d'un monomaniaque au trop-plein de suffisance ni d'un honneur que vous avez si sèchement bafoué, il faut s'interroger sur leur pertinence, puisqu'ils ont soulevé la question essentielle de l'avenir de cette banque. Peut-il être confié à une personne aussi inexperte que vous l'êtes, madame ? Je ne vous fais, croyez-le bien, nul procès d'intention. Ces qualités dont il semble que nous ayons tant besoin, peut-être les avez-vous, mais puisque vous avez eu le courage de mettre votre élection entre nos mains, je me suis senti obligé d'émettre ce signe. N'y voyez pas de la défiance, sinon je n'aurais pas placé ce bulletin dans la boîte, mais une interrogation qu'il vous appartient maintenant de lever. Considérez donc que vous avez la confiance absolue, sans réserve de sept administrateurs et la huitième, plus relative, avec les réserves, bien naturelles de mon point de vue, que suscite votre manque d'expérience dans un métier difficile.

— Je vous remercie de votre franchise, monsieur Grosdidier. J'ai lu le livre qui vous a été consacré et je retrouve bien dans vos propos cet éternel scepticisme dont fait état votre biographe. Je comprends les réserves dont vous entourez votre approbation à ma personne. Avoir été l'épouse d'un grand président n'est un gage de rien du tout, une simple tunique en peau de lapin. Le sceptique qui s'interroge ne me gêne pas, je le préfère à l'incrédule qui doute pour travestir ce qui n'est souvent qu'une forme de renoncement. »

Grosdidier semblait satisfait de ce qu'il venait d'entendre. La nouvelle présidente se tourna alors vers sa belle-sœur dont le visage était déformé par un méchant rictus.

« Nous pouvons maintenant fixer ce rendez-vous. Je serai au bureau demain dès huit heures.

— J'y serai donc moi aussi dès huit heures. »

La réponse avait claqué. Béatrice la prit comme un défi.

Chapitre 9

Dès son retour chez elle, Béatrice appela son ami Cardinet. Elle avait besoin de se dégager de cet étouffant huis clos qui l'avait épuisée. Ils se retrouvèrent dans un petit restaurant sur le boulevard Saint-Germain près de la place Maubert. On y mangeait les meilleures huîtres de Paris.

La séance avait été plus compliquée qu'elle l'avait imaginée. L'idée de se faire confirmer par un vote alors que rien ne l'y obligeait lui avait été soufflée la veille par Philippe qui y avait vu l'occasion d'asseoir dès le premier jour sa légitimité. C'est par là qu'ils commencèrent leur discussion après avoir commandé une douzaine de fines de claire.

« Cette séance m'a éreintée et elle m'a ouvert l'appétit. Ton idée de procéder à un vote était bonne. Elle a tué dans l'œuf la candidature Diarmon sans que j'aie eu à me confronter à lui dans une querelle de polichinelles. Ce vote m'a permis de faire un premier constat. La plupart des administrateurs me font confiance et celui qui a émis des réserves n'est pas dangereux. Eugène m'en a souvent parlé. Grosdidier adore créer des embrouilles pour se donner ensuite le beau rôle de les régler lui-même. C'est un malin qu'il faut quand même avoir à l'œil. »

L'épisode Diarmon fit sourire Cardinet. L'homme était connu sur la place de Paris pour ses insatiables appétits de pouvoir.

« Il ira maintenant tenter sa chance ailleurs. Pour lui, tout est bon pour décrocher la timbale à laquelle il rêve, suspendue tout en haut de son mât de cocagne. Tu sais, autrefois dans les Landes, on nous disait qu'il ne fallait pas avoir son fond de pantalon souillé pour grimper au mât. J'espère que notre ami a des culottes de rechange. »

Béatrice ne réagit pas à cette pointe tant elle était concentrée sur son sujet.

« A-t-il les moyens de nuire à la banque ? On peut tout attendre d'un homme meurtri au plus profond de son âme.

— S'il en a une… Que pourrait-il faire seul ? S'il existe vraiment, le brillant réseau dont il se targue ne le suivra pas. Derrière les sourires, tout n'est que rapport de force et ses amis savent parfaitement apprécier où est le vrai pouvoir, celui qu'il faut séduire.

— Et ma belle-sœur ?

— C'est plus embêtant. Elle va entrer au conseil, je ne vois pas comment tu peux l'en empêcher. Avec son gros paquet d'actions, elle a, elle aussi, pleine légitimité pour te rejoindre. Bien davantage, à vrai dire, que tous ces gens qui ne sont là que parce que ton mari, un jour, y a trouvé son intérêt. S'il n'a jamais voulu faire entrer sa propre sœur en son conseil, c'est qu'il la connaissait sans doute trop bien ! Elle s'est mis en tête qu'elle est aujourd'hui la seule légitime pour la présidence, mais elle n'a que deux armes à sa disposition pour te nuire. La première serait de constituer une opposition au sein même du conseil pour un jour te mettre en minorité, ce qui serait quand même très fâcheux…

— Et la seconde ?

— Ta propre faiblesse. On pourra te reprocher ton manque de compétence – dans un premier temps en tout cas –, on pourra te reprocher des fautes de goût, des erreurs de jugement, de couvrir au-delà du raisonnable tes adjoints quand ils auront failli, on pourra même te reprocher pourquoi pas, un jour, un indiscret potin sur ta vie privée ; mais ce qu'on ne te pardonnera jamais, c'est d'être une présidente faible. Ton caractère devra être assez solide pour résister aux coups, aux trahisons, aux chausse-trappes qui te seront tendus. Si tu es une présidente qui plie tandis qu'il faudrait résister, alors tu étaleras sur la table du conseil ton inaptitude à la fonction et ta belle-sœur s'en saisira vite.

— Je verrai bien. Quant à tous ces beaux messieurs aux plastrons enrubannés, je les ai peu entendus comme s'ils avaient eu peur d'intervenir dans un combat qui n'était pas le leur. C'est un boulet que je vais traîner là.

— Ce boulet, il faudra le désintégrer petit à petit et faire entrer des personnes de confiance, comme ton mari l'a fait avec tous ces gens. Il est bien possible que certains partent d'eux-mêmes. Ils étaient attachés à Eugène et ne resteront pas avec toi. Tu as un conseil à ta main, ne brûle pas les étapes. Il faut maintenant que tu rencontres au plus tôt ton équipe de direction. Tous ces directeurs doivent être impatients de faire ta connaissance. Ils devaient avoir l'oreille collée derrière la porte capitonnée du conseil pendant la séance.

— Je m'en doute. Je les verrai demain matin, dès que j'en aurai terminé avec mon adorable belle-sœur.

— Ce sont eux qui font tourner la banque. C'est sur eux que tu devras t'appuyer.

— Tu les connais ?

— Pas personnellement, mais Hautefort est une pointure reconnue dans le milieu de la Haute Finance, et les autres figurent en bonne place dans le *who's who*, habitués qu'ils sont des meilleures tables chez Taillevent ou à la Tour d'Argent, membres du Jockey club, immergés jusqu'au cou dans ce monde de *demi-dieux*, comme les appelait en riant Marcel Proust.

— Je tremble déjà à l'idée de diriger une telle constellation. »

Elle avait dit cela avec un petit sourire. Philippe avait compris qu'elle avait hâte de découvrir ce qui lui importait : le revers du plastron. Elle voulait s'assurer que tous ces déballages un peu trop ampoulés à son goût n'étaient pas que des trompe-l'œil.

Il but une gorgée de Chablis en tournant lentement son verre dont la belle robe jaune glissait sur les parois. Il était songeur.

« Tu prends un dessert ?

— Non, cette douzaine d'huîtres me suffit et elle m'a fait du bien.

Chapitre 9

— Quelle lourde responsabilité maintenant que la tienne, Béa ! Attends-toi à un début de journée musclée, à moins que ta belle-sœur ait compris qu'elle avait tout intérêt à composer avec sa présidente. Chez cette femme, la chatterie est sans doute plus perverse et redoutable que la brutalité. »

Chapitre 10

Il n'était pas sept heures quand elle arriva devant la banque au volant de sa petite Fiat Abarth. La voiture de fonction de son mari, une DS 19, trop lourde à manœuvrer dans les rues de Paris, allait être vendue. Le président disposait d'une place au sous-sol pour sa voiture. Une lumière rouge clignotait sur le côté d'une rampe et elle s'engagea lentement dans cet étroit boyau. Il débouchait sur un garage dont toutes les places tracées au sol par des lignes jaunes étaient surmontées d'un écriteau. Elle y lut les noms des trois directeurs, ceux de quelques administrateurs et gara sa voiture à la place du président. La plaque *Monsieur Cardi-Tabuschi* n'avait pas encore été enlevée. Le garage était vide à cette heure-ci et les quelques bruits qu'elle faisait – le claquement des portes de sa voiture, ses raclements de gorge, le son des talons aiguilles sur le sol – résonnaient en échos, alors que de l'autre côté, le fracas du métro déchargeant à Le Peletier les travailleurs du petit matin semblait traverser le mur, avant de s'évanouir. Elle avisa au fond du parking une cage d'ascenseur et monta directement au cinquième étage qui était celui de la présidence. Personne.

La porte du bureau du président était fermée et probablement pas que d'un simple tour de clé. C'est Mme Globeux, la secrétaire, qui les avait mises en lieu sûr depuis la mort d'Eugène. Que diable ! On ne pénètre pas comme dans un moulin dans le bureau du président de la banque Pérignon. Béatrice avait voulu arriver bien avant sa belle-sœur. Quand celle-ci lui avait dit qu'elle serait là à huit heures, elle avait souhaité se donner du temps pour réfléchir calmement à la façon dont elle allait conduire cet entretien. Comme le bureau de Mme Globeux trônait au cœur de cet immense espace qui donnait sur le bureau présidentiel, elle essaya d'en ouvrir un des tiroirs, puis un autre. Ils étaient tous solidement cadenassés. Elle choisit de s'asseoir dans un profond canapé garni d'une espèce de peluche rouge en espérant que la secrétaire arriverait avant huit heures. Elle se voyait mal recevoir Roselyne de Puychardon dans ce hall qui, s'il n'avait rien d'une salle des pas perdus, n'était quand même pas le lieu rêvé pour mener une discussion sérieuse.

Cette porte désespérément close devant elle contrariait ses plans, mais elle prit un bloc rangé sur le bureau de la secrétaire et commença à rédiger la trame de l'entretien.

— La faire attendre deux minutes.

— Lui proposer un café.

— Je m'installe derrière bureau Eugène pas à la table ronde (stature de présidente pas de belle-sœur).

— La laisser parler pour comprendre son état d'esprit.

— Je lui donne mon accord pour intégrer le conseil d'ad.

— Je ne réponds sur-le-champ à aucune autre demande. Me donner temps réflexion.

— Adopter pendant entretien le bon ton (sérénité, prise de notes, assurance, pas d'hésitations).

— Maxi une demi-heure ! (Prolonger les moments agréables, réduire autant que faire se peut les pénibles, une présidente doit pouvoir les moduler à sa guise, nom d'un pétard !)

Cinq minutes avant huit heures, la porte de l'ascenseur s'ouvrit. Béatrice en vit sortir une dame qui, même aux aurores, respirait la dignité. Elle avait noué autour de son long cou un foulard en soie d'une grande finesse dont Béatrice se douta que c'était là un cadeau d'Amanieu, l'amant qui régnait sur la soierie lyonnaise. Plus que le foulard, elle admira en son centre le nœud en cocarde, qui n'avait pu être réalisé que par une dame aux doigts de fée. C'était bien Mme Globeux qui était devant elle, une femme dont le nom dans les étages inférieurs n'était pas prononcé, mais murmuré, celle qui depuis des lustres mettait à la corbeille les notes sans intérêt ou le courrier des flagorneurs qui avaient cru la contourner en ornant leur missive de la mention « confidentiel » ; mais il n'y avait rien de confidentiel pour Mme Globeux à la banque Pérignon.

Elle semblait tomber des nues en voyant sa nouvelle présidente qui, manifestement, l'attendait.

« Bonjour madame. Je suis vraiment désolée. Il fallait me faire dire que vous arriviez si tôt. J'aurais pris mes dispositions pour vous accueillir.

— Ce n'est pas grave. Pouvez-vous me donner la clé du bureau de mon mari ? J'attends quelqu'un à huit heures.

— Mon Dieu, dans deux minutes !... »

Et elle se précipita vers une armoire qui ressemblait à un coffre-fort scellé dans le mur, dont elle sortit la fameuse clé avant d'ouvrir elle-même la porte du bureau. Béatrice n'y était pas depuis une minute que des bruits de voix dans l'antichambre lui annoncèrent l'arrivée de sa belle-sœur. Quelques coups discrets portés à la porte l'avertirent que son rendez-vous de huit heures était arrivé. La porte s'ouvrit et une petite tête se glissa dans l'embrasure.

« Votre rendez-vous est arrivé. Vous attendez bien Mme de Puychardon ?

— Oui, faites-la patienter deux minutes que je termine mon installation. »

En fait d'installation, elle se dirigea vers la fenêtre et regarda le petit jardin intérieur en contrebas. Sur un sol uniformément recouvert d'une forêt de carreaux blancs, des caisses d'orangers étaient rangées le long des murs en attendant la floraison ; au milieu, l'eau jaillissait de la gueule d'un dragon dans un petit bassin. Les reflets des mosaïques qui en tapissaient le fond donnaient à l'eau une couleur bleu turquoise et à l'œil l'heureuse illusion d'être dans un jardin oriental. La configuration des lieux fut pour Béatrice son premier sujet d'étonnement. Ce bel espace dont l'exotisme pouvait surprendre – et ravir – en plein Paris, n'était visible que du bureau du président. C'est comme s'il était à son usage exclusif, pour s'en délecter les yeux.

Quand elle considéra que l'attente avait atteint la limite au-delà de laquelle il y a indécence, elle ouvrit la porte du bureau pour accueillir son invitée. Sa belle-sœur était assise là où elle s'était elle-même installée quelques minutes plus tôt. Ces quelques minutes d'attente avaient manifestement exaspéré une personne déjà en proie à un sévère échauffement de bile. Cette femme était incapable de cacher ses émotions. Elle était blême et quand elle lui dit bonjour, Béatrice remarqua qu'elle avait la mâchoire tremblotante.

Alors qu'elle s'apprêtait à s'asseoir autour de la table ronde, dans un tête-à-tête d'égale à égale que sa qualité de sœur du défunt aussi bien que son gros paquet d'actions lui paraissaient amplement justifier, elle dut suivre Béatrice qui se dirigeait directement vers son bureau, devant lequel une chaise n'attendait plus que Roselyne de Puychardon. Celle-ci ne broncha pas en s'asseyant face à la présidente. Il est peu probable que cette petite vacherie lui ait échappé, mais elle fit comme si elle n'avait rien remarqué. Laquelle des deux allait maintenant parler la première ? Celle qui était là pour solliciter, ou celle qui avait le pouvoir d'accéder à la requête ou de la refouler ? Béatrice ne voulait pas perdre de temps et entra très vite dans le vif du sujet.

« Vous souhaitez donc intégrer le conseil d'administration ? Je ne vous cacherai pas que cette demande me semble parfaitement fondée.

— Fondée ? Dites plutôt qu'elle va de soi et qu'elle aurait dû m'être proposée bien plus tôt par mon frère. Je lui en avais parlé dès la mort de notre père, mais il ne m'a jamais répondu. Je n'ai jamais compris pourquoi, comme s'il avait peur que je lui fasse de l'ombre.

— Il avait sans doute ses raisons. Lui avez-vous toujours manifesté d'évidentes preuves de loyauté fraternelle ? Vous avez quand même profité des généreux dividendes versés chaque année par la banque.

— Il n'aurait plus manqué qu'il m'en prive…

— Nous n'en sommes plus là. Je vais donc faire le nécessaire pour que vous remplaciez l'un des deux administrateurs qui viennent de démissionner. Je vous en adresserai la confirmation dans les jours suivants et vous serez convoquée à la prochaine réunion. Voulez-vous un café ?

— Oui, je veux bien. »

Béatrice appela Mme Globeux qui revint quelques instants plus tard avec deux tasses en porcelaine fine, servies sur un plateau d'argent qu'elle déposa sur la table ronde. La perspective de partager un café avec la présidente avait détendu Roselyne de Puychardon, qui croisa ses longues jambes en un mouvement d'un grand naturel, laissant à découvert une petite langue de peau enveloppée de soie au-dessus du genou. Elle était comme fascinée par la magnificence du bureau où son frère ne lui avait sans doute jamais permis d'entrer. Chaque meuble était une pièce de collection. Une console surmontée d'une grosse plaque en marbre côtoyait un petit secrétaire ; plus loin, deux vases en porcelaine de Meissen veillaient sur une horloge en écaille de tortue. Surmontée de deux paires de chandeliers, une autre commode en acajou portait en incrustation des petites coquilles nacrées. Ce bureau avait des allures d'un petit musée d'arts décoratifs. Que pouvait ressentir la fille de Moïse Cardi-Tabuschi en voyant toutes ces merveilles accaparées par son frère ? De l'envie, de la jalousie, de la hargne ? Elle-même aurait sans doute eu bien du mal à démêler tous ces sentiments, tant ils s'enchevêtraient les uns les autres.

Chapitre 10

« Je vous remercie de me permettre d'entrer enfin dans cette banque où je devrais être depuis longtemps. Ensemble nous pouvons faire de grandes choses. Dans cette heureuse perspective, je me permets de vous soumettre une idée qui me tient à cœur et qui pourrait renforcer ce lien que je souhaite nouer avec vous. J'aimerais que ma nomination s'accompagne d'un poste de vice-président. Ce ne serait qu'une fonction purement honorifique, mais elle mettrait en avant l'administrateur qui pèse à lui seul plus que tous les autres réunis, à votre exception près, cela va de soi. Et puis, s'il vous arrivait quelque chose, un accident, une maladie grave, voire un simple empêchement, c'est moi qui pallierais votre absence. »

Pourquoi fallut-il qu'elle accompagnât ces derniers mots de ce sourire que Béatrice trouvait si insupportable et pour tout dire, même un peu niais ? Elle semblait jouir en évoquant ces moments d'empêchement de la présidente. Béatrice s'en rendit compte, mais de là à penser que sa belle-sœur pouvait les souhaiter, elle ne put le croire.

« Je suis heureuse de vos bonnes dispositions dont je n'ai, à vrai dire, jamais douté, mais les fonctions au sein du conseil sont du ressort des seuls administrateurs qui se répartissent les postes entre eux selon leurs souhaits et, je l'espère aussi, selon leurs compétences. La présidente ne peut transgresser cette règle. Il faudra que la question soit posée à une prochaine réunion.

— Mais vous, y êtes-vous favorable ? Je suppose que votre avis pèsera lourd.

— Je n'ai pas encore d'avis, mais je ne veux chambouler ni les règles ni encore moins les têtes. Mon mari n'a fait que perpétuer ce que ses aînés avaient instauré. Vous me prenez de court. Je suis présidente depuis hier. J'ai mis les pieds dans ce bureau depuis quelques minutes seulement et vous voudriez que je puisse déjà avoir des avis. Laissez-moi au moins le temps de m'installer. Les avis, ce sera pour plus tard.

— Excusez-moi, je pensais que sur une question comme celle-ci, somme toute bien subalterne au regard de celles plus monstrueuses qui vous attendent, une présidente pouvait avoir un avis, mais bon… »

Toujours ce même petit sourire.

« Des questions mineures pour certains peuvent provoquer un séisme chez d'autres. Vous comprendrez que, dans cette phase d'installation qui va durer plusieurs semaines, je sois prudente. Mais je vous promets que je soumettrai ce point au conseil. »

Il y avait tant de déception dans ces yeux verts et froids qui la regardait ! Béatrice n'aurait pas été sur ses gardes qu'elle aurait fondu comme cire au feu, en accédant à une demande si subalterne et si joliment demandée.

L'une comme l'autre devait maintenant penser que l'entretien avait assez duré. Mme de Puychardon se leva la première, tendit à sa présidente une main que Béatrice trouva un peu moite et elle se retira.

Chapitre 11

La présidente avait choisi de recevoir les directeurs l'un après l'autre. Elle avait bien compris que c'est de la qualité de leur collaboration que dépendrait sa propre réussite, bien plus que de sa relation avec les administrateurs qu'elle ne verrait tout au plus qu'une fois par trimestre. Elle les reçut à tour de rôle à la table ronde de son bureau, là où son mari avait l'habitude de traiter les dossiers avec eux.

De Balzan, le président du directoire, était le *primus inter pares*. Il était donc normal qu'il fût reçu le premier. Il était aristocrate jusqu'au bout des ongles, membre de l'Association nobiliaire de France, et tenait à ce que cela se remarque. Il pouvait être rassuré, cela se voyait. Son visage, tout en longueur, n'était parcouru d'aucune ride, pas même d'une de ces petites ridules qui cernent le coin des yeux ; c'était un masque qui observait et parlait peu. Son maintien aurait pu être élégant s'il n'avait été aussi raide. Il était de bonne « race », de ceux dont le blason héraldique remonte à Saint Louis, qui ont failli périr à Saint-Jean-d'Acre, qui ont suivi Condé dans sa folle aventure frondeuse, qui tenaient table ouverte à Versailles ; ceux qui, au moment du choix historique, préférèrent bien vite dîner à Coblence que mourir à Valmy. Bref de cette authentique oligarchie qui considérait être la France, qui se voulait la France, qui était donc la France. Le vicomte de Balzan pouvait, sans contestation aucune, exhiber quatre beaux quartiers de noblesse, d'une lignée qui se perdait dans la nuit des temps et qui avait donné à la France un maréchal, un président à mortier, deux conseillers maîtres à la Cour des comptes et même un cardinal, membre de la Curie. Il avait fière allure le vicomte, sur le papier glacé du beau livret réalisé en Hollande que la banque offrait à ses relations d'affaires, la rosette d'officier de la Légion d'honneur bien en évidence sur un costume bleu sombre, toute son expression tendue vers un lointain dont on devinait qu'il n'était accessible qu'à un homme de son lignage. Tout chez lui respirait l'élégance, de celles que la roture continue d'envier chez ceux qui semblent porter en héritage la majesté aristocratique du Grand Siècle. Son visage était surmonté d'une belle chevelure ondulée et argentée, qui devait avoir été lustrée tellement elle brillait. Quand il parlait, son menton marquait une légère inflexion vers la position supérieure.

De Balzan était sans doute celui qu'elle connaissait le mieux. Non qu'elle l'ait déjà rencontré, mais parce qu'Eugène lui en avait souvent parlé. Il n'en avait qu'une estime somme toute modeste, mais elle avait compris qu'il l'avait maintenu à ce poste le plus élevé dans la hiérarchie après le sien pour deux raisons. D'abord parce que sur lui il pouvait se décharger d'un tas d'obligations, notamment de représentation, qui lui pesaient et dans lesquelles le *primus* excellait, la démarche noble, le port de tête altier, le verbe précieux, déployant goulûment toute la panoplie du parfait courtisan. Et puis, la particule nobiliaire avait pour le métier de banquier d'affaires un attrait bien particulier qui séduisait ceux qui voulaient y voir une marque infaillible de qualité.

Béatrice avait compris qu'il avait une personnalité falote, voire faible. Toujours d'accord avec son président, cette attitude de plate soumission avait le don d'exaspérer Eugène. Il n'appréciait rien tant que les échanges, même musclés, avec les uns et les autres. Si le président était hors-jeu sur cette échelle, de Balzan avait le salaire le plus élevé de la banque et il avait sans doute pleine conscience de sa chance. Cette position avait eu pour conséquence au fil du temps une vraie défiance vis-à-vis d'Hautefort et une haine bien réelle pour Malleville. Il vivait dans la crainte que l'un des deux lui prenne sa place. Il était en outre suffisamment lucide sur lui-même pour ne pas se faire d'illusions : ils lui étaient supérieurs l'un comme l'autre dans l'exercice du métier.

Il s'installa face à sa présidente, avec cette autorité souveraine qui lui était si naturelle. En le voyant, Béatrice se souvint du ton goguenard de son mari imitant son directeur qui avait tendance à se hausser du col dès qu'il prenait la parole comme s'il avait peur que de sa bouche cousue d'or, ceux qui l'écoutaient ne recueillissent que des éclats de vil plomb. Béatrice, après lui avoir dit qu'elle était heureuse de pouvoir compter sur sa collaboration, remarqua qu'une légère rosée avait emperlé son front. Elle avait d'emblée placé leurs relations sur le mode président/collaborateur. Il en avait paru un peu chagriné. Elle n'attacha pas plus d'importance à ce léger émoi qu'il n'en méritait sans doute. Il expliqua avec des mots qu'elle trouva bien savants son rôle au sein de la banque, insistant sur son immense réseau et la part capitale qu'il avait prise dans de nombreuses opérations de fusions d'entreprises. Il était celui qui mettait le point final à une négociation, faisait taire les dernières chicaneries, hissait la grande voile de la concorde pour conclure et ornait le beau parchemin de sa longue signature ouvragée. Une sorte de Talleyrand des temps modernes. Elle fut un peu surprise par un ton doctissime qu'elle n'avait pas l'habitude d'entendre, mais auquel il faudrait sans doute qu'elle se fît, voire même qu'elle s'y pliât. De sa bouche ne sortaient que des mots précieux. Il alternait avec un art consommé les grandes phrases et les petites flagorneries qu'elle détecta dès ses premiers mots : « Ce sera un grand plaisir pour notre équipe de directeurs de vous initier aux arcanes d'un métier difficile. » Face à sa présidente, l'homme était sur ses gardes. Il était très attentif à son comportement, guettant le moindre signe, le plus léger sourire, le plus discret hochement de tête. Cette présidente qu'il n'attendait pas ne présentait aucun des caractères auxquels il avait l'habitude de se frotter. Elle avait des mots si simples, un sourire si charmeur, un langage si direct sans l'ombre d'un piège, qu'il en était tout dérouté. Elle sentait bien qu'il faudrait attendre d'autres rencontres, d'autres discussions pour que s'établisse entre eux cette relation de confiance qu'elle souhaitait entretenir avec le premier de ses directeurs.

Mais l'homme était charmant, d'un charme certes un peu suranné, de ceux qu'on ne voit plus que dans le grand monde, les soirs où la vieille aristocratie se rencontre dans ses hôtels à Saint-Germain, Saint-Honoré ou Monceau, là où on croit entendre encore le bruit des sabots ferrés des chevaux sur le pavé. La distance que de Balzan maintenait avec les autres, y compris les directeurs, n'était pas celle du mépris – ce qui eut été bien subalterne –, mais de la fierté d'appartenir à un corps unique, à une caste bénie de Dieu qui ne pouvait se confondre au risque de se corrompre.

De cette première rencontre, elle sortit assez perplexe. Que faisait exactement ce directeur ? Elle était surprise de n'avoir pas vraiment saisi la nature de sa fonction. Elle mit cela sur le compte de sa méconnaissance de la banque et de la façon dont le travail s'y exerçait. Il fallait laisser le temps faire son œuvre pour mieux pénétrer ce qu'était la contrepartie du salaire phénoménal qu'elle avait lu dans le dossier confidentiel que lui avait remis Mme Globeux.

La rencontre suivante la rassura. Les deux heures passées avec Louis Hautefort furent un vrai parcours dans ces « arcanes » dont de Balzan lui avait parlé sur un ton plein de mystères. Ces mystères, elle les perça sans beaucoup de difficultés avec le directeur des participations. Sa fonction était claire, son propos limpide. « Directeur des participations » signifiait qu'il était au cœur des négociations de fusions et qu'il était aussi celui qui distinguait d'un œil ardent de visionnaire les entreprises dans lesquelles Pérignon allait pouvoir engager ses fonds pour entrer à leur capital et favoriser leur développement. Sa science du métier combinait la rigueur du raisonnement déductif et la finesse d'un esprit subtil. Avec lui, on était au cœur des deux métiers de la banque : le conseil en fusions-acquisitions, générateur de grosses commissions et les prises de participations (via une filiale, Regain, dont Hautefort assurait la présidence) qui pouvaient décupler le bénéfice de la banque quand elles étaient vendues. Il expliqua à Béatrice que, chaque semaine, il présentait au président les opérations qu'il avait initiées et sur lesquelles ses équipes allaient pouvoir s'activer, imaginer des scénarios, recenser des cibles, faire tourner le gros ordinateur IBM 360 ou affûter leurs crayons de bois, échafauder des montages alambiqués où la réflexion n'était bornée que par le tarissement de l'imagination.

Ainsi allait la vie d'une banque d'affaires prospère.

Hautefort avait la réputation d'un homme dur, soucieux du détail, sachant bien qu'il n'y avait pas que le diable qui pouvait s'y nicher. Combien de fois avait-il pris en défaut l'étourdi, le négligent ou l'incompétent – les trois tares pouvant être réunies dans la même personne – qui lui présentait un dossier dont il pensait avoir fait le tour, après avoir passé des jours et souvent des nuits à traquer la faille dans laquelle Hautefort allait se glisser pour ne plus lâcher le malheureux ? Comment ne pas croire que cette hargne qu'il mettait dans sa tâche et cette rogne dont il agrémentait ses contacts ne cachaient pas une blessure intime connue de lui seul ? Une vie entière peut-elle être ainsi consacrée à une entité morale, quels que soient la responsabilité qu'on y occupe et les substantiels avantages matériels qu'on en retire ?

Il n'était pas rare qu'il appelât ses collaborateurs en pleine nuit et plus souvent encore le week-end pour une broutille. Chacun devait se tenir près de son téléphone ce qui, on l'imagine, provoqua du tangage dans les couples de plusieurs de ses proches collaborateurs. Son plaisir – dans lequel certains voyaient une forme raffinée de sadisme – était de téléphoner à New York dès son arrivée vers les huit heures. Il réveillait alors en pleine nuit Henry Laver, le directeur de la succursale qui devait, sur-le-champ, lui fournir le renseignement dont il avait besoin dans l'urgence. Ce comportement que les ans ne parvinrent pas à arrondir provoqua la démission de plusieurs des pointures de la banque, vite remplacées par de jeunes recrues aussitôt soumises au même régime. Le départ d'un collaborateur n'était jamais un problème chez Pérignon. L'image élitiste de la banque attirait les meilleurs des grandes écoles. Hautefort recevait en personne les postulants et les soumettait à sa propre série de tests. Il ne les questionnait jamais sur les aspects techniques alors qu'ils n'attendaient que cela pour étaler leur jeune savoir. Il se doutait bien que tous ces brillants sujets savaient tout et même un peu plus de ce qu'il était nécessaire de connaître. Il voulait en fait sentir deux choses chez le jeune homme : qu'il ait l'intelligence de la réflexion, en étant capable de poser les bonnes questions au bon moment, et un bon sens de l'humour pour se tirer des situations embarrassantes. Qu'un de ces jeunes soit un triste sire ânonnant d'une voix bêlante ce qu'il avait appris dans les livres, et c'en était fini pour lui. Il avait beau être le major de sa promo, avoir les plus belles lettres de recommandation, revêtu ses plus beaux atours et être allé chez son coiffeur la veille, Hautefort le renvoyait poliment.

Son physique était plus que banal : il était risible. Sa taille ne dépassait pas l'encolure d'un cheval et encore parlons-nous d'une haridelle fatiguée et non d'un fringant yearling. Était-ce pour se grandir de quelques précieux centimètres qu'il avait adopté cette coiffure en brosse qui, par là même, aurait pu lui donner un coup de jeunesse si son regard froid et impénétrable n'anéantissait aussitôt cette prétention qu'il ne recherchait peut-être d'ailleurs pas ? Sa brosse était aussi célèbre dans le monde de la Haute Finance que les chapeaux de la princesse de Windsor sur le champ de courses d'Ascot. Il vivait assis, rivé à sa chaise comme s'il souffrait en se levant de devoir se mesurer à tous ceux qui le dépassaient et qui auraient pu le toiser. On aurait pu croire qu'avec un caractère d'une telle alacrité, notre homme vitupérait, éructait, criait à longueur de journée ; mais il n'en était rien. Hautefort ne haussait jamais la voix et même n'imposait que rarement une décision. Quand il travaillait avec un collaborateur, il laissait celui-ci avancer pas à pas vers la décision qu'il avait déjà détectée, comme si elle était l'aboutissement d'un travail qui ne pouvait mener que là. La veille de sa rencontre avec sa présidente, Hautefort avait su si habilement mettre en avant les forces de La Galicienne que Fonvielle, son collaborateur préféré, avait conclu de lui-même que Günther ne pouvait plus se dérober devant une telle opportunité stratégique pour l'acheter au prix imposé par Pérignon. La démonstration avait été magique au point que Fonvielle avait eu envie de crier « bravo l'artiste ».

Son autorité était si souveraine que personne n'avait jamais osé la contester, et nombreux étaient ceux qui, au sein de la banque, le considéraient comme le véritable patron ; celui qui sans tirer de ficelles dans lesquelles même Machiavel se serait pris les pieds, s'était imposé par une tranquille autorité de compétence. Elle lui valait le respect de tous ceux qui avaient plus confiance en ses talents que dans la grâce divine pour que se perpétue jusqu'à leur retraite la prospérité de la banque qui les employait. Il avait été au cœur de toutes les batailles boursières de ces dernières années et des plus belles transactions dont Pérignon pouvait s'enorgueillir. Son carnet d'adresses était plus fourni que les *who's who* français, anglais et américain réunis, et *Forbes* le consultait pour établir son fameux palmarès des plus grandes fortunes. D'un coup de fil, il pouvait joindre un pair en séance de travail à la Chambre des Lords ou le chairman d'une multinationale en voyage d'agrément à Honolulu. Son jugement était si sûr que Cardi-Tabuschi lui faisait une confiance absolue. Ses avis étaient déjà des décisions.

S'il n'avait pas son pareil pour trouver des solutions, imaginer les montages les plus astucieux, décortiquer les comptes et même les arrière-pensées tapies dans les pages annexes d'un bilan, il n'était pas l'homme de la situation pour dénicher de nouveaux mandats, repérer puis débaucher des administrateurs félons, acheter en les payant à prix d'or les quelques voix qui allaient faire basculer une majorité, bref faire tout ce travail de soutier sans lequel les plus belles mécaniques ne font que tourner à vide. L'homme de ces besognes-là était le troisième des directeurs. Philippe Malleville était un polyglotte qui parcourait le monde toujours en chasse de nouveaux *deals*, mais il ne chassait que le gros. Il était rarement à Paris et dans le personnel peu le connaissaient, à l'exception de quelques beautés à qui cet éternel séducteur avait fait tourner la tête. L'homme n'était pas une fleur de lotus et il traînait derrière lui la réputation d'être peu regardant sur les moyens, parcourant le vaste monde avec son chéquier largement déployé devant lui, bénéficiant d'une ligne de crédit de son président quasi illimitée. Ses performances commerciales parlaient pour lui : il alimentait une chaudière qu'Hautefort allait habilement faire ronfler. Cardi-Tabuschi avait dû cependant intervenir à plusieurs reprises en Amérique pour arrêter une action judiciaire lancée contre lui. Récemment encore, à Phoenix, il avait tenté de soudoyer la veuve d'un promoteur immobilier pour l'empêcher de céder à vil prix un terrain à une association caritative locale. La pauvre femme, à l'article de la mort, avait été saisie d'un ultime hoquet de repentance et son fils était allé prévenir la police. Était-ce sa faute à lui, Malleville, si ce terrain – situé en plein Copper Square, là où bat le cœur des affaires et de la culture de l'Arizona, à deux pas du siège du gouverneur – était convoité par un gros client de Pérignon qui envisageait d'y construire trois immeubles ? La police de l'Arizona avait arrêté le banquier français pour « corruption d'une personne en état de faiblesse » alors qu'il était déjà dans l'avion du retour en attente de décollage, et l'avait incarcéré dans le pénitencier de l'État avant que l'affaire ne soit inexplicablement étouffée, au grand dam des concurrents américains de Pérignon. Il traînait une autre réputation, celle de ne jamais résister à un assaut de séduction quand la proie lui semblait désirable. Il avait hérité du surnom de *Lovelace* et c'est ainsi qu'il était connu des secrétaires de l'austère établissement bancaire. Il avait la séduction généreuse et revenait toujours de ses périples les bras chargés de cadeaux. Depuis quelques mois pourtant, *Lovelace* semblait s'être assagi, comme si la petite tourterelle de la fidélité était venue frapper à sa porte. Chacune dans la banque se demandait qui pouvait bien être derrière cette soudaine accalmie de fièvre amoureuse. L'ombre insidieuse du soupçon avait alors enveloppé les bureaux jusqu'à ce que, soulagées, les femmes arrivent toutes ensemble à la même conclusion : c'était à l'extérieur de la banque qu'il fallait chercher la clé de cette douloureuse énigme. Cette réputation sulfureuse n'empêchait pas Malleville d'être un grand professionnel, ramassant les *deals* comme d'autres les papillons, avec la même patience. Il se distinguait toutefois du collectionneur de papillons par une voracité, une passion carnassière que l'on ne rencontre qu'exceptionnellement chez les amateurs de lépidoptères. Son dernier coup professionnel n'avait précédé que de quelques jours la mort du président. Il avait réussi à convaincre le patron d'un groupe automobile de passer la main sous peine de voir s'ouvrir devant lui le gouffre de la banqueroute. Les équipes de Hautefort travaillaient maintenant d'arrache-pied pour trouver – en France, en Italie ou aux États-Unis – la réponse la plus appropriée. Ce sera celle qui assurera au mieux la pérennité du nouvel ensemble et l'emploi des soixante-cinq mille salariés, sans perdre de vue les intérêts bien compris de la banque dans cette affaire.

Malleville s'entendait mal avec Hautefort qui lui faisait souvent le reproche, fort injuste d'ailleurs, de ne lui apporter que des mandats d'entreprises cabossées ou à bout de souffle. En fait, ce que Hautefort ne supportait pas, c'était la comparaison physique avec son collègue à l'allure de play-boy éternellement bronzé. Les rares fois où lors des cérémonies officielles, les deux hommes s'étaient trouvés côte à côte, le tableau avait provoqué des fous rires vite réprimés chez ceux qui voyaient un nabot, les cheveux en brosse, se hausser du col sur ses talonnettes à côté du bel étalon qui jouissait de la situation, le visage illuminé de son impérissable sourire carnassier.

S'ils s'entendaient mal, les deux hommes étaient pourtant aussi indispensables l'un que l'autre à la banque Pérignon.

Dès qu'elle le vit entrer dans son bureau, Béatrice sut qu'elle allait passer un moment bien différent des deux précédents. Malleville détonnait déjà par sa mise si éloignée des canons de la banque d'affaires, aussi loin des costumes croisés de de Balzan que peuvent l'être Oxford Street et Greenwich Village, ou de ceux de Hautefort d'une si désespérante fadasserie. Elle vit arriver devant elle un homme, tout droit sorti des pages glacées de *Vogue*, portant une veste vert clair et un pantalon blanc et dont la chemise au col ouvert n'était ornée d'aucune cravate. L'homme était un comédien qui jouait sa partie avec brio au point qu'on l'aurait cru même si on savait qu'il mentait. Il n'avait pas cherché à séduire sa présidente – c'eut été une démarche si déplacée et peut-être même suicidaire qu'elle ne lui traversa pas l'esprit –, mais il s'efforça de lui démontrer avec tout le talent dont il était capable qu'il ne fallait rien changer à sa façon de travailler. Son mari lui avait fait confiance, il ne demandait rien d'autre que de continuer à bénéficier de cette confiance et que la seule façon d'y parvenir était de le laisser aussi libre qu'il l'avait été jusque-là. Elle se contenta de quelques mots peu engageants, voulant d'abord y voir clair dans cette liberté qu'il sollicitait. Le dossier que lui avait remis Mme Globeux contenait surtout des notes de frais dans toutes les devises du monde. Elle y avait même trouvé une note libellée en Kwacha malawite émise par l'hôtel President Walmont***** à Malawi. Comme aucune opération n'avait été réalisée dans cet état confetti du sud de l'Afrique, elle décida de lui poser carrément la question lors de cette première entrevue. Alors qu'il racontait avec emphase ses déplacements à travers le vaste monde, elle se permit de glisser avant qu'il ne reprenne son souffle : « Et au Malawi ? »

Il marqua un temps d'arrêt comme si cette question était si inattendue qu'il lui fallait un petit temps de réflexion avant de répondre.

« Au Malawi ? J'y suis allé le mois dernier. Nous avons un client américain qui possède d'immenses plantations de tabac en Caroline du Nord, mais les conditions d'exploitation y deviennent de plus en plus difficiles avec des Noirs furieux de leurs salaires que notre client Pierpont Gladstone ne veut pas augmenter. Je suis donc allé au Malawi où il y a déjà une grosse production de tabac pour y négocier l'achat de 12 000 hectares. Rien n'est encore conclu. »

Béatrice semblait amusée par la réponse.

« Nous n'avons pas le temps aujourd'hui, mais je vous propose que vous veniez me parler de cette affaire lors de notre prochaine rencontre.

— Comme vous voulez, mais je repars à New York dès demain matin. J'y rencontre Katharine Graham, la patronne du *Washington Post*, qui craint de perdre le contrôle de la société à la suite de la mort de son mari. Je vais lui expliquer comment nous travaillons avant de la confier au *desk* de New York. »

Dès que Malleville fut parti, Béatrice prit une feuille sur laquelle elle coucha ses premières impressions.

De Balzan : *Il doit s'éprendre de lui-même en s'admirant chaque matin dans sa salle de bains.*

Hautefort : *Un vrai solitaire, insensible à la moindre émotion. Renvoie de lui une image qui peut faire froid dans le dos.*

Malleville : *Il me reste à découvrir ce qu'il y a derrière cette image d'histrion.*

Bien incapable d'apprécier leurs qualités de manager, d'as de la finance ou de petit génie du commerce international, elle s'était contentée de traduire ses impressions en quelques mots, au contact de trois personnalités qu'elle avait jugées assez discordantes entre elles. C'était suffisant pour le moment.

Chapitre 12

Elle téléphona à Philippe Cardinet, mais tomba sur son répondeur. Elle le rappellerait un peu plus tard. Entre ces deux-là, tout aurait pu être différent. Ils avaient vécu quelques années de belle amitié à Bordeaux quand ils traînaient avec une équipe de copains dans le quartier Saint-Genès et le plus souvent dans un bar du cours de l'Argonne. Philippe était accompagné de sa jeune sœur Catherine, qui débutait des études de médecine. Avec Béatrice, elles avaient vite sympathisé et au fil des soirées qui n'étaient pas arrosées que d'eau d'Evian, elles étaient devenues de bonnes amies. C'est là que Philippe Cardinet avait rencontré sa future femme, Anne, une jolie blonde qui était en fac de pharmacie. Toute cette bande d'étudiants aux études si bigarrées avait fini par constituer un groupe d'amis. Anne s'était jointe à l'équipe un peu par hasard en accompagnant dans la Porsche de son père un camarade de la fac de pharmacie qu'elle voulait juste déposer devant le caboulot du cours de l'Argonne. Elle avait détonné ce soir-là par sa dignité un tantinet compassée et un type de tailleur qu'on avait plutôt l'habitude d'admirer sur les bourgeoises traînant leur ennui dans les allées du jardin public que dans un groupe où la décontraction était le seul mot de passe pour entrer dans le cercle. Elle était restée ce soir-là et avait pris goût à ces rencontres qui se terminaient souvent par des chansons paillardes ou des histoires grivoises, c'était selon les humeurs du moment et l'identité de ceux qui étaient encore là.

Béatrice avait vite remarqué qu'au fil des soirées, Philippe ne laissait pas Anne indifférente. Une jeune fille a bien des difficultés à travestir ou à cacher ses sentiments et il n'était que de voir ses beaux yeux de velours posés sur Philippe quand il développait tout le mal qu'il pensait de l'Union soviétique qui venait de construire un glacis de pays inféodés autour d'elle. Le blocus de Berlin – qui obligeait les Occidentaux à mettre en place un pont aérien pour ravitailler la ville – déclenchait des torrents d'indignation chez le jeune homme. Du groupe, il était le plus au courant du contexte international et il en parlait avec l'assurance d'un politicien chevronné, au point que certains de ses camarades le voyaient déjà maire de Bordeaux dans quelques années. Anne était bien maladroite en biaisant son regard fuyant pour qu'aucune trace de son jeune émoi amoureux n'apparaisse aux yeux des autres. Ce petit tremblement d'une âme encore si innocente n'avait pas échappé à Béatrice qui s'en amusait et se demandait à quel moment, sous ce feu qui brasillait, la flamme allait se dévoiler aux yeux de tous. Car elle allait bien finir par passer du bleu au rouge au fil des œillades de plus en plus appuyées qui ne pouvaient continuer à se perdre ainsi dans les sables comme les petits grains d'autan dans la dune du Pyla. Tout à ses discours enflammés, Philippe devait être le seul du groupe à ne pas s'être aperçu de l'attirance qu'avait pour lui cette jeune fille au chignon impeccable qui se tenait toujours un peu en retrait du groupe. Elle ne disait jamais rien, mais ses yeux de charbon allumé parlaient pour elle.

Et puis un soir, Philippe Cardinet n'était pas présent au rendez-vous des copains, ce rendez-vous dont il était le pilier le plus solide depuis des mois. Il ne vint plus que par éclipses et les soirs où il n'était pas là, bizarrement Anne n'était pas là, elle non plus. Il avait dit à sa sœur qu'il avait des examens à préparer, un trop-plein de travail, ce qu'elle s'empressa d'aller raconter au groupe. Son explication ne fut accueillie que par des sourires complaisants. Ils avaient tous des examens à préparer, ils avaient tous un trop-plein de travail et ils étaient tous toujours là.

Dans le même temps, l'amitié de Béatrice et de Catherine s'était renforcée et le dimanche elles allaient souvent flâner dans les rues du vieux Bordeaux. Catherine avait expliqué à son amie que son frère était vraiment amoureux d'Anne. Même s'ils vivaient assez loin l'un de l'autre – elle, sur les allées de Tourny et lui, du côté de Mérignac – Catherine, quand elle visitait son frère dans son appartement, y rencontrait très souvent Anne. Sous des dehors prévenants, elle trouvait qu'il manquait quelque chose à cette fille. Mais quoi ? Ce n'était pas l'intelligence, puisqu'elle menait avec brio ses études de pharmacie. Ce n'était pas la futilité de son esprit, elle n'avait rien de ces femmes légères qu'une discussion un peu sérieuse ennuie vite. Ce n'était pas non plus sa stabilité mentale. Pourtant il manquait quelque chose dans l'équilibre de cette femme que Catherine ressentait lors de leurs discussions sans pouvoir lui donner un nom.

C'est son frère qui lui fournit la réponse. Un jour qu'ils étaient tous les deux, il se mit à lui parler de celle qui avait conquis son cœur. Ce cœur, elle ne voulait le partager avec personne, mais ce qui était commun à tous les amoureux du monde avait pris chez elle une dimension quasi pathologique. Catherine comprit après l'avoir écouté que cette case manquante était celle de la confiance. Elle n'avait pas confiance en elle, malgré ses beaux yeux et ses succès universitaires, et manquait encore plus de confiance envers les autres. L'amour est-il compatible avec la jalousie, surtout quand celle-ci prend des allures de crises de paranoïa ? Philippe se posa dix fois la question et à la onzième faillit rompre cette relation si difficile à vivre qu'elle lui occupait tout l'esprit, au risque de lui faire rater ses examens. Il finit par en prendre son parti en se disant qu'avec le temps et la stabilité d'un couple bien assis dans la société, la « maladie » d'Anne ne serait plus qu'un mauvais souvenir. Il ignorait que même Freud, même Lacan ni même aucun des médecins de l'âme, n'a pu venir à bout de cette infirmité affective. L'amour-propre avant l'amour. Anne n'avait confiance en personne et même si elle lui prétendait le contraire à longueur de repentirs justificatifs, elle était méfiante sur la fidélité de Philippe. Il en était malheureux car, jamais depuis qu'il était amoureux d'elle, il n'avait prêté aucun de ses deux flancs au moindre reproche. Ce trait de caractère se conjuguait chez Anne avec d'autres éléments habituels de ce symptôme : une susceptibilité à fleur de peau qui faisait passer toute remarque à son égard pour une déclaration de guerre, et un psychisme aussi raide qu'une barre de fer.

Très vite, Béatrice lui était apparue comme une concurrente. Son amitié avec Philippe lui permettait des libertés de ton et d'attitude qui déplaisaient à Anne et alimentaient sa boîte à soupçons toujours prête à s'ouvrir. Quand elle lui en parla, un soir où elle était venue le retrouver dans le petit studio de la rue de Capeyron, il éclata de rire : « C'est ridicule ce que tu me dis là. Je connais Béatrice depuis trois ans et jamais nos relations n'ont été autres que celles d'une belle amitié. Je n'ai pas l'intention de sacrifier mes amitiés qui me sont précieuses et n'ont rien à voir avec l'amour que j'ai pour toi. Il faut que tu comprennes que j'ai besoin d'un peu d'air pour respirer et les relations avec Béatrice et mes autres amis me sont nécessaires. » Elle eut l'air un peu vexée, peut-être même étonnée de ce « besoin d'air pour respirer » et il vit bien qu'il ne l'avait pas convaincue. Le sourire de Béatrice, la maturité de cette fille qui n'était pas née avec une cuiller en argent dans la bouche, mais avec un verre d'Armagnac en guise de hochet, qui parlait si bien de la production de cet alcool dont elle espérait bien faire plus tard son métier, l'humour par lequel elle savait enjoliver ce qu'elle disait, tout cela avait irrité Anne au plus haut point et éveillé sa méfiance. Elle pleurait dans les bras de Philippe en lui déclarant entre deux sanglots qu'elle préférait qu'il se tînt désormais à distance respectueuse de Béatrice. Quand il lui expliqua avec toutes les précautions de langage possibles qu'il leur faudrait éviter de se voir, Béatrice lui répondit en riant : « Ne tourne pas autour du pot avec moi. Je saurai me tenir à distance respectable, celle qui ne pourra donner matière à aucun soupçon. Je m'en voudrais tellement de gâcher les nuits de ta fiancée… » Le fil de leur relation s'était effectivement distendu au point que c'est par un simple coup de téléphone de Catherine qu'elle apprit qu'un beau jour Philippe et Anne s'étaient mariés. Elle n'en avait pas vraiment voulu à son ami de cette prise de distance, mais elle l'avait plutôt plaint de s'être plié si facilement aux ordres de sa belle.

Elle n'avait jamais su grand-chose de la vie d'Anne Clérac sinon qu'elle était devenue pharmacienne et même lauréate de la faculté de Bordeaux, que ses parents étaient d'importants négociants en vins, de gros faiseurs du quai des Chartrons. Elle apprit, toujours par le truchement de Catherine, qu'elle avait eu un enfant, puis un deuxième et enfin un troisième. Elle finit par savoir, avant d'avoir d'autres nouvelles, bien plus tard, que Philippe avait été embauché dans une banque à Paris, où son épouse et son trio de bambins l'avaient rejoint après que la grosse pharmacie de Caudéran ait été vendue.

Elle en était là dans cette histoire qui commençait à remonter dans le temps quand, alors qu'elle était mariée depuis plusieurs années, elle reçut un appel de Philippe. Ils prirent un pot dans un bar près de l'Odéon. Béatrice comprit que rien n'avait changé dans le caractère de sa femme. Le temps qui passe lui avait simplement permis de s'en accommoder. Elle retrouva son ami d'autrefois, les tempes un peu grisonnantes et les cheveux délicatement poivre et sel, avec toujours cet abord sympathique et le même air profond que celui qu'il prenait au bar de l'Estoupe pour pester contre les Russes et que ses amis voyaient en successeur de Chaban-Delmas. Béatrice se heurtait aux mêmes interrogations que celles d'autrefois : comment cet homme avait-il pu s'éprendre quinze ans plus tôt de cette fille, certes jolie, mais d'une sorte de beauté triste et gauche, certes future pharmacienne, certes unique héritière du plus beau fonds des Chartrons, mais en proie à tant de démons ? Ils habitaient maintenant rue

Guynemer, dans le VIe arrondissement. Anne avait acheté une pharmacie dans le quartier et Philippe était depuis son arrivée à Paris le patron d'une petite banque patrimoniale dont il avait allègrement gravi les échelons.

Béatrice n'en aurait pas parlé d'elle-même, c'est Philippe qui aborda son problème de couple. Sa femme avait suivi, à son corps défendant, de longues séances chez un psychothérapeute, mais n'en était sortie que plus meurtrie, ne se reconnaissant aucun des symptômes que l'homme était censé traiter. Philippe lui avoua qu'il avait été tenté par le divorce, mais qu'il y avait renoncé. Il avait aménagé sa propre vie autour de ses enfants, de son travail et de la belle propriété qu'ils s'étaient achetée sur la côte basque. À demi-mot, Béatrice avait bien compris qu'il n'avait pas laissé sa vie affective en jachère pendant toutes ces années. Son désamour conjugal l'avait entraîné vers des amours clandestines dont il ne toucha mot, mais elle vit que le simple souvenir de certaines d'entre elles faisait encore étinceler ses yeux coquins. La pharmacie de la rue Soufflot avait été vendue, l'ambiance dans l'officine était devenue irrespirable pour les employés qui partaient les uns après les autres.

Il avait été impressionné par le beau mariage de Béatrice dont la presse s'était largement fait l'écho. À côté de Pérignon, la banque Dumaine, petite banque gérant les patrimoines de quelques gros commerçants du Sentier, faisait un peu pitié, mais Philippe, qui en assurait maintenant la direction, avait redressé une situation qui tanguait. En partant, il lui avait laissé son numéro de téléphone.

C'est bien plus tard qu'il apprit le décès du patron de Pérignon, suivi peu de temps après de l'appel de Béatrice.

Chapitre 13

Elle avait attendu le retour de Malleville pour réunir son comité de direction. Cette fois-ci, elle voulait les voir ensemble, les jauger dans leur attitude les uns par rapport aux autres. Elle avait commencé à pénétrer la psychologie de ces grands fauves, mais souhaitait en savoir davantage. La discussion en tête à tête est pauvre pour faire émerger tout ce qu'une personnalité peut avoir de saillant. Rien de tel qu'un mélange de tempéraments, de caractères qui se confrontent pour jauger les hommes. Les traits alors s'accentuent et ils sont plus facilement décelables à un œil un peu avisé. Béatrice était curieuse de voir si ceux qu'elle avait notés sommairement après les avoir rencontrés allaient se confirmer lors de cette réunion.

De Balzan s'installa près d'elle avec l'autorité souveraine qui lui était si naturelle et, alors qu'elle s'apprêtait à parler, il ouvrit la séance. Personne ne lui avait rien demandé, mais il devait considérer que cette ouverture lui revenait de droit. Le *primus* s'adressa directement à Béatrice :

« Madame la présidente, vous avez autour de vous l'équipe qui a fait tourner notre banque ces dix dernières années. Votre mari ne présidait qu'exceptionnellement nos séances. Je suppose que vous avez l'intention d'adopter la même attitude… »

Ce n'était pas là une interrogation, mais déjà l'affirmation d'une évidence prononcée d'une voix profonde, du ton affable de l'homme qui demande à être écouté moins avec attention qu'en silence. Il laissait sa phrase en suspens, quêtant quand même l'approbation de sa présidente. Celle-ci le regardait en souriant.

« Vous verrez bien. Continuez, monsieur le directeur général. »

De Balzan continua donc. Les mots de sa présidente l'avaient sans doute légèrement contrarié à en juger par la discrète rosée qui embrumait ses joues. Son intervention n'abordait que des thèmes généraux – les évènements du Mai étudiant et leurs conséquences sur l'économie française, la fin du vieux Général et la nécessaire alternance politique – toutes questions que le *primus* traitait à grand renfort de phrases dignes de Saint Simon tant elles méritaient un langage qui fût à leur hauteur. Les petites flagorneries du genre « je suis convaincu que sous votre gouverne, nous saurons apporter à toutes ces questions les réponses appropriées » ne manquaient pas non plus. Le directeur général semblait ignorer ses collègues, ses mots n'étaient destinés qu'à sa présidente. Il se tournait sans arrêt vers elle, guettant le moindre signe, le plus léger sourire, le plus discret hochement de tête – mais Béatrice restait impassible en l'écoutant.

Après un bon quart d'heure de ce monologue, dont les mots semblaient s'envoler en un bourdonnement confus, Hautefort s'exprima à son tour. Son débit était lent, majestueux, semblable à celui d'un cours d'eau qui s'étire. Il était teinté d'un soupçon d'accent d'un des nombreux pays de langue occitane. Malgré ses longues années de présence à Paris, il n'avait pu s'en défaire. À quoi bon d'ailleurs, tant ce timbre de voix un peu chantante était agréable à l'oreille. En l'écoutant, on sentait l'homme à la réflexion concentrée, aux analyses finement ciselées, qui maîtrisait parfaitement le sujet qu'il développait. Ses phrases étaient courtes et ses mots choisis avec tout le discernement que lui permettait la lenteur de son expression. Il expliqua à sa présidente avec plus de détails qu'il ne l'avait fait à leur première rencontre ce qu'était la direction des participations, comment étaient composées ses équipes et comment elles travaillaient. Il fit le point sur le dernier dossier brûlant, celui du constructeur automobile et fit état des deux pistes sérieuses qu'il imaginait maintenant de mettre en concurrence. Autour de lui, les yeux roulaient comme des billes quand il annonça le montant de la commission que Pérignon allait toucher.

Pendant qu'il s'exprimait, Malleville avait le visage fermé ; ce n'est pas lui qui était à l'origine de cet énorme *deal* et il avait du mal à le digérer. C'est de l'Élysée, d'un simple coup de fil de Crauste, le conseiller économique du Général à Eugène que l'information était parvenue avec mission « de régler l'opération en sauvegardant au mieux les intérêts du pays ». De Balzan, au contraire, acquiesçait bruyamment en écoutant Hautefort. Son visage, d'ordinaire si lisse, irradiait littéralement du bonheur de celui qui a la chance de diriger une telle équipe. Il n'était pour rien dans l'opération qui allait bouleverser le monde de l'automobile, mais il aimait se parer des plumes du paon à chaque succès de la banque et celui-ci serait sans doute le plus beau, l'aboutissement d'une carrière. Il voulait aussi faire comprendre à sa présidente que cette équipe avait beaucoup de chance d'avoir à sa tête un capitaine comme lui.

Vint alors le tour de Malleville. À son poignet, une énorme montre multi-fuseaux indiquait certes l'heure de Paris, mais aussi celle de bien d'autres capitales, dont New York qu'il devait appeler dès l'ouverture des bureaux pour obtenir une information de première main. C'est ce qu'il annonça d'emblée, en homme pressé qui jongle avec tous les fuseaux horaires de la planète. Ses collègues avaient leurs dossiers soigneusement étalés devant eux, lui se contentait de deux petites brochures d'horaires de compagnies aériennes. Ce qu'il avait à dire, il l'avait en tête, nul besoin de notes, de dossiers pleins de chiffres et de tableaux indigestes quand on passe son temps dans les avions. Il n'avait qu'à ouvrir son bel agenda en cuir pour y lire là où son devoir et son inspiration l'avaient conduit et là où ils allaient le mener les jours prochains. Il ne vivait qu'au rythme de ses rendez-vous, en courant, des couloirs de Wall Street aux rizières de Malaisie, des champs pétroliers du Vénézuéla aux champs de tabac de Caroline du Nord, toujours à la recherche des proies qu'Hautefort saurait transformer en juteuses opérations. C'est ce qu'ils appelaient « aider à la respiration du tissu économique mondial » et au fond, ce n'était pas si faux. En coupant, en élaguant ces vieilles structures couturées de bosses et d'escarres, en plaçant des greffons, en renforçant les moignons usés jusqu'à la corne, ils donnaient plus de vigueur à cet immense conglomérat mondial aux multiples branches. Entendre Malleville était un voyage autour du monde qui tenait autant de l'évasion touristique, parfois de la découverte culturelle, que d'une connaissance précise des affaires qu'il traitait. Il parlait vite, en homme qui n'avait pas de temps à perdre. Le débit de sa parole et le rythme de sa vie ne pouvaient être désaccordés. Il était habile pour choisir des mots qui lustraient d'un bel éclat toutes les actions qu'il avait réalisées. Pour cette première réunion du *staff* avec la présidente, il avait soigné sa mise. Alors que Béatrice s'attendait à ce qu'il arrive dans la même tenue décontractée qu'il avait à leur première rencontre, elle vit un homme qui avait passé une veste de belle coupe à l'étoffe souple et floconneuse qu'il avait quand même agrémentée d'une énorme pochette jaune qui éclatait comme une jolie fleur épanouie. Il fit une rapide allusion aux milliers d'hectares de tabac du Malawi dont « la négociation suit un cours favorable que j'ai bon espoir de conclure prochainement ». La présidente devrait s'en contenter. En l'écoutant et surtout en le regardant, Béatrice comprenait que ses interlocuteurs pouvaient être séduits par un tel personnage. Il représentait une institution si sérieuse qu'on ne pouvait que lui faire confiance. Et lui, son *missi dominici* planétaire, savait mieux que personne trouver les arguments, tous les arguments, pour convaincre les plus hésitants ou les plus récalcitrants.

Après avoir écouté son *staff*, Béatrice conclut la réunion, qui n'avait pas duré une heure, par quelques paroles de circonstance, de ces banalités qui n'engageaient pas et qu'elle distillait avec le sourire ; pour aujourd'hui, il leur faudrait qu'ils s'en contentent. Elle avait peu parlé. Comment ce laconisme avait-il été apprécié par des hommes que l'inexpérience de leur présidente inquiétait ? Et si, au-delà de cette inexpérience se cachait une mièvrerie qui allait la rendre inapte aux contacts de haut niveau qui l'attendaient ?

Alors, pensaient-ils à l'unisson, la banque serait en péril.

Chapitre 14

Elle connaissait Alain Crauste depuis plusieurs années, précisément depuis cette soirée de juin 1965 où, avec Eugène, ils avaient été invités à Versailles pour le grand dîner servi dans la galerie des Glaces qui avait clos la réception du roi Frédéric IX de Danemark. Ils s'étaient retrouvés pour le café dans le salon de la Pendule et une sympathie s'était nouée entre les deux couples. Le roi était accompagné de sa fille et ce soir-là, le rôle d'Alain Crauste avait été de chaperonner le jeune comte Henri de Montpezat, alors en poste à l'ambassade de France à Londres, auprès de la jeune Margrethe, la future reine. Les couples Crauste et Cardi-Tabuschi s'étaient ensuite revus chez les uns ou chez les autres, rue Geoffroy Saint-Hilaire ou rue Spontini, lors de dîners amicaux. Alain avait été un des premiers avertis de la mort d'Eugène et avait été l'un des rares à être autorisé par Béatrice à pénétrer dans la chambre mortuaire.

Béatrice n'avait donc pas été autrement surprise quand, quelques jours après sa prise de fonction, elle reçut un appel de l'Élysée, lui demandant de venir « aussi vite que possible ». Aucune explication n'était donnée et elle était étonnée que Crauste n'ait pas lui-même pris le téléphone pour l'appeler. Quand il faisait cela avec Eugène, c'est qu'une affaire sérieuse se profilait. On n'était plus alors entre amis, mais entre représentants de deux institutions, celle qui gouvernait la France et celle qui – quasi à l'égale de la Banque de France – avait la main sur les finances. Crauste était issu d'une lignée de hauts fonctionnaires qui ne vivaient que pour le service de l'État. Il était sorti « dans la botte » de la première promotion de la toute nouvelle École nationale d'administration, voulue par de Gaulle pour redonner du lustre à la Fonction publique. Il avait suivi le chemin classique du haut fonctionnaire des finances jusqu'à cette direction de cabinet du ministre des Finances d'où de Gaulle l'avait exfiltré pour en faire un de ses conseillers économiques. Il n'avait jamais été tenté comme tant de ses condisciples par ces carrières alléchantes dans le privé, pour y pantoufler grassement à la tête d'une grosse société.

Dans la famille Crauste, on avait le service de l'État chevillé au corps. Le grand-père d'Alain avait quitté son Béarn, après de bonnes études au lycée Louis Barthou de Pau, pour rejoindre Paris et l'École des sciences politiques. Il était entré à la Banque de France, en avait gravi consciencieusement les échelons et y avait terminé sa carrière comme sous-gouverneur. Michel, le père d'Alain, avait choisi la Caisse des dépôts et consignations. L'Armistice mit un brutal coup d'arrêt à sa carrière. Sa conception intransigeante du service de l'État se confondait avec celle du pays, et le seul choix possible était celui de l'honneur. En août 1940, l'honneur était d'être à Londres. Il se présenta à Carlton Gardens devant de Gaulle. Son fils avait alors dix-neuf ans et terminait sa première année de licence en droit public à la Sorbonne. Il n'avait pas hésité lui non plus et partit avec son père. Alors que Michel Crauste restait quelque temps à Carlton Gardens près du Général avant de rejoindre Leclerc en Afrique noire, son fils était affecté à la 1re brigade de Légion française, vite incorporée aux Forces françaises libres. Ils ne devaient se revoir qu'en septembre 1944 à Paris.

Si de Gaulle, quand il revint aux affaires, ne fut pas d'une générosité débordante ni en 1945 ni en 1958 pour ses anciens compagnons d'armes, le traitement qu'il réserva aux Crauste fut moins la conséquence des services déjà rendus que de ce qu'il savait des talents qu'ils allaient pouvoir déployer. En 1958, Michel Crauste fut chargé d'imaginer la forme que pourrait prendre un futur ministère de la planification mais il mourut quelques mois plus tard, tandis qu'Alain était nommé chargé de mission au cabinet d'Antoine Pinay avant de conserver les mêmes fonctions sous Giscard d'Estaing.

Il accueillit Béatrice dans le petit vestibule qui ouvrait sur le couloir où il avait son bureau. Sa mine d'ordinaire si accorte était grave. Béatrice crut qu'il avait pris, par respect pour elle, l'expression qu'on montre habituellement aux veuves de fraîche date. C'était peut-être aussi cela, mais c'était bien plus.

« Depuis hier, le franc est attaqué. Un blitzkrieg massif, frontal, dévastateur pour notre monnaie. Des montants considérables ont été vendus aux spéculateurs allemands, américains, suisses, à tous ceux qui font commerce de ce type de situations où on attaque une monnaie en espérant tirer les marrons d'un feu qu'on a allumé et qu'on entretient avec fureur. À vrai dire, on s'y attendait après les évènements de mai. Si on observe cette opération avec attention, on y voit à l'œuvre deux forces conjuguées dans un même élan : l'une visible qui veut gagner de l'argent en spéculant contre une monnaie jugée trop affaiblie pour se défendre et l'autre, plus souterraine, plus feutrée, qui veut profiter des circonstances pour abattre le Général en lui infligeant une défaite politique qu'ils sont bien incapables d'obtenir dans les urnes. Des masses importantes de capitaux ont déjà fui en Suisse. Leurs propriétaires attendent benoîtement, leurs coffres gonflés de belle monnaie qu'ils espèrent revendre contre des francs en réalisant, au passage, de juteuses plus-values. Le mécanisme est aussi simple que cela et je vous ai donc fait venir pour que nous le combattions ensemble.

— Comment pourrais-je vous aider ?

— Comme Pérignon l'a toujours fait aux moments les plus difficiles pour notre monnaie nationale, en mobilisant vos moyens et surtout vos réseaux en France et à l'étranger. Nous avons besoin de tous nos soutiens que nous allons regrouper autour de la Banque de France. Son gouverneur sera le chef d'État-major du dispositif. Nous voulons faire rendre gorge à tous ces malfaisants et qu'ils ne reçoivent comme tribut de leur félonie qu'un plat de lentilles, comme Esaü dans la Bible. Votre présence dans notre dispositif de défense doit rassurer ceux qui savent qu'une banque comme la vôtre ne s'engage jamais à la légère. Évitez de mettre en avant votre amour du pays, ce serait grotesque pour une banque d'affaires et encore moins votre attachement personnel à de Gaulle, chère Béatrice. Il faut que votre présence apparaisse comme la décision sensée, mûrement réfléchie d'une banque unanimement respectée qui ne croit pas à la dévaluation du franc et qui tient une position de défense de ses intérêts et seulement de ses intérêts. C'est de cette façon que votre présence sera utile.

— Je suis novice, et ces affaires-là, si j'en comprends bien le sens, m'échappent trop pour m'en mêler directement. Je vais dès cet après-midi réunir mon équipe de direction. Pour le conseil d'administration, ce sera en début de semaine prochaine.

— Je vous remercie. Vous avez bien compris qu'il s'agit d'une attaque violente et que la riposte doit être à la hauteur. La parité du franc face au deutsche mark comme face au dollar doit être maintenue. C'est notre Verdun. Ils ne doivent pas passer. Nous avons mis en place ici, autour de moi, un état-major de combat qui va se réunir chaque matin. Je vous propose d'y déléguer un de vos collaborateurs de confiance pour que nous restions soudés face à une offensive que nous n'avions jamais connue sous la Vᵉ République. Nous sommes pris dans un étau historique dont personne ne nous délivrera et dont nous ne sortirons que par nous-mêmes. »

L'après-midi même, de Balzan et Hautefort étaient dans le bureau de leur présidente. Malleville négociait en Caroline du Nord. Elle leur expliqua sa visite du matin à l'Élysée et le concours que l'État attendait de Pérignon. Le soutien financier de la banque n'était pas l'essentiel. Face à la déferlante des milliards de la spéculation, elle ne pouvait opposer qu'un barrage qui serait vite emporté. Non ! Ce qu'en haut lieu, on attendait de Pérignon, c'était l'affirmation forte et publique que ses intérêts seraient sauvegardés en se tenant à l'écart de la spéculation. C'était la conclusion à laquelle ses experts étaient parvenus. Pour eux, cette opération était vouée à l'échec. Dans cette affaire dont elle avait bien conscience de ne pas maîtriser tous les ressorts, recueillir l'avis de ses directeurs allait de soi, leur dit-elle. De Balzan, qui avait l'habitude de parler le premier, se taisait et la regardait, l'air confondu. Elle se douta qu'il essayait de lire dans ses yeux la position qu'elle avait sans doute déjà arrêtée. Pouvait-il prendre le risque de heurter sa présidente ? Comme le silence se prolongeait, il se jeta à l'eau.

« On n'arrête pas le cours de l'histoire. Les marchés sont le vrai juge de paix et ils enregistrent jour après jour la faiblesse de notre monnaie. La dévaluation est devenue inéluctable et elle sera la pierre qu'on posera le dernier jour pour donner acte aux parités que les marchés nous auront imposées. On ne résiste pas à une telle vague qui prend des allures de raz de marée. Mon sentiment est que la situation dans laquelle on se débat n'est que la conséquence d'une politique de long terme trop arrogante depuis dix ans envers les Américains qui nous la font payer et des mesures de court terme démentielles que le pouvoir a dû lâcher en mai dernier. Nos entreprises ont vu leurs coûts salariaux monter tellement qu'elles ne sont plus compétitives sur les marchés étrangers. Il faut donc réajuster la parité de notre monnaie. Nous joindre à cette contre-attaque serait une erreur que nous ne devons pas commettre au risque de perdre tout à la fois notre crédit et notre argent. »

Béatrice croyait entendre ce qu'elle avait lu, le matin même dans *L'Aurore*. Un : dévaluer n'est qu'une mesure technique que les marchés nous imposent ; deux : elle est le résultat d'une politique arrogante que l'étranger nous fait payer. Son directeur général était bien en phase avec l'opinion qui courait les rédactions.

« Je ne partage pas cette position », dit Hautefort, dans une réplique un peu brutale.

Le *primus* le regardait, étonné qu'il puisse ne pas être de son avis.

« Je ne partage pas cette position, car elle est contraire à ce qui fut, depuis l'origine, la présence de Pérignon aux côtés de l'État chaque fois que les intérêts supérieurs du pays étaient en jeu. Nous sommes, je le crois, dans ce cas. Vous avez, madame, été reçue par Alain Crauste, l'un des collaborateurs les plus écoutés du Général. Refuser de lui tendre la main qu'il attend serait un désaveu qui pourrait nous coûter cher. Je vous rappelle que dans l'affaire du secteur automobile dont je m'occupe, c'est nous et aucune autre banque que l'Élysée a contactés. Quel meilleur témoignage de la considération dont nous bénéficions ! Devons-nous prêter la main à ces conspirateurs et gonfler nos coffres d'une monnaie qui n'est plus le deutsche mark, mais le reichsmark ? Spéculer contre sa monnaie nationale n'est-ce pas trahir au pire moment, celui où la patrie est en danger. »

Si Béatrice approuvait ce que disait Hautefort, elle le reprit vite en se forçant pour adapter son langage au message qu'elle voulait faire passer.

« Nous ne devons pas raisonner ainsi. »

De Balzan jubilait. Il croyait avoir partie gagnée.

« Seul l'intérêt de la banque doit compter. J'ai la conviction, messieurs, que la spéculation ne gagnera pas, elle va encore continuer puis s'essoufflera et s'arrêtera quand tous ces beaux messieurs s'apercevront que le pouvoir ne capitule pas. Nous allons donc nous ranger de son côté. »

Elle se tourna alors vers Hautefort.

« Monsieur Hautefort, vous serez demain matin à l'Élysée le représentant de la banque Pérignon. »

Le visage de Balzan devint froid et prit une expression trop visible de mépris. Quoi ? Cette femme sans compétences, qui n'était jamais que la veuve de feu le président, se permettait de l'écarter d'une discussion au plus haut niveau, et qui plus est en adoptant une position radicalement opposée à la sienne. Sentant qu'il perdait pied, il lâcha :

« N'êtes-vous pas sûre qu'il serait préférable de faire entériner cette position qui engage lourdement la banque par le conseil d'administration ? »

C'était sans doute là, la phrase de trop, celle à ne pas prononcer. La convocation du conseil d'administration était de la seule compétence du président. Personne, pas même son directeur général, n'avait à lui dicter ce qu'elle devait faire avec son conseil. Elle avait pris la précaution, avant de recevoir ses directeurs, de téléphoner à Dormeuil, son vice-président, qui avait approuvé sa position et s'était porté fort que cette position serait suivie par la majorité des administrateurs.

« C'est mon problème, monsieur le directeur. Monsieur Hautefort, je vous prie de rester pour que nous tracions ensemble le cadre de votre mission. »

De Balzan avait compris qu'il devait partir. C'est ce qu'il fit en évitant de croiser le regard de sa présidente qui n'aurait lu dans ses yeux que la lueur d'un orgueil offensé.

Chapitre 15

C'est Philippe Cardinet qui lui apprit la nouvelle, alors qu'installée dans sa loggia, elle prenait son petit déjeuner en regardant les joggers tourner autour du Jardin des Plantes. Il venait de lire dans *Les Échos* du jour un entrefilet qui l'avait glacé.

De fortes dissensions agitent le conseil d'administration de Pérignon qui se réunit en fin de journée. La position de sa présidente face à la crise du franc est loin de faire l'unanimité.

« Je croyais que ton vice-président t'avait rassurée ?

— Mais oui. Dormeuil m'avait assuré qu'il avait appelé ses amis et ils lui avaient tous confirmé qu'ils me soutiendraient.

— Pour que *Les Échos* soient informés, il a fallu qu'il y ait une fuite quelque part et sans doute même une petite cabale au sein de ton conseil. Prépare-toi à une séance agitée. Celui qui a divulgué l'information n'est sans doute pas animé des meilleures intentions à ton égard.

— C'est normalement la séance qui doit entériner la nomination de ma chère belle-sœur. Avec elle, on va ajouter du drame au psychodrame. Je sais que Dormeuil est sur Paris, je vais lui proposer que nous déjeunions ensemble. Peut-être a-t-il des informations sur ce qui se trame ?

— C'est une bonne idée, mais je doute que les conjurés – s'ils existent vraiment – lui aient fait des confidences, imaginant sa loyauté à ton égard. »

Dormeuil était déjà assis à la table qu'il réservait habituellement à la Brasserie Lipp, plongé dans l'article du jour d'André Guérin, l'éditorialiste de *L'Aurore*, son journal favori. Ce n'est pas dans ce journal de la bonne droite conservatrice, un tantinet maurrassienne, qu'il aurait pu découvrir l'information dont Béatrice souhaitait lui parler. Le fantôme du père Cazes flottait toujours sur la Brasserie du boulevard Saint-Germain que sa famille avait repris un demi-siècle plus tôt à l'Alsacien Léonard Lipp. En vieil habitué de la maison, Dormeuil avait sa table attribuée derrière les cactus de céramique. Béatrice sortait de la lourde porte-tambour quand il l'aperçut. Elle l'avait fait appeler par Mme Globeux et il ignorait encore pourquoi elle souhaitait le voir avant la réunion de la fin d'après-midi. Il semblait flatté de cette invitation à en juger par ses yeux qui brillaient d'un éclat chaleureux quand d'une main ferme, il la salua. Après tout n'était-il pas normal que la présidente et son vice-président se concertent avant une réunion importante ?

Béatrice avait emporté avec elle le numéro du jour des *Échos* et le montra à Dormeuil qui tomba des nues à la lecture de ce simple entrefilet qui tonnait comme un orage à déchirer le ciel jusqu'alors si serein de la banque d'affaires Pérignon.

« Je suis surpris de ce que vous me montrez là. J'ai appelé mes amis Amanieu, Costa, Lombard et Peyraud. Tous sont sur votre ligne et trouvent même que cette marque de confiance de l'Élysée honore notre banque. Je n'ai appelé ni Bailly, ni Grosdidier, ni Roumanoff. L'information ne peut venir que d'un de ces trois-là. La réunion du conseil nous apportera des éléments de réponse. Avant d'entendre les uns et les autres, il me semble prématuré de tirer trop vite des plans sur la comète. Cet entrefilet tel qu'il est rédigé n'en est pas moins fâcheux, car il laisse apparaître une ligne de fracture, ce qui, vous en conviendrez, n'est jamais bon, surtout avec une présidente qui démarre son mandat. »

Chapitre 15

Béatrice était songeuse. Ce coup de Jarnac lui était destiné, elle en était sûre. Jamais sous la présidence de son mari, « on » se serait permis une attaque d'une telle bassesse. Elle ignorait encore qui était ce ou ces « on ». Les pistes se mélangeaient un peu dans sa tête : des spéculateurs contrariés dans leurs desseins, des concurrents, des adversaires politiques du Général – depuis mai, il y en avait à foison y compris dans son camp – une opération de déstabilisation d'une jeune présidente dont les acteurs pouvaient être partout. Des noms se bousculaient dans son crâne à l'en faire éclater : Diarmon qui réglerait des comptes, Grosdidier toujours à la recherche d'une entourloupe, Roumanoff le héraut de l'Algérie française et antigaulliste patenté, tel ou tel banquier de la place. Elle se doutait bien qu'en fin de journée, des indices seraient dévoilés, que le responsable de la fuite serait démasqué ou se dénoncerait, que la turpitude apparaîtrait clairement. Bizarrement, cette annonce si dévastatrice lâchée dans les petites informations au caractère sibyllin dont beaucoup font leur miel ne l'effrayait pas, mais la rendait impatiente d'en savoir plus. La Gasconne au bon sang d'Armagnac avait trouvé un terrain sur lequel elle allait pouvoir ferrailler. Pour le moment, elle ne pouvait qu'attendre. Devant elle, Dormeuil paraissait dévasté. Il avait été trompé et, en homme du Nord, en représentant du patronat chrétien qui plaçait la loyauté et l'honneur au pinacle de ses vertus cardinales, il ne pouvait l'admettre. Une colère ravalée imprégnait tous ses gestes, le rendant maladroit au point qu'il fit tomber sur son pantalon de flanelle un morceau de la carbonnade flamande qu'il avait l'habitude de manger dans cette brasserie, toujours accompagnée d'une grosse chope de bière. Il s'était assuré en passant sa commande que la carbonnade serait bien accompagnée de clous de girofle pour prévenir les ballonnements d'après-repas auxquels il était sujet. C'était le dernier conseil que son épouse lui avait glissé avant que la veille, il ne parte pour Paris. Elle le savait sujet à ces ballonnements de fermentations intestinales aux conséquences si fâcheuses qu'ils pouvaient provoquer des flatuosités du plus mauvais goût, aux moments les plus inopportuns. Un serveur se précipita avec un linge humide. Béatrice ne put s'empêcher de s'amuser – sans aller quand même jusqu'à en sourire – en voyant son vice-président rouge comme une guigne, frotter son pantalon pour faire disparaître la méchante tache.

Avant de se quitter, alors que sa limousine l'attendait sur le boulevard, Dormeuil promit de rencontrer ses amis avant la réunion pour qu'ils lui confirment ce qu'ils lui avaient déjà dit. Le pauvre homme, un peu tourneboulé, ne savait plus à qui il pouvait encore faire confiance.

Béatrice rentra à son bureau. Elle devait rencontrer à quinze heures Salvatore Sciglia, le patron de Montebanca qui régnait sur le capitalisme italien. Simple visite de courtoisie, lui avait-il dit au téléphone. Elle était impatiente de faire sa connaissance. Avec feu son mari et André Meyer, qui tenait d'une main de fer la banque Lazard à New York, ils formaient le trio des grands banquiers d'affaires auprès desquels les autres passaient pour des nains. Il voulait – elle s'en doutait bien – la rencontrer pour jauger de l'épaisseur de sa personnalité, plus que de ses compétences, dont il devait deviner qu'elles étaient encore bien minces.

Chapitre 16

Ils étaient déjà tous là quand elle fit son entrée dans la salle. Le matin, elle avait laissé courir son imagination avant de choisir sa tenue. Recevoir Sciglia et présider son conseil, cela méritait bien que la présidente se présentât sous des atours de présidente et non plus comme jusqu'à présent en épouse du président, laissant libre cours à son inspiration la plus originale, parfois même la plus débridée. Elle opta pour le tailleur Chanel qu'Eugène lui avait offert, trois ans plus tôt, pour son anniversaire. Elle n'avait pas pris un gramme ni un centimètre de tour de taille, depuis ce jour où ils avaient dîné chez Taillevent dans un des petits salons lambrissés qu'Eugène prisait tant et qu'il avait réservé pour la soirée. C'est ce soir-là sans doute qu'il lui avait susurré à l'oreille, alors qu'ils allaient se mettre au lit et qu'il était peut-être un peu échauffé, qu'elle avait un corps digne de celui des femmes de Rubens. Elle en avait ri, un peu sottement. Ce tailleur, elle ne l'avait porté que deux fois : à Versailles lors du dîner d'État du roi du Danemark, et le jour des obsèques d'Eugène, en dernier hommage à cet homme qu'elle avait profondément aimé.

Ils s'étaient connus trente ans plus tôt, en juillet 1938. Elle était à Ascain dans la grande maison familiale où, de sa chambre, les Pyrénées lui apparaissaient dans un lointain bleuté hormis les jours où les larges lanières de brume sourdaient du fond de la vallée ou tombaient des sommets jusqu'à envahir tout son horizon. Pour la première fois, ses parents l'avaient laissée partir seule. Elle respirait cet air de liberté avec l'appétit d'une jeune fille avide de jouir de cette vie sans entrave. Elle avait terminé brillamment ses études d'œnologie et allait bientôt rejoindre le grand domaine viticole d'Eauze pour y développer les ventes à l'étranger. L'Armagnac de Capestan était très en retard sur ses concurrents pour exporter sa production, reconnue comme un label dans la région, mais son père n'avait ni le temps, ni l'envie, ni sans doute le talent de courir le monde pour proposer son alcool. Un matin, c'était un samedi, elle avait pris le bus qui assurait la liaison avec Biarritz. Elle se revoit trente ans plus tard, avec son pantalon de coutil blanc et son pull à larges rayures, les cheveux au vent, se promenant le long de la mer où soufflait la petite brise du matin chargée d'iode, de sel et d'algues rouges. Elle était heureuse de retrouver ces odeurs et s'y fondait en s'oubliant. Devant elle, des gens se baignaient dans une eau monotone sous la courbe d'un ciel bleu tendre. En début d'après-midi après avoir rapidement déjeuné au restaurant du casino, elle était allée voir *La Belle de Saigon*. Elle n'avait aimé ni ce Gable mal rasé ni cette Jean Harlow à la blondeur trop étudiée, ni ce film au scénario peu crédible et, dès le clip de fin, s'était vite réfugiée au bar du casino pour prendre un verre. C'est là qu'il l'avait abordée. Froidement. Non par son attitude qui était au contraire pleine de déférence, mais par le culot qu'il avait eu en s'installant à la table voisine avec l'idée de lier conversation. Il était venu de Paris, lui dit-il, passer le week-end avec un ami sur la côte basque. Elle était gênée par l'aplomb qu'avait mis cet homme à l'aborder alors qu'elle voulait passer un moment tranquille en écoutant le petit groupe qui jouait du jazz sur la scène. Et puis, elle s'était prêtée au jeu. Au jeu de la séduction. Elle n'avait pas envie de se confier et avait peu parlé d'elle, le laissant parler de lui. Il était donc parisien, ça elle l'avait compris dès la première minute, avant même qu'il le précise. Il lui avait dit qu'il travaillait dans une banque sans préciser laquelle ni ce qu'il y faisait. Il lui raconta aussi qu'il aimait le Pays basque et que si un jour ses moyens le lui permettaient, il voudrait y acheter un « bout de terrain pour faire construire ». Il pratiquait le golf – et y jouait quand il venait là, à Chantaco – et le tennis. Il eut aussi le temps de lui avouer sa passion pour les livres anciens, dont il avait commencé une collection. Ce jour-là, elle avait vu en lui un homme déjà mûr et qui lui avait paru sympathique, sans que pour autant elle ait éprouvé le coup de foudre qu'elle avait connue deux ans auparavant à Bordeaux avec Jacques, un étudiant en médecine qui était mort d'une leucémie foudroyante. Ce 22 juillet, elle n'était pas encore complètement remise de cette disparition qui l'avait longtemps drapée du froid de la mort. Ils avaient passé la fin d'après-midi à discuter, s'étaient échangé leurs adresses, il l'avait invitée à dîner et elle avait décliné : son bus pour Ascain partait à dix-huit heures.

Ils s'étaient mariés deux ans plus tard. Béatrice avait vingt-trois ans, lui trente-quatre. Fut-ce un mariage d'amour ? Pour Eugène, c'est probable. Pour elle, chez qui tout était spontané, les sentiments furent longs à éclater, mais après le voyage de fiançailles qu'ils firent à Venise, ses proches n'eurent plus de doute. Elle était vraiment amoureuse de cet homme si différent d'elle, vrai banquier et pas simplement employé de banque comme elle l'avait longtemps cru, juif sépharade d'une famille originaire du Bosphore, fin connaisseur des traditions – et de la cuisine – ottomanes. La réception dans l'hôtel particulier des parents, plaine Monceau, l'impressionna. La demeure était remplie de pièces d'art de collection, amassées au fil des générations par une famille mécène du Louvre. C'est là qu'elle comprit qu'elle pénétrait dans un monde qu'elle ne connaissait pas, celui des grands banquiers juifs, d'une lignée amie des Rothschild et des Camondo, des Effrussi et des Pereire. Cette visite lui fit peur : elle ne voulait ni se convertir à la religion hébraïque, ni entrer de plain-pied dans un univers si étranger au sien. Eugène la rassura pour la religion : catholique elle était, catholique elle resterait. Pour le reste, c'était à elle, c'était à eux de tracer le cadre dans lequel ils voulaient vivre. Et il tint parole sur ces deux plans. À Eauze, son départ faillit briser le lien très fort qu'elle avait avec son père, qui avait fondé tant d'espoirs sur sa fille, son seul enfant. Dans son chagrin, il vendit toute l'exploitation – terrains, vignes, chais et jusqu'à la belle demeure où Béatrice était née – et se retira avec sa femme à Auch. La fêlure n'alla jamais jusqu'à la fracture et les premières années de son mariage, Béatrice revint régulièrement en Armagnac leur rendre visite. Puis les visites s'espacèrent et ses parents moururent, sagement l'un après l'autre. L'ennui et la tristesse avaient asséché leur âme jusqu'à la rendre aussi dure que la corne.

Eugène était mort depuis dix jours quand elle entra dans la salle du conseil en tailleur Chanel qui couvrait ses genoux et galbait joliment ses hanches. Le buste était recouvert d'un chemisier blanc cassé agrémenté de fines broderies roses. Elle fut amusée par le spectacle des huit paires d'yeux qui convergèrent vers sa personne et dans lesquelles elle ne lisait que de l'étonnement. Pour la première fois, une femme présidait le conseil d'administration et cette entrée ressemblait à une apparition. Les huit messieurs s'étaient tous levés à son arrivée et se rassirent en un ballet bien réglé sur un petit signe qu'elle leur adressa en prenant possession de son vaste fauteuil de présidente.

Elle n'avait qu'un petit dossier, l'ordre du jour était si minuscule ! La nomination de sa belle-sœur au conseil et l'accompagnement à la défense du franc. Un petit sourire flottait sur ses lèvres qui ne faisait qu'ajouter aux interrogations de tous ces hommes sur sa véritable personnalité, sur sa capacité à mener une réunion de conseil d'administration. Qu'elle rate cette première séance et les sceptiques n'allaient pas manquer de se répandre en ricanant sur l'air du « on vous l'avait bien dit ».

Près d'elle, Dormeuil avait le visage sombre. Pressentait-il un conseil orageux ou n'était-ce pas plutôt cette méchante tache graisseuse sur son pantalon qui le rendait d'humeur chagrine ? Le serveur avait eu beau lui frotter la cuisse avec son torchon plein d'ammoniaque, la tâche n'avait pas cédé, le combat était trop inégal. En regardant tous ces visages solennels, de ceux que l'on prend les jours de funérailles, Béatrice sentit vite la lourdeur de l'atmosphère. Tous ces messieurs avaient dû prendre connaissance de l'entrefilet du matin et c'était comme si, telle une anguille, il s'était glissé dans la salle.

Elle l'avait presque oubliée. Sa belle-sœur était là, elle aussi. Cette réunion devait marquer son entrée au conseil d'administration. Elle s'était assise sur une chaise à l'écart de la table, attendant que la présidente s'adressât à elle. Béatrice avait d'ailleurs décidé de commencer par ce point de l'ordre du jour avant d'évoquer celui qui la tracassait bien davantage.

« Messieurs, je vous ai convoqués pour que nous débattions de la question de la participation de notre banque à la défense du franc – et je souhaite que nous abordions ce point dans la sérénité –, mais pour commencer, il nous faut pourvoir au remplacement d'un des deux administrateurs qui ont démissionné lors de la dernière réunion, messieurs Diarmon et Albertini. Mme Roselyne de Puychardon, sœur de mon mari avait alors fait acte de candidature et c'est bien volontiers que je recommande son élection. »

Pour la première fois depuis son arrivée, elle fit du regard un tour complet de la table.

« Y a-t-il une objection ? »

Aucune main ne se levant, elle poursuivit.

« Je vous remercie. Je demande à Mme de Puychardon de nous rejoindre et de s'asseoir à l'une des deux places vacantes. »

Roselyne de Puychardon s'avança alors et prit la place que Diarmon occupait quelques jours auparavant. Voulait-elle montrer en choisissant cette place, alors qu'elle aurait pu prendre celle d'Albertini, qu'elle aussi avait des idées pour la banque, cette « belle endormie » ? Cette pensée traversa l'esprit de Béatrice le temps d'un éclair, mais ce n'était pas – peut-être pas encore – le moment de s'interroger sur les intentions de sa belle-sœur.

« La France, vous le savez comme moi, est attaquée, parce qu'attaquer sa monnaie, c'est l'attaquer elle. Le pouvoir a pris contact avec nous, pour que nous participions avec d'autres au combat de la défense du franc. J'ai donné un accord de principe à la présidence de la République et ai désigné M. Hautefort pour nous représenter au sein du comité qui chaque jour va suivre cette grande bataille et prendre les mesures pour casser la spéculation. Ce ne sera pas une première pour Pérignon, qui s'est déjà engagée à plusieurs reprises par le passé dans ce genre d'opérations. Je suis convaincue qu'en agissant ainsi nous sauvegardons nos intérêts en les associant à ceux du pays. J'ai consulté nos archives et lu le dossier consacré à notre intervention au secours du franc en mars 1924, époque où Alexandre Cardi-Tabuschi, le grand-père d'Eugène, a vendu toute l'encaisse de la banque en livres sterling et en dollars pour acheter des francs et nous avons même dû emprunter auprès de Pierpont Morgan. Nous sommes intervenus à la demande d'Herriot, qui était alors le chef du gouvernement. La banque n'a pas eu à s'en plaindre puisque nous avons pu un peu plus tard, avec l'aide de la rue de Rivoli, créer la première société de crédit à la consommation en France. Vider notre encaisse ? Rassurez-vous, ce n'est pas ce qu'on attend de nous aujourd'hui. Le pouvoir a besoin de notre présence – qui inspire confiance – parmi ceux qui ne croient pas à la réussite de cette attaque. Vous l'ignorez peut-être, mais douze ans après Alexandre, Moïse a refusé la demande faite en septembre 1936 par Léon Blum et la dévaluation de 25 % a dû être actée en conclusion d'un programme économique et social que la banque désapprouvait. Ce ne serait donc pas une première. Si j'ai donné un accord de principe, j'ai bien précisé que c'était sous réserve d'être suivie par mon conseil d'administration. Cette décision ne peut être celle de la seule présidente, mais doit être l'émanation de la volonté collective de ceux qui ont en charge nos intérêts. Je précise que je comprendrais que certains s'opposent à mon choix et leur laisserai alors le choix de rendre leur mandat ou de le conserver. Ce ne sera pour eux qu'un simple problème de conscience. »

Elle avait longuement réfléchi à cette expression « un simple problème de conscience », comme si un problème de conscience pouvait être simple. C'était réduire à peu la conscience de certains.

Chapitre 16

« J'aimerais maintenant que les uns et les autres, vous donniez votre avis sur l'intervention de la banque dans le dispositif de riposte. »

La fermeté de son ton, l'assurance qu'elle montrait en donnant sans hésitation des informations que personne ne connaissait, le calme de son visage bruni d'une fine pellicule de crème fond de teint, tout cela produisait une impression rassurante sur une assemblée jusqu'alors circonspecte. Et puis chacun avait bien compris que le pouvoir n'exigeait pas que la banque déverse des fonds dans l'opération, c'eut été peine perdue. Elle n'était là que pour rassurer les marchés et décourager les spéculateurs. Le pouvoir avait besoin de cette image rassurante à ses côtés.

Le ministre Peyraud brûlait d'intervenir. Le sort de la France et de sa monnaie était en jeu et ne pouvait le laisser indifférent. Il était là sur un terrain qu'il connaissait bien.

« Madame, vous avez mon appui total. Des institutions comme la nôtre ne sont pas simplement là pour faire de l'argent, mais l'argent gagné doit être utilisé intelligemment, le fût-il comme dans ce cas en dressant ce fameux mur de l'argent si détesté dans nos faubourgs. Je considérerais faillir à ma mission au sein de ce conseil en refusant de vous donner le blanc sein que vous sollicitez. Mes contacts politiques ne m'ont pas franchement rassuré sur le sort de notre malheureuse monnaie. La spéculation se déchaîne et beaucoup cherchent à se débarrasser de leurs francs pour se remplir les poches de monnaies solides. Certains politiques – vous me permettrez d'être discret sur ce point – jouent un jeu trouble et ne seraient pas franchement mécontents que de Gaulle baisse la tête et plie le genou. Qu'il aille à Canossa quoi ! La dévaluation, il faut aussi le comprendre, serait une défaite politique pour lui.

— Monsieur Peyraud, je vous remercie. Laissons de côté s'il vous plaît la dimension politique. Qui veut maintenant intervenir ? »

Amanieu, le roi de la soierie lyonnaise, fit un signe discret de la main. Béatrice était étonnée que celui que son mari avait surnommé le muet du sérail demandât la parole. Elle le savait très riche et puis Lyon est si proche de la frontière suisse… Il pouvait avoir des choses intéressantes à raconter.

« Madame, en tant qu'industriel vendant une grande partie de mes productions à l'étranger, j'apprécierais beaucoup que la France dévalue. Je pense exprimer le point de vue de beaucoup de mes collègues. Les mesures prises en mai par le gouvernement ont lesté nos résultats et nous ont fait perdre des marchés. C'est un fait incontestable. »

Il fixa alors Béatrice et prit un air grave.

« Je vous soutiens néanmoins. Si l'industriel souffre, le citoyen ne peut tendre la main à la spéculation et pire encore l'encourager en plaçant ses fonds de l'autre côté de la frontière. Nous trouverons par nous-mêmes les moyens de résoudre nos problèmes de compétitivité. Je souhaite que ma communication ne sorte pas de cette salle, car mon point de vue, je le sais, n'est pas partagé par la majorité de mes amis ou concurrents dont beaucoup placent leurs capitaux en Suisse, au Luxembourg ou en Allemagne… Ils considèrent, et je ne peux le reprocher à leur talent de gestionnaires, qu'en agissant ainsi, ils vont engranger d'énormes gains de change s'ils parviennent à faire plier notre gouvernement et le contraindre à dévaluer.

— Je suis moi aussi sur cette ligne l'interrompit Costa, l'homme des gros chantiers de construction, mais, cher Amanieu, ne nous faisons pas d'illusions sur la confidentialité de nos propos… Le bâtiment est sans doute le secteur le plus touché par l'augmentation des salaires de mai avec un SMIG en hausse de 35 % que nous avons, vous le pensez bien, rapidement répercuté dans nos prix de vente. Nous n'exportons pas, nous n'importons pas non plus le ciment qui est produit en France donc la dévaluation serait pour nous sans incidence. Chez moi, ce n'est pas le citoyen qui s'exprime, mais le patron qui a besoin maintenant de stabilité pour faire son travail sans que des gnomes s'agitent en tous sens pour perturber la vie de nos affaires. »

Béatrice semblait ravie de ce qu'elle entendait. Une majorité des administrateurs paraissait se dégager pour approuver son plan. Plusieurs n'avaient pas encore parlé, et c'était ceux-là qu'elle avait maintenant envie d'entendre. La question de l'entrefilet des Échos allait forcément être posée sur la table à un moment ou à un autre. Grosdidier était écrasé dans son fauteuil. Elle savait que ce genre de situation lui plaisait, il pouvait y déployer tout son talent de petit tripatouilleur. C'était lui qu'on attendait maintenant. De son gros corps, une petite voix grêle et lente sortit, caressante comme un murmure.

« Bien gentil tout ce que nous venons d'entendre, madame. J'avoue que je n'y vois pas très clair dans cette affaire qui me dépasse. Faut-il ou pas aider le gouvernement à maintenir la parité de notre belle monnaie, je n'en sais fichtre rien et pour tout dire, madame, je m'en contrefiche. Je suivrai sans état d'âme l'avis de la majorité de nos amis. Je suis bien plus surpris que vous n'ayez pas encore évoqué le petit article paru ce matin dans *Les Échos*, comme s'il vous avait échappé… »

Il marqua alors un temps d'arrêt, quêtant une réponse de la présidente, qui souriait en le regardant. Il avait bien compris que c'était là un point à éclaircir, un nœud à trancher, et que le moment était venu d'en parler. Béatrice sentait qu'il voulait aller plus loin. Elle lui fit un signe de la main, l'encourageant à poursuivre :

« Oui, madame, cet article m'a surpris, interpellé et écœuré tout à la fois. Surpris, car j'ignorais jusqu'à ce matin que notre conseil était "profondément divisé" ; interpellé, car je me sentis sommé de me classer dans un des camps de cette division ; écœuré enfin, car cette information, en montrant une ligne de fracture, nuit à mon sens gravement au crédit de notre banque. Je suppose que vous êtes au courant et aimerais que vous nous donniez quelques informations.

— Je n'ai, hélas, monsieur Grosdidier, aucune information à vous fournir. J'ai découvert comme vous ce matin l'entrefilet. Comme vous, pour reprendre vos mots, il m'a surpris, interpellée et écœurée, et comme vous je me perds en conjectures sur l'origine de l'information. »

Grosdidier semblait se satisfaire de cette réponse. Il comprit que sa présidente n'en dirait pas plus pour le moment.

Lombard le diplomate ne fit qu'une courte intervention aux termes tellement alambiqués que Béatrice se demandait quel était son avis. Elle ne fut rassurée qu'au terme de son exposé qu'il conclut d'une voix claire : « Madame, votre position vous honore et je ne peux qu'y souscrire. »

Seuls Bailly l'avocat et Roumanoff n'avaient pas encore pris la parole. La présidente brûlait de les entendre l'un comme l'autre. Bailly se leva de sa chaise, mit les mains bien à plat sur la table et se croyant sans doute dans la salle d'un tribunal, prit sa voix de stentor alors que d'ordinaire, il s'exprimait d'une voix calme, douce, de celle que l'on doit prendre en conseil d'administration où il n'y a pas lieu de partir dans des discours enflammés.

« Madame. Il faut distinguer deux aspects à la question telle qu'elle est maintenant posée. Jusqu'à ce matin, je pensais n'avoir à répondre qu'à une question. Je vais donc d'abord répondre à celle-ci : notre banque doit-elle participer au cartel mis en place par le gouvernement pour voler au secours du franc, la monnaie malade de l'Europe ? À cette question, je réponds clairement : Non ! »

Le mot avait jailli violemment de sa bouche, d'une voix tonnante.

« Je m'explique. Dévaluer ne doit pas être une décision politique. La monnaie est le reflet de la plus ou moins bonne santé d'un pays. Depuis mai, la France se porte mal. La monnaie en subit les conséquences et tenter de voler à son secours c'est poser un emplâtre sur une jambe de bois. Voilà ce qu'elle est aujourd'hui notre pauvre monnaie, une jambe de bois, de celles que l'on pose aux malheureux fauchés par la mitraille pour qu'ils continuent à marcher tant bien que mal. Non seulement ce soutien… je cherche le mot juste… oui, ce soutien platonique ne servira à rien, mais en plus je ne crois pas que ce soit rendre service au pays. Sans l'orgueil gaullien, la France aurait déjà dévalué, quelle que soit la couleur politique de son gouvernement. Des milliards vont être jetés sur les marchés pour éviter une ultime humiliation à de Gaulle. C'est bien trop cher payé. Je voudrais maintenant évoquer une question dont je m'étonne que vous l'ayez évacuée un peu vite. Je veux bien sûr parler de ce petit, mais tellement insidieux article. »

Pour Béatrice, ce moment n'était pas encore venu.

« Nous allons en parler bien évidemment, mais je voudrais auparavant entendre M. Roumanoff, le seul à ne pas s'être encore exprimé. »

Il regardait sa présidente avec le sourire triomphant de celui qui va jouer un bon tour à la compagnie. Il avait attendu sagement son tour pour parler et allait clore le tour de table comme s'il voulait avoir le dernier mot. En le regardant se mettre debout, Béatrice fut frappée de sa ressemblance avec un autre Russe blanc. Sa stature, sa chevelure flamboyante, son visage buriné parcouru de rides profondes, stigmates d'une vie agitée, rappelaient Kessel. Le lion allait rugir.

« Chacun ici connaît mes positions politiques. Mes engagements successifs eurent pour noms : Camelots du roi, maréchalisme, Algérie française. Je n'en éprouve ni regrets, ni remords, mais une vraie fierté. Ces combats furent tous perdus, mais comme chacun le sait depuis Guillaume d'Orange, on ne perd vraiment que quand on cesse de lutter. Perdre n'est rien, abdiquer est pire qu'un crime, une faute. Ma seule ligne de conduite fut la ligne droite et ces combats furent l'honneur de ma vie. Je les devais à mes parents, à mes grands-parents, à tous ceux qui quittèrent la Russie en grand uniforme de gentilhomme de la cour du tsar et leurs valises gorgées de titres de propriété, d'actions, de billets d'emprunts tsaristes. Ils se croyaient encore riches ; ils finirent en frac de valet, concierges aux Batignolles ou gardiens de square à Ménilmuche. Pourquoi ai-je besoin aujourd'hui de vous raconter cela ? Je ne veux pas remuer le passé, mais c'est dans ce passé que je trouve le sens de mes combats. J'avais fait, madame, un pacte tacite avec votre mari. Fort des quelques talents d'écrivaillon dont il me créditait – voyez, je me mets à parler comme un banquier – je devais porter ma plume dans l'encre la plus sympathique pour vanter les mérites de notre banque dans les revues qui m'accueillaient, en échange de quelques gracieusetés. C'était ma contribution la plus voyante au rayonnement de Pérignon et sans doute la plus efficace. Ce pacte, madame, traduisait une concordance de vues avec votre mari et je crains qu'il soit mort avec lui. Depuis la guerre, mon aversion à de Gaulle est totale. J'étais encore jeune, mais toute notre petite communauté de Russes blancs était maréchaliste, sans doute par peur des communistes. J'ai mis ma plume, et même plus, au service de l'OAS, j'ai pleuré la mort de Bastien-Thiry. Je vous remercie d'avoir présenté la question de la participation de la banque comme sauvetage du franc sur la table du conseil. Je devrais donc si j'étais logique avec moi-même vous répondre par un "non" des plus catégoriques. Tout devrait m'y pousser, mes combats anciens, mes convictions profondes de l'inéluctable victoire de la dévaluation, mais aussi et peut-être même surtout le sentiment de trahir en aidant de Gaulle. Je ne vais pas vous dire "oui" ce serait trop me demander, mais je vais simplement m'abstenir. Vous êtes une jeune présidente, vous avez besoin d'un conseil à vos côtés, vous allez avoir besoin du soutien du pouvoir, vous avez eu la sagesse d'éviter que la banque n'engage ses fonds dans l'opération. Je ne veux pas vous gêner et aimerais pouvoir discuter de tout cela avec vous.

— Nous nous verrons quand vous le souhaiterez.

— Merci. Je suppose que vous voulez m'entendre aussi sur cet entrefilet paru dans *Les Échos*. »

Sur un petit signe de Béatrice, Roumanoff continua.

Chapitre 16

« J'aurais pu être tout à la fois son auteur, son inspirateur ou son commanditaire. À tous les contacts que j'ai noués depuis longtemps dans le milieu de la presse, si vous leur ajoutez une petite dose de machiavélisme que certains me prêtent, vous obtenez le portrait du suspect parfait. Et pourtant ce n'est pas moi. Mes méthodes ne sont pas celles-ci. La transmission aux *Échos* de cette information – qui n'est pas complètement fausse d'ailleurs, à en juger par certaines des positions que je viens d'entendre – ne peut être que l'œuvre de malveillants sournois. J'ai des positions tranchées, mais je n'ai jamais usé de telles méthodes. »

Béatrice était perplexe. Roumanoff était sincère, elle le sentait dans la fermeté de son ton et dans ses yeux qui n'étaient pas ceux d'un petit comploteur, mais d'un homme qui ne tripatouille pas dans le marigot des ragots. Si ce n'était lui, qui était-ce donc ? Ce n'est pas ce soir qu'elle aurait la réponse à cette question.

À sa place, sa belle-sœur n'avait pas ouvert la bouche. La présidente la regarda comme si elle la découvrait soudain.

« Madame de Puychardon, avez-vous des avis sur tout ce dont nous venons de parler ?

— Merci de me donner enfin la parole. Je pensais que vous alliez m'oublier. Je m'abstiendrai sur le point principal, considérant ne pas avoir les compétences nécessaires pour porter un avis tant soit peu fondé. Je suis béate d'admiration devant tous ceux qui tranchent aussi facilement une question aussi complexe. J'espère, madame la présidente, que vous excuserez cette incompétence. Quant au point annexe auquel vous semblez attacher tant d'importance, je ne lui en accorderai pas autant. J'estime que ces quelques mots ont dû passer inaperçus aux yeux de beaucoup. Les journaux sont pleins de ces informations qui ne méritent certainement pas que l'essentiel des discussions d'un conseil d'administration leur soit consacré.

— Vous n'avez donc aucune idée sur ce que vous appelez le point annexe de notre ordre du jour ?

— Aucune, madame la présidente.

— Nous allons donc maintenant passer au vote sur la question suivante : *Êtes-vous d'accord pour que la banque Pérignon soit présente avec ses consœurs et la Caisse des dépôts et consignations dans le concert mis en place par le gouvernement pour aider la Banque de France à résister aux attaques contre la devise nationale.* »

Quatre bras se levèrent en signe d'accord, ceux de Dormeuil, de Costa, de Lombard et de Peyraud. Le bras de Bailly se leva en signe de désaccord. Avant même que la présidente ne demande s'il y avait des abstentions, Mme de Puychardon se contenta de lever la main, en disant « je m'abstiens ». Elle n'avait pas eu un regard pour sa belle-sœur. Roumanoff fit un signe à sa présidente lui indiquant qu'il était sur la même position.

« J'ajoute aux avis favorables celui de M. Grosdidier qui nous a informés qu'il se rallierait à la majorité, ce qui, en tenant compte de la mienne, nous fait un total de six voix pour l'intervention, soit la majorité des membres présents. Je rappelle que M. Bailly, qui est défavorable à cette action, peut me remettre sa démission, ce que je comprendrais fort bien puisque le désaccord touche une question de fond qui engage fortement la banque. Que décide M. Bailly ? »

L'avocat prenait l'air important de celui dont la réponse décidera du sort du monde. Il marquait un temps – qui était sans doute celui de la réflexion – avant de lâcher d'une voix à peine audible en regardant la présidente :

« Je reste, madame.

— J'en prends acte et vous demande la plus grande loyauté dans vos prises de position publiques. Cette loyauté ne peut passer que par la discrétion et si vous vous exprimez, arrangez-vous pour ne pas désavouer la position de la banque. La presse est toujours à l'affût des bisbilles et ne va pas manquer d'essayer de savoir qui sont les administrateurs opposés à la décision que je vais demain annoncer publiquement. »

Chapitre 17

L'homme qu'elle avait en face d'elle en ce début d'après-midi était un renard. Son mari lui en avait souvent parlé. Du renard, Salvatore Sciglia avait la science du mulotage, cette technique d'approche discrète de sa proie avant de fondre sur elle à la vitesse de l'éclair, martingale dont l'efficacité n'est pas limitée aux cours de ferme. Il en avait aussi l'attribut nasal qui était chez lui tellement effilé que son arête ressemblait à un tranchet. Son mari s'en méfiait, mais il le respectait comme un prince en respecte un autre. Ils étaient du lignage le plus noble, celui de l'aristocratie de la finance, mélange de deux noblesses, celle du talent et celle de l'argent, qui toise de haut toutes les autres et surtout celle qui se contente de sourire aux âmes bien nées. L'homme tenait dans ses petites mains, qu'il n'arrêtait pas de tordre comme s'il avait froid, toute l'économie de l'Italie. Il avait mis en place un système de participations croisées dans lesquelles lui seul pouvait s'y retrouver. Au centre de cet écheveau, il n'y avait qu'une banque – Montebanca – et qu'un nom – Sciglia.

Elle avait bien compris qu'il n'était là que pour la jauger. Qui était donc cette veuve qui prenait la tête de la seule banque qu'il respectait en France, si loin de ces monstres avec des guichets de quartier qui ne lui inspiraient que du dédain ? Ce n'était pas là métier de banquier, mais de boutiquier. Lui et Montebanca étaient les descendants de ces financiers du XVIe siècle, ceux qui avaient inventé le métier. « Le plus vieux métier du monde » avait-il l'habitude de dire, en ajoutant, dans un sourire qu'on aurait trouvé fripon chez n'importe qui d'autre : « si la place n'était déjà prise. » Mais Sciglia n'avait pas le sourire fripon ; chez lui, le sourire sans joie qui flottait entre ses yeux et ses lèvres semblait être une souffrance.

Elle pensait qu'il serait seul, mais il était accompagné d'un de ses collaborateurs qu'il lui présenta. Béatrice sentit vite que si Sciglia était un renard, Gian Luigi Fendi était un paon qui était fier de ses plumes. Sa magnifique crinière blanche parcourue de belles ondulations entourait un visage de bronze, dont pas un trait ne bougeait. Le contraste était si étonnant entre les deux hommes qu'on pouvait se demander – et Béatrice se posa la question – si la présence flamboyante de Fendi n'était pas là dans un discret jeu de séduction. Si la présidente était insensible au verbe de Sciglia, elle ne saurait résister aux yeux lapis-lazuli de Fendi.

De dossiers en cours, il ne fut pas question ; de la défense du franc non plus, c'était là une affaire franco-française dont Sciglia n'avait pas à se mêler. Ce qui l'intéressait, c'était la vraie capacité de cette belle femme à diriger Pérignon. Il avait besoin d'être rassuré, il avait besoin que cette banque conserve toute sa force et sa solidité. C'était une question d'équilibre entre les deux vraies puissances financières en Europe, celles qui savaient nouer et dénouer les alliances capitalistiques, dégager les flibustiers égarés dans un monde trop sérieux pour eux, promouvoir les capitaines d'industrie, ces petits princes du *cash-flow* qui, partant de peu, créent un empire sur lequel le soleil a du mal à se coucher, en régnant sur des enfilades de holdings et sous holdings. Il avait une façon habile, onctueuse d'amener le sujet là où il voulait, de conduire une discussion sans violenter son interlocuteur. En le regardant, en l'écoutant, on se croyait revenu au *sedicesimo* florentin, ce temps béni où les princes et leurs conseillers rivalisaient de ruse et d'habileté avant, s'il le fallait, de sortir les dagues ou de brûler un Torquemada. Il savait surtout observer, écouter et il n'était là que pour ça. Béatrice quand elle parlait, sentait le regard gris, froid, pénétrant du renard plonger en elle, fouiller son âme, traquer son caractère pour comprendre ce qui s'y trouvait et s'y cachait.

Il avançait dans sa recherche de la personnalité de la nouvelle présidente, insensiblement, par petites touches. Il avait commencé par se lamenter sur la perte de son cher Eugène aux obsèques duquel il n'avait pu, *sfortunamente,* se rendre. Il avait une telle amitié pour lui et une telle admiration pour son talent de banquier ! Cette charge ne lui paraissait-elle pas trop lourde ? Elle pouvait compter sur son appui ; le lien entre les deux banques était *indissoluble.* Il répéta le mot trois fois pour que Béatrice n'ait aucun doute sur la réalité de cette alliance. Elle ne chercha pas à le rassurer en se singeant en walkyrie enfourchant sa lance et prête à partir au combat, mais elle lui expliqua que pour le moment elle prenait connaissance des dossiers importants et des hommes, en écoutant les avis des uns, les recommandations des autres et en essayant surtout de se faire son opinion par elle-même. Il termina par un conseil qu'il prononça dans un bon français : « Vous êtes encore bien jeune dans le métier. Surveillez vos adversaires et méfiez-vous de vos amis. »

Le renard fut-il rassuré à l'issue de cet entretien ? Béatrice n'en était pas certaine, mais ils avaient le temps de se revoir. Il l'invita à venir à Milan, ce qu'elle s'empressa d'accepter. Le beau Gian Luigi Fendi, assis derrière son patron, n'avait pas prononcé un mot.

Elle avait envisagé de tenir une conférence de presse pour annoncer la décision de Pérignon de s'associer à la défense du franc. Hautefort, qu'elle rencontra le soir du conseil, l'en dissuada. Des pièges allaient lui être tendus, des questions auxquelles elle aurait peut-être du mal à répondre allaient fuser. Mieux valait, lui dit-il, se contenter d'un communiqué. Elle se rangea à son avis.

Le lendemain, l'agence France Presse recevait sur son fil le texte suivant en provenance de la banque.

À la quasi-unanimité de ses membres, le conseil d'administration de la banque Pérignon a décidé de s'associer au concert organisé autour de l'Institut d'émission pour soutenir la devise nationale. La banque Pérignon reste ainsi fidèle à la politique qui a toujours été la sienne, en aidant les pouvoirs publics quand les intérêts financiers du pays sont menacés.

Le lendemain, les journaux financiers et les titres nationaux reprenaient l'information avec le plus souvent des commentaires favorables et même élogieux de la part du *Figaro*. La nouvelle eut un effet immédiat : le franc reprit aussitôt de la vigueur par rapport au deutsche mark comme si les spéculateurs avaient pris conscience que cette prise de position d'une banque respectée était un renfort de poids pour ceux qui ne croyaient pas à la dévaluation.

La présidente avait convoqué ce matin-là son équipe de direction pour évoquer les dossiers en cours. À en juger par son visage qui avait retrouvé sa sérénité, de Balzan avait évacué l'humiliation qu'elle lui avait fait subir en choisissant Hautefort pour représenter la banque au sein du comité chargé d'organiser la riposte à la spéculation.

Hautefort fit une communication sur l'important dossier de restructuration du secteur automobile. Les négociations avançaient bien. Le boss du constructeur en difficulté avait enfin compris qu'il était temps pour lui de partir et de céder ses actions. La négociation en était au stade ultime : celui de la fixation des cours d'échange. Simple question technique.

Malleville était heureux dans son beau pull torsadé. Le client américain allait acheter finalement les 6000 hectares de terres qu'il convoitait en Namibie. Il donna le chiffre de la commission que la banque allait percevoir. Ils avaient l'habitude de ces chiffres à six zéros et là où d'autres auraient chaviré de bonheur, aucun des traits des trois visages ne bougea.

Chapitre 17

Qui évoqua alors l'histoire de l'entrefilet ? Peut-être Malleville qui avait été interrogé à ce sujet dans les bureaux de la banque à Rockfeller Center. Il n'avait su quoi répondre à l'insidieuse question posée par un associé de Morgan Stanley : Pérignon était-elle en train d'éclater ? Il était rentré en France la veille au soir et avant de repartir, voulait en savoir un peu plus. Béatrice n'avait plus envie de parler de cette affaire. Elle avait été rassurée par ses administrateurs et avait conclu ce dossier, une bonne fois pour toutes, en mettant ce crachat sur le compte d'un spéculateur inquiet de la perte colossale qu'il allait enregistrer si la France ne dévaluait pas. Elle se sentait quand même obligée de répondre à un de ses directeurs.

« Nous avons découvert ce minuscule article de deux lignes et demie le matin de sa parution. J'ai appelé *Les Échos* pour m'étonner de cette information qui ne reposait sur rien puisque le conseil ne s'était pas encore réuni. Ce n'était là que pure malveillance. Le directeur n'a évidemment pas voulu me donner sa source. Il m'a quand même dit, d'un ton un peu égrillard, que je serais très surprise si je savais qui était venu les voir la veille pour leur souffler cette perfidie à l'oreille. J'étais moi-même dans l'ignorance de possibles désertions au sein de notre conseil. Voilà tout ce que je peux vous dire.

— Avez-vous mené une enquête pour savoir qui était ce fameux informateur ?

— Non et je n'ai pas l'intention de le faire. Celui ou celle dont vous parlez veut nuire à notre banque et à ma personne en particulier. Il ou elle a compris qu'il y a un concours de circonstances favorable pour cela avec la mort de mon mari, mon élection à la présidence dont certains doivent penser qu'elle affaiblit la banque et enfin bien sûr la position que j'ai prise en faveur du soutien du franc qui nous attire l'hostilité de tout ce que la planète compte comme flibustiers de la finance. Cela fait beaucoup d'éléments survenus en peu de temps. Que quelque nuisible cherche à en tirer profit n'a rien de surprenant.

— Qu'est-ce que je dis si on me pose à nouveau la même question ?

— Vous dites qu'à votre connaissance, le conseil est bien soudé. »

Ni Hautefort, ni de Balzan ne fit de commentaire sur cette affaire qui était maintenant derrière eux. La présidente avait dit ce qu'il fallait dire.

Il se faisait tard. Comme la femme de Philippe Cardinet et ses enfants rentraient à Paris le lendemain, elle lui passa un coup de fil pour qu'ils dînent ensemble.

Chapitre 18

À ses premiers mots, elle comprit que l'article des *Échos* avait fait des dégâts. Le directeur associé de la banque Dumaine avait participé dans la journée à une réunion de banquiers dans les locaux du Crédit Lyonnais, boulevard des Italiens. Il n'avait été question que de cela. Une banque ne peut pas présenter une façade lézardée au risque d'imploser. Or c'est bien le spectacle que Pérignon offrait maintenant. Tous se perdaient en conjectures, en supputations sur « qui avait bien pu… » Tous avaient compris que ces quelques mots jetés sur le papier étaient une vraie bombe placée sous le siège de la Présidente. Beaucoup de regards se tournaient vers Roumanoff. Il portait son antigaullisme si bruyamment qu'il ne pouvait qu'être hostile au soutien du franc. De déductions hasardeuses en supputations aléatoires, on pouvait aboutir à la conclusion qu'il ne pouvait que s'opposer à cette présidente qui volait au secours d'un pouvoir honni. Dans ces moments-là, même Eugène Cardi-Tabuschi n'aurait pu tenir le licol de son fougueux destrier suffisamment serré pour brider ses élans. Alors sa veuve ! Un mot avait surtout alerté le Landerneau bancaire : « Profondément ». Qu'un administrateur fasse défection, c'était après tout de l'ordre des choses dans toute assemblée, mais que la fracture fût *profonde*, voilà qui rendait fragile la position de cette nouvelle présidente que bien peu connaissaient.

« Je ne suis pas surpris que ces deux lignes et demie aient pu provoquer une telle vague, une vraie déferlante, car elles tracent un tableau contrasté avec l'image toute de cohérence que Pérignon dégageait jusqu'alors. Ce qui est sûr maintenant c'est qu'une cabale se met en place pour attaquer ta banque, car c'est bien elle la cible. Je crains pour toi que d'autres attaques suivent bientôt. Cet entrefilet est un coup de semonce porté pour faire peur.

— Je n'ai pas peur et je protégerai Pérignon. À propos, j'ai vu cet après-midi Sciglia qui était de passage à Paris et avait demandé à me rencontrer. Tu le connais ?

— Non. C'est une figure, un monument, un de ces hommes de l'ombre qu'on ne voit jamais, au pouvoir considérable en Italie. Il a besoin du *statu quo* institutionnel. Ce n'est pas lui qui affaiblira Pérignon, même s'il veille d'abord à ses propres intérêts. En cas de gros pépin, je pense que tu pourrais compter sur lui.

— C'est ce qu'il m'a dit. Il est venu me voir avec un collaborateur Gian Luigi Fendi…

— Ah ! Il était là lui aussi ? C'est “son éminence grise”, “son homme de confiance”, “son homme de main”… comme disent ceux qui ne voient que manœuvres tordues dans les montages compliqués du “Monsignore”. *Monsignore* ! Nos amis italiens adorent affubler les personnages influents de la péninsule de surnoms amusants, et qui souvent sont les seuls que les gens connaissent. Ainsi Sciglia est *Monsignore,* de la même manière que Giovanni Agnelli est pour l'éternité *l'Avvocato* ; ce filou d'Andreotti tantôt *Belzébuth*, tantôt l'*Inoxydable* ; Raul Gardini, qui file au désastre chez Ferruzzi, *il Condottiere*, et Berlusconi *Sua emittenza*, comme autrefois Laurent de Médicis fut *Lorenzo il Magnifico*. »

Béatrice voulait maintenant profiter de la présence de son ami pour aborder d'autres sujets de conversation que ceux qui constituaient désormais son quotidien.

« Ta famille rentre demain ?

— Oui, après une semaine au cap Ferret.

— As-tu dit à ta femme que nous avions dîné ensemble et que j'avais même violé votre appartement ?

— Non. Tu la connais. Elle n'a pas changé et me soupçonne

d'infidélité dès qu'un détail dans ma vie lui semble louche : un coup de fil inattendu à la maison, un déplacement dont je ne lui avais pas parlé, l'annulation d'une soirée à l'Opéra pour conclure une affaire, une heure de retard le soir. Je sais qu'elle fouille mes poches pour y découvrir un éventuel numéro de téléphone ou je ne sais quel mot doux… Tu es au courant qu'elle ne t'apprécie pas beaucoup. Peut-être que ton nouveau statut l'aura fait changer d'opinion. Sait-on jamais !

— Je ne le souhaite pas. Il faut qu'elle garde pour elle toutes ses préventions à mon égard. Je préfère me méfier de ceux qui m'ignoraient – et pire encore de ceux qui me méprisaient – et qui me parent soudain de beaucoup de qualités et de toutes les vertus. Quand j'aurai besoin de recourir à tes conseils éclairés, je n'ai donc que ta ligne directe à ton bureau ?

— Oui et c'est déjà pas si mal, madame la présidente. »

Philippe partit d'un rire trop sonore. Dans son excès, on comprenait que ce rire qui fusait était celui d'un homme qui aimait les plaisirs de la vie et qui souffrait d'en être frustré. À la table d'à côté une femme s'était retournée, et son visage portait toute l'irritation qu'une dame de qualité pouvait éprouver au contact, même indirect, d'une si mauvaise éducation.

« Et ta belle-sœur ? Parle-moi de ta belle-sœur ? Tu l'as cooptée au conseil ?

— Cooptée, c'est bien le mot. Ce ne fut qu'une formalité. Elle a pris le siège de Diarmon.

— Je serais toi, je m'en méfierais comme de la peste. Elle n'a jamais digéré que son frère la tienne éloignée de la banque. Sa vengeance, elle la porte en elle depuis trop longtemps pour ne pas la laisser éclater un jour.

— Je sais. Tout cela tu me l'as déjà dit, mais je ne vois pas comment elle peut me nuire. J'ai un conseil d'administration qui m'est fidèle et une équipe de direction qui ne dépend que de moi. Elle est peut-être fourbe, mais, pour l'instant en tout cas, n'a pas de pouvoir. Même de nuisance. Elle s'est abstenue au moment du vote sur la défense du franc.

— Abstenue ? Sitôt élue, une première petite turpitude. Et pourquoi donc s'est-elle abstenue ?

— Elle a prétendu ne pas avoir les compétences pour prendre position.

— Elle a surtout voulu t'envoyer un premier message, je devrais dire un premier missile qui, heureusement, n'est pas encore chargé. Ce n'était pas là une question de compétences – aucun de tes administrateurs ne les avait sans doute ces fameuses compétences pour trancher –, mais c'était sa manière à elle de te défier aux yeux de tous ses collègues, c'était leur montrer qu'en sa personne, ils avaient une solution de remplacement. Cette femme est une peste. Elle commence par une abstention et si tu n'y prends garde, elle terminera par une opposition frontale. Il faudra alors que tu sois très forte. »

Chapitre 19

Quand il entra sans avoir frappé, comme il le faisait toujours, dans le bureau de sa présidente, Hautefort avait le visage soucieux, traversé de rides profondes sur son front. Il s'installa directement à la petite table de travail avec un gros dossier. Béatrice l'y rejoignit. Elle avait compris en voyant cet homme, d'ordinaire si calme, sortir les feuilles de son dossier avec des gestes nerveux, qu'un grain de sable s'était glissé dans la belle mécanique.

Ce n'était pas un grain de sable, mais un gros caillou.

« Je ne comprends pas ce qui se passe dans le dossier Hotchkiss. »

Hautefort avait prononcé ces mots d'une voix blanche. C'était le gros dossier automobile sur lequel, avait-il assuré la veille, il n'y avait plus qu'un problème technique à résoudre. Juste une histoire de réglage des parités d'échange.

« Je n'avais plus de nouvelles de Detroit depuis trois jours. On était en attente des derniers documents de finalisation pour conclure. J'ai appelé dès l'ouverture de leurs bureaux ce matin. Je n'ai pas pu joindre le PDG, Martin Crocker, mais j'ai eu Robin Cook, son adjoint. La voix blanche, il m'a annoncé que nous étions dessaisis de l'affaire qui avait été confiée à Morgan Stanley. Je suis effondré. Perdre un dossier la veille de sa signature, je n'avais encore jamais connu cela. »

Béatrice avait pâli comme si tout son sang s'était retiré de son visage. C'était la première grosse opération qu'elle avait espéré porter à son crédit de jeune présidente. Hautefort, elle en était sûre, avait comme à son habitude fait un travail parfait. Ce gros caillou avait un nom, mais lequel ? Il fallait maintenant comprendre ce qui s'était passé pour que Martin Crocker évince Pérignon de l'affaire.

« Devons-nous aller en justice pour faire valoir nos droits ? demanda-t-elle à Hautefort.

— Évidemment. Nous avons un contrat qui nous confère l'exclusivité de toute la négociation, j'ai fait travailler nos équipes tant à Paris qu'à New York et nous pouvons obtenir de gros dédommagements. En fouillant dans le dossier, cela nous permettra de comprendre ce qui s'est passé.

— Convoquez le cabinet d'avocats *Globman & Schiffer* pour que nous en discutions.

— Je les appelle de suite. »

Cet entretien avait laissé Béatrice dolente, les yeux fixés sur le portrait d'Eugène posé devant elle. C'était la seconde grosse tuile de sa présidence qui faisait suite un peu trop vite au communiqué des *Échos* ; il ne faisait pas de doute qu'une même main malveillante y présidât. Être dessaisie d'une affaire la veille de son *closing*, alors que tout avait été minutieusement préparé et finalisé, que même la belle facture avait déjà été établie et était sur le point d'être adressée au client, c'était du jamais vu dans la profession. Dès que la porte se fut refermée derrière Hautefort, elle éclata en violents sanglots. Elle sentait qu'elle était la cause de son propre malheur et de celui de sa banque. Elle s'était crue forte, prête à tout encaisser, mais là, c'en était trop. Il fallait pourtant, elle le sentait bien, tenir ferme la barre, surtout dans de pareils moments. Les paroles de Philippe Cardinet lui revinrent en mémoire : « Ce qu'on ne te pardonnera jamais, c'est d'être une présidente faible. Ton caractère devra être assez solide pour résister aux coups, aux trahisons, aux chausse-trappes qui te seront tendus. » Elle en avait son lot de coups, de trahisons et de chausse-trappes. Le sentiment de s'être fait rouler l'emportait sur la perte financière sèche qu'une action en justice pourrait sans doute tempérer tant la rupture de contrat était abusive. Qu'avait-il bien pu se passer ? Elle appela de Balzan qui n'était sans doute pas encore au courant. Il aurait peut-être, lui, une idée sur tout cela.

D'idée, il n'en avait pas. Pas plus sur cette affaire que sur beaucoup d'autres d'ailleurs. Il n'était pas homme à avoir des idées. De Balzan n'avait toujours été que l'exécutant des ordres d'Eugène Cardi-Tabuschi et il avait manifestement du mal à trouver sa place avec sa veuve.

Quand elle lui parla de l'affaire Hotchkiss qui leur filait entre les doigts, il commença par réfléchir. Et puis, il donna la version qui lui semblait la plus vraisemblable :

« C'est un coup des Américains. La position de notre banque de soutien au franc les a irrités. C'est une vengeance. Le gouvernement américain a dû faire pression sur Hotchkiss pour qu'ils changent de banque-conseil et ils ont appelé Morgan Stanley. C'est l'hypothèse la plus vraisemblable. Dans ce cas-là si c'est une mesure du gouvernement fédéral, il faut craindre pour nos positions outre-Atlantique.

— Je ne crois pas à ce scénario. Si cette affaire est importante pour nous, elle ne l'est pas pour le gouvernement américain. Et puis d'autres banques ont adopté la même position que nous. Pourquoi ne seraient-elles pas elles aussi attaquées ? Non, je crois qu'il y a autre chose. Mais quoi ? »

Chapitre 20

Milan – Hôtel Milano Scala – vendredi 25 octobre 1968.

Béatrice avait fait réserver une chambre dans un des palaces de la Via Dell'Orso. Elle répondait à l'invitation que Sciglia lui avait faite quelques semaines plus tôt, et n'était accompagnée d'aucun collaborateur afin d'avoir une discussion sans intermédiaire avec le patron de Montebanca.

Ce rendez-vous avait été organisé très vite. Elle avait bien compris quand il était venu à Paris que Sciglia était tout disposé à lui rendre service. Philippe Cardinet lui en avait donné la raison : il avait besoin à Paris d'un partenaire solide pour que le marché des fusions-acquisitions reste le domaine réservé du petit monde très étroit des banques d'affaires et ne s'évade vers les banques commerciales pour lesquelles il n'avait que mépris. Elle voulait parler avec lui de cette affaire Hotchkiss. Il devait déjà être au courant et avait peut-être même une idée sur ce qui avait pu se passer. Ce monde de la haute finance (que beaucoup n'écrivent qu'avec des majuscules pour le distinguer du populaire), Béatrice n'en connaissait jusque-là que le décor et elle en découvrait maintenant toute la cruauté. À neuf heures, elle aperçut la silhouette fragile de Sciglia sortir de son bureau d'angle en costume trois-pièces pour l'accueillir au premier étage d'une bâtisse patricienne du XIVe siècle où il était arrivé deux heures plus tôt, comme chaque jour. Il était trop fin pour commettre le péché de suffisance face à une présidente sans expérience et l'invita à le suivre dans une petite salle toute lambrissée d'un bois clair. Béatrice comprit que, sous des paupières lourdes, le regard bienveillant qu'il lui jeta quand ils se furent assis était le signe que son examen de passage à Paris avait été réussi. Elle se sentit heureuse d'être respectée par le pape de la finance italienne. Le renard avait flairé en elle une femme au caractère trempé !

Dans l'avion, elle avait parcouru le dernier rapport d'assemblée générale de Montebanca que de Balzan lui avait passé et elle avait été impressionnée par ce qu'elle y avait lu. Sciglia tenait toute l'économie italienne. Pas une des entreprises majeures de la péninsule qui ait échappé à son emprise. Fiat, Pirelli, Ferruzzi, Montedison, Generali comptaient toutes Montebanca à leur capital. Pas une décision importante, pas une réorientation stratégique majeure sans qu'il ait eu à donner sa bénédiction. Eugène lui avait souvent parlé du culte du secret de Sciglia ; c'est le même que celui qui lie le prêtre au pécheur venu lui confesser ses fautes ou le médecin à son patient. C'est le même aussi, lui avait-on dit, que le serment qui lie les membres de la Ndrangheta en Calabre. *Il Monsignore* cultivait l'art du secret avec délectation. Il savait que le secret entretenait sa légende et de cette légende, il avait fait un atout maître. Il n'avait jamais autorisé qu'un article fût publié sur lui ; jamais un journaliste n'avait été reçu au 7, via Filodrammatici, à deux pas de *La Scala.*

Il Monsignore parlait un bon français entrecoupé parfois de quelques mots d'italien pour mieux préciser sa pensée.

Il fit servir un cappuccino.

« Merci. Je suis honorée de pouvoir à nouveau vous rencontrer. Ma banque, comme la vôtre, a de grandes ambitions. Je succède à mon mari dans un moment pénible pour moi avec l'humilité d'une novice…

— Mais l'assurance d'une mère supérieure… »

La phrase de Sciglia avait fusé. Ce petit homme au visage triste avait donc de la repartie. Mais là où d'autres auraient souri de cette pointe d'humour – si inattendue dans cette bouche aux lèvres pincées –, chez lui pas un trait n'avait bougé. Ne jamais rien montrer de ses émotions était aussi une façon de se protéger. Il poursuivait sur un thème qu'il avait déjà abordé à Paris et sur lequel il voulait revenir :

« Nous sommes, madame, comme vous, les derniers représentants des banquiers de la Renaissance.

— De la Renaissance ? Vous y allez un peu fort, président !

— C'est pourtant la vérité. La banque, je veux dire le commerce d'argent, est née ici, à Milan. Vous avez sans doute remarqué un peu partout en Europe des rues "des Lombards". Les Milanais ont vite essaimé pour développer leurs affaires. Nous avons dans nos gênes ce sixième sens qui dépasse tous les autres, celui qui permet de faire des affaires, l'envie de gagner de l'argent, toujours plus. Amasser, conserver, amasser encore. Et au-delà de tout cela, l'art des *combinazioni*, sans lequel on ne peut réussir. Je parle bien d'un art, celui des banquiers lombards, pas des princes florentins. »

Il avait pris un air solennel en abordant ce *distinguo* qui lui semblait essentiel pour que Béatrice comprenne bien toute la quintessence de la banque d'affaires.

« Les *combinazioni* florentines assimilent les rapports de pouvoir à des rapports de force, les dagues ne sont jamais loin, ni parfois même les échafauds ; nos méthodes sont plus subtiles, nous préférons la vieille *virt*ù romaine dont Machiavel a bien plus tard vanté les mérites pour son Prince. Où se situe-t-elle donc cette vertu, comme vous dites en français, chez le banquier ? Elle n'est pas dans les scrupules moraux dont on s'embarrasse trop souvent, mais dans son habileté politique. Un banquier doit être pénétré de cette conception de la vie des affaires. Gardez vos principes moraux si vous le souhaitez pour votre vie privée, mais ne la mêlez jamais à votre travail de banquière. Dans l'espoir d'y conserver votre âme, vous y perdriez votre crédit. »

Béatrice était sous le charme de ce qui ressemblait plus à un cours initiatique qu'à un discours de président, que Sciglia lui délivrait comme s'il voulait lui transmettre des rites secrets, remplir auprès d'elle le rôle que son mari n'avait pas pu jouer. Mais un autre thème lui tenait à cœur.

« Remarquez aussi que les grandes banques ont toujours fonctionné par trois. Deux est un chiffre d'opposition frontale et quatre c'est trop. Les meilleures combinaisons se font à trois. Rien à voir avec la franc-maçonnerie et ses trois points, mais dès la Renaissance, elles furent trois et seulement trois à accompagner les princes, les bâtisseurs et les mécènes pour transformer le monde. Cette première trilogie était brillante avec la famille Médicis, votre compatriote Jacques Cœur et l'Allemand Jacob Fugger. Ces trois-là ont créé le métier de banquier. Tous ceux qui ont succédé, nous y compris, n'ont fait que suivre la voie qu'ils avaient tracée. Nous nous inscrivons dans cette lignée et ne sommes, de fait, que des artisans de la finance. Certains nous traitent d'artistes pour nous flatter, à moins que ce soit avec un brin de dérision, mais le mot d'artisan me convient avec le souci du bel ouvrage, la crainte de se perdre en devenant trop gros et puis le partage de notre savoir qui est un petit trésor. Nos équipes sont légères, nous n'avons pas d'agences ou si peu et nos clients, s'ils sont riches, ne sont pas si nombreux. Les maisons d'argent de la Renaissance ne travaillaient pas autrement. Regardez à côté – la Société Générale ou le Crédit Lyonnais chez vous, Intesa San Paolo ou Unicredit chez nous – ce sont des monstres. Des monstres qu'il ne faut surtout pas *imitare.* Nous n'avons ni les moyens ni l'intention de les calquer. Eux ne peuvent pas non plus faire ce travail sur mesure, d'orfèvre, cette dentelle que nous réalisons avec nos équipes. Ce récit des trois banques qui tiennent le marché doit vous sembler étrange, mais c'est une constante dans notre histoire. Si je vous en parle, c'est qu'encore jusqu'à hier, avec votre mari et Meyer le patron de Lazard à New York, nous nous partagions les opérations les plus importantes, celles qui nécessitent un travail cousu main et nous rémunèrent à notre juste valeur. J'allais voir votre mari à Paris, ou bien c'est lui qui venait ici, et je vois Meyer une fois par an, à Crans sur Sierre où il a un chalet. Cela évite que des francs-tireurs comme les banques américaines et leurs jeunes loups déguisés en cow-boys ne pénètrent trop loin sur ce marché. Chacun traite ses affaires et pas de coups bas entre nous. »

Béatrice avait compris l'allusion. Le renard était au courant. Elle pourrait, le moment venu, aborder ce qui était la seule raison de son déplacement à Milan. Sciglia aurait sans doute la réponse.

« Les capitalistes ont confiance en nous. Ils nous connaissent – enfin, vous, ils apprendront à vous connaître – et moi, même si je ne vois plus grand monde, rien ne m'échappe. *Il rapporto personale siamo gli unici che possano offrirlo…* »

Pourquoi prononça-t-il cette dernière phrase en italien comme s'il voulait cacher à sa visiteuse ce qu'il avait à lui dire ? Malgré sa très mauvaise connaissance de la langue de Dante, Béatrice avait compris que c'était un grand privilège pour un client d'avoir une relation personnelle avec lui.

Sciglia fit alors vibrer une sonnette qu'il avait près de lui. Aussitôt, une jeune femme élancée apparut. Elle avait un beau visage à l'ovale parfait, entouré de longs cheveux noirs qui se déployaient en boucles sur ses épaules. Elle salua Béatrice d'un sourire si discret qu'il effleura à peine ses lèvres. Le « Monseigneur » de la finance italienne avait du goût jusque dans le choix de ses plus proches collaboratrices…

« *Gina, chiama Gian Luigi per favore.*

— *Si, lo chiamo subito.* »

En attendant Gian Luigi, Salvatore Sciglia montra à Béatrice une étonnante collection de textes de théologie. Elle ne fut pas surprise de découvrir cette passion chez celui dont tout, dans l'onctuosité de l'attitude comme dans le précieux du phrasé, pouvait rappeler un prince de l'Église. Il sortit de la petite armoire derrière son bureau quelques enluminures de théologiens italiens.

Ses yeux étaient pleins d'une intense avidité tandis qu'il tournait les pages avec une infinie douceur. Elle sentit que là était peut-être sa vraie passion, se plonger dans ces ouvrages sacrés dont les enluminures étaient une fête pour les yeux. Quand il sortit *Le Livre de prières de Clément VII*, elle comprit qu'il poursuivait là sa quête de la Renaissance italienne. Il avait acheté le lourd missel de ce pape – 216e successeur de Saint Pierre – car c'était un Médicis, neveu du *Magnifico*. Ces manuscrits ornés d'or, à l'éclat lumineux (qu'il avait probablement payés une fortune) situés à portée de main, étaient ses seuls compagnons dans le cadre de quiétude absolue qu'il s'était choisi. Comme Gian Luigi se faisait attendre, il sortit un autre gros livre : *Le Gouvernement des princes* de Gilles de Rome.

« Vous ne connaissez pas Gilles de Rome ? C'est le prince des théologiens. Son livre est une sorte de code des devoirs d'un souverain. Il était alors le précepteur de votre roi, Philippe le Bel, et c'est à lui que ce texte était d'abord destiné. Il s'est largement inspiré de Tite-Live et deux siècles plus tard, on s'est demandé si Machiavel n'avait pas tout simplement démarqué Tite-Live pour écrire son *Prince*. Tite-Live, Gilles de Rome, Machiavel, encore une trilogie. J'aurais peur d'en abuser en vous signalant qu'Auguste, Philippe le Bel et Laurent le Magnifique pourrait en être une autre, mais passons… »

Sciglia expliqua à Béatrice que ce travail sur parchemin devait inspirer les jeunes générations qui œuvraient avec lui. Mettre dans une négociation qui nécessitait des mois d'un labeur patient le même souci de la perfection que celui mis par les artistes qui avaient réalisé ces merveilles de parchemins enluminés relevait de la même esthétique. Dans son esprit, on pouvait atteindre la plénitude par l'amour de la belle ouvrage. Cette leçon, Sciglia la transmettait à ses équipes depuis trente ans. Il n'avait pas la prétention de leur dicter une éthique de vie, mais juste de leur permettre de parvenir, par leur travail, à la plénitude de leur intelligence. Chez lui, l'éthique passait par l'esthétique, le bon par le beau, et cela on ne pouvait l'atteindre que par l'art. Cet art dont ses hommes étaient les orfèvres, comme jadis ces maîtres qui avaient créé les merveilleuses enluminures qu'il tournait dans ses fines mains. Il expliquait avec un luxe de détails une gravure du manuscrit, quand Gian Luigi arriva.

C'était le bel homme d'une cinquantaine d'années aux cheveux blanc fleur de sel que Béatrice avait découvert à Paris. Il n'aurait pas été le bras droit du sévère patron de la plus sérieuse des banques italiennes qu'elle aurait juré que cet homme était un charmeur, à l'italienne, un *latin lover*. L'antithèse de Sciglia – et elle avait compris qu'il était destiné à lui succéder. *Il Monsignore* jamais en retard d'un coup, et même à trois bandes, composait à sa main le tableau des banquiers d'affaires de demain.

C'est Gian Luigi Fendi qui aborda l'affaire Hotchkiss. Il y vint par une subtile martingale. En Italie, ils avaient évincé une banque américaine qui voulait voler au secours de Pirelli. « Chasse gardée, messieurs les yankees ! » avait hurlé Sciglia.

« Nous avons bien sûr appris le sale coup qui vous a été porté par Morgan Stanley. Dans cette affaire, nous sommes à 100 % à vos côtés. Vous pensez bien que nous avons essayé de comprendre ce qui s'était passé, au moins pour éviter que pareille mésaventure ne nous arrive à nous aussi. »

Il avait besoin de marquer un temps d'arrêt avant de continuer. Béatrice en profita pour terminer son cappuccino qui avait cessé de fumer depuis longtemps.

« Voilà ce que nous avons appris. Je vais parler au conditionnel, car je ne peux certifier tout ce que je vais vous dire, mais je le tiens d'une source suffisamment sûre pour en attester à tout le moins la vraisemblance… Vous avez été trahie, madame. »

Béatrice avait blêmi, son visage s'était figé comme si elle avait pris un coup et en attendait un autre.

« Trahie ? Par qui donc, grands dieux ?

— C'est la seule chose que j'ignore. Mais vous avez bel et bien été trahie. Je le tiens d'une source sur l'identité de laquelle je suis tenu au secret, car c'est une de nos relations d'affaires. Quelqu'un de votre entourage a pris contact avec le bureau parisien de Morgan Stanley et leur a remis le mandat de vente d'Hotchkiss que votre mari avait signé avec leur PDG. Leur cabinet d'avocat y aurait repéré une faille juridique qui vous priverait de l'exclusivité que vous croyiez avoir sur cette affaire. Ils ont fait signer un nouveau mandat comportant une commission cent fois moindre – je dis bien cent fois – que la vôtre. La négociation était terminée, il n'y avait plus que des détails à régler. Tout le travail avait été fait par vos équipes ; sans scrupules, Hotchkiss vous a lâchés. De huit chiffres, la commission qu'ils allaient verser passait à six. Dix millions de gagnés grâce à cette petite turpitude de dernière minute. L'occasion était trop belle. Je pense que le PDG lui-même n'a pas dû en revenir. »

Sciglia regardait Béatrice qui ne pouvait encore croire ce qu'elle venait d'entendre. Elle était frappée de stupeur, mais aussi d'une indignation froide qui commençait à monter.

« Nous connaissons vos mandats, madame. Ils ont la même précision horlogère que les nôtres et sont rédigés avec la même rigueur. Portez l'affaire en justice. Il faut faire rendre gorge à ces cow-boys qui se croient tout permis. La justice américaine sait être très sévère pour ceux qui violent le droit ; or là, il l'a clairement été. S'il le faut, nous vous soutiendrons. »

Un salon privé avait été réservé au *Monteverdi* où ils allaient pouvoir déjeuner dans la discrétion. Une sortie de Sciglia hors des murs du 7, via Filodrammatici était toujours un évènement qui pouvait exciter la curiosité des journalistes du *Corriere della sera*. « Quel coup fumeux nous prépare-t-il encore ? » Ils s'y rendirent tous les trois dans la vieille Fiat de Sciglia aux vitres fumées, conduite par son chauffeur. Si les sorties du *Monsignore* étaient exceptionnelles, il avait voulu réserver cette exception-là à la nouvelle présidente de Pérignon, trahie par un proche et plongée dans le malheur d'une première opération ratée.

Béatrice quitta Milan en fin d'après-midi, conduite à l'aéroport par Gian Luigi Fendi. Elle était arrivée en Lombardie sonnée par ce qu'Hautefort lui avait annoncé ; elle en repartait déterminée à se battre. Elle savait maintenant que quelqu'un voulait l'abattre. Un combat était engagé, un défi lui était lancé. Elle était prête à le relever.

Chapitre 21

Le lendemain, elle était à son bureau dès sept heures. Elle voulait relire le contrat signé par son mari avec le PDG d'Hotchkiss. Quand elle en termina la lecture, elle était rassurée. Elle n'avait encore ni l'expertise ni le coup d'œil qui permettent de déceler le piège glissé dans un contrat, mais rien dans ce qu'elle avait lu n'exonérait son client du respect de l'exclusivité : il ne pouvait traiter qu'avec Pérignon. Rien ne dérogeait à cette obligation, rien de rien, pas le moindre articulet. Elle avait pris des notes et commencé à rédiger un petit mémorandum qui pourrait servir de trame au cabinet d'avocats pour engager la procédure à New York.

Elle hésita à convoquer son conseil d'administration pour l'informer de ce qu'elle avait appris. Sciglia et Fendi avaient parlé au conditionnel, mais elle avait bien senti que ce n'avait été là que prudence de leur part et qu'ils connaissaient le nom de celui (?), celle (?), ceux (?) qui l'avaient trahie. La réunion du conseil s'imposait. C'était trop grave pour qu'elle conservât cette information pour elle seule. Elle demanda donc à Mme Globeux de lancer les convocations pour le vendredi suivant avec un unique point à l'ordre du jour : *Information importante sur le dossier Hotchkiss*.

Nous étions mardi, le mardi 19 novembre 1968. La spéculation ne s'était pas calmée et les consultations se poursuivaient à l'Élysée. On en était à discuter du taux de la dévaluation du franc. Tout cela commençait à sentir l'hallali, la curée finale derrière la bête traquée, épuisée, qui sent qu'elle va tomber sous les crocs qui vont la déchirer. De Gaulle, la Banque de France et ses soutiens étaient depuis des semaines traqués par une spéculation sans visage, les réserves s'épuisaient. La France allait perdre la bataille du franc. Béatrice fut convoquée par le conseiller économique du Général le lendemain, le mercredi 20 à dix-neuf heures. Avant de rencontrer Crauste, elle avait réuni son équipe de direction qui était au complet, Malleville étant exceptionnellement de passage à Paris. La position de Balzan était toujours la même : il fallait dévaluer, la clientèle de la banque ne comprenait pas cette position qui commençait, dit-il, à avoir de méchantes conséquences. Béatrice lui demanda quelles étaient ces « méchantes conséquences ». Il était pris en flagrant délit de mensonge grossier, ne put citer aucune plainte de client, aucun retrait important d'argent et fit rapidement marche arrière en bredouillant. Hautefort, lui, revenait de sa participation quotidienne à la Banque de France. Chaque jour renforçait un peu plus son soutien à sa présidente. Il fallait tenir bon. La position la plus surprenante puisqu'elle ne l'avait pas encore entendu sur la question fut celle de Malleville. Elle fut frappée par ce qu'elle n'attendait pas de lui : une vraie profondeur de raisonnement. Pour expliquer ses propres succès, il n'hésitait pas à se délester d'une partie de ses mérites pour en créditer la grandeur et le respect que la France avait retrouvés dans le monde. Béatrice fut surprise de cette attitude d'humilité de celui chez qui elle n'avait jamais remarqué, jusque-là, la moindre once de modestie. « Oui, insistait-il, il est plus facile de négocier quand on est citoyen d'un état fort et respecté. Si les politiques américains sont irrités, je remarque que d'autres et au premier chef mes interlocuteurs, eux, sont plutôt rassurés. Le mois de mai n'a pas entaché cette image. » Il bénéficiait de cette image restaurée d'une France solide. La dévaluation serait un mauvais signal de faiblesse donné au monde.

Crauste avait la tête d'un homme épuisé avec des poches sombres sous les yeux. Son visage d'ordinaire si fin était boursouflé aux pommettes, traduisant une suractivité des glandes sébacées. Il avait eu une journée chargée, recevant tour à tour ceux qui conseillaient la dévaluation – qui commençaient à perdre patience devant ce qu'ils appelaient des « atermoiements enfantins » – et ceux qui l'adjuraient de tenir bon et de faire pression sur l'Allemagne pour que ce soit elle qui réévalue. Politiquement, l'impact était sans conséquence. Le temps pressait ; chaque jour, la Banque de France devait puiser toujours un peu plus dans ses réserves.

« Le Général annoncera sa décision au pays samedi prochain », déclara-t-il alors que Béatrice s'asseyait. « Je ne sais pas encore s'il l'a prise. Je lui amène chaque soir l'état des réserves de la Banque de France. Ce mercredi soir, plus de 17 milliards de francs sont sortis du pays depuis que la spéculation a démarré. Les taux d'intérêt atteignent 7 %. Dans *Le Monde* de ce soir, Giscard monte au créneau et dénonce "une pénalisation injuste qui va casser l'expansion". L'ennemi de l'intérieur commence à s'impatienter. »

Crauste voulait remercier Béatrice de son appui dans cette affaire qui tenait la France en haleine et qui approchait maintenant de son terme.

« De Gaulle part demain matin à Colombey pour réfléchir et mûrir sa décision. Il ne rentrera que samedi pour faire sa déclaration au pays. »

La réaction de ce haut fonctionnaire l'étonna au moment où elle allait partir. Alors qu'elle lui tendait sa main, il l'embrassa. La tension avait fait sauter les conventions. Ils étaient comme deux amis, deux complices engagés pour une même cause. Béatrice avait compris à demi-mot que, dans les allées du pouvoir, l'après-de Gaulle avait commencé ; les écuries présidentielles se mettaient en place. Lui n'était d'aucune coterie, il était concentré sur sa mission.

La feuille d'émargement signée par les administrateurs était complète. Ils étaient tous là ce matin d'automne, alors qu'au-dehors la tempête faisait rage. Oh ! Ce n'était pas là caprice du temps, mais une de ces bourrasques chargées – comme on le dit de la nuée quand elle est saturée d'électrons – d'appétits féroces et hystériques et des rêves fous de tous ceux qui spéculent le jour et qui complotent la nuit pour faire céder le pouvoir. En ce bel automne 68, la France devait dévaluer lisait-on dans toute la presse, la France allait dévaluer ; ne restait qu'à fixer la grosseur de la corde, la largeur de l'encolure avant d'ouvrir la trappe. Le vieux Général était acculé, il fallait maintenant solder les comptes de ce fol mois de mai.

Ils étaient tous là, surpris d'avoir été convoqués avec un ordre du jour étrangement laconique qu'ils étaient même quelques-uns à qualifier de cavalier. Chacun essayait de comprendre ce que signifiait ce simple « Informations importantes sur le dossier Hotchkiss. » Convoquait-on un conseil d'administration pour l'informer de la vie d'un dossier ? Le conseil était là pour décider, pour trancher, pour orienter, pas pour être informé sur un dossier ! La médisance courait les travées, le ton persifleur masquait l'incompréhension de se retrouver là sans encore savoir pourquoi. Jamais feu le président n'aurait osé convoquer son conseil comme on hèle un domestique. Il ne faudrait pourtant pas croire que ces paroles murmurées plus que prononcées se voulaient frondeuses ; non ce n'était pas là un avis de tempête, à peine une petite brise rafraîchissante qui allait bien vite retomber faute de souffle. Pour certains, Mme Cardi-Tabuschi voulait se glorifier devant son conseil de la réussite d'une opération dont ils n'avaient que vaguement entendu parler ; pour les autres, ceux qui se frottaient le gousset en patientant, elle souhaitait sans doute informer ses administrateurs que cette vente allait doubler, tripler, peut-être même décupler leurs dividendes. Après tout, pour quoi d'autre que pour ce joli chèque de fin d'année étaient-ils tous là ?

Ils en étaient là dans leurs supputations, tapotant pour patienter le sous-main en cuir et sa feuille de buvard qui étaient devant eux, quand Mme la présidente entra dans la salle. Les derniers murmures cessèrent aussitôt.

Béatrice avait laissé courir son imagination avant de choisir sa tenue. Elle avait décidé de sortir du style trop classique – avec tailleur de haute couture – qu'on eut pourtant attendu de la présidente d'une banque d'affaires et avait opté pour une jupe tulipe en velours côtelé, légèrement fendue. Ceci allait, le temps d'une réunion, donner libre cours à l'imagination de ce cénacle de vieillards chenus et libidineux, et nourrir leurs vieux fantasmes.

Elle n'avait avec elle nul dossier, pas la moindre petite feuille. Un léger sourire flottait sur ses lèvres, si énigmatique qu'il ne faisait qu'ajouter aux interrogations de tous sur le vrai motif de cette réunion.

Les avant-bras bien calés sur la table, regardant à tour de rôle ses administrateurs, sans oublier sa belle-sœur, elle prit enfin la parole :

« Madame, messieurs. Vous avez sans doute été surpris de cette convocation. À ceux qui ont dû modifier leur programme, je présente mes plus sincères regrets, mais il est des circonstances où il faut agir vite. Nous sommes dans un de ces moments où il me semblait difficile de différer ce que j'ai à vous dire, au risque que vous l'appreniez par la presse, ce qui serait fâcheux. Et alors vous seriez en droit de me reprocher ce retard de communication. Avec la mort de mon mari, la banque a perdu son guide, son inspirateur ; avec l'affaire dont je veux vous entretenir, elle peut perdre tout à la fois la commission la plus importante que nous ayons jamais touchée et l'indispensable cohésion qui doit tenir unis les membres d'une collectivité. »

Que voulait-elle dire avec ces mots ambigus, se demandaient-ils tous. La perte de la commission, tout le monde avait bien compris, à en juger par les mines qui s'étaient méchamment renfrognées, transformant la table en une galerie de vieux grognons ; mais pourquoi diable la banque risquait-elle de perdre sa « cohésion », à commencer sans doute par l'éclatement de son conseil d'administration ? L'annonce devait être grave. Les visages s'étaient crispés, les rides creusaient les fronts. Béatrice avait décidé de prendre son temps, d'effrayer ces hommes que seul l'appât des jetons de présence et des dividendes plantureux maintenait soudés entre eux. Elle savait bien que la prospérité de la banque ne les intéressait que pour autant qu'elle leur permît « d'arrondir leur galette », comme disait plaisamment Grosdidier entre deux rots lâchés en fin de repas d'assemblée générale, après avoir glissé le beau chèque dans la poche profonde de son loden. Comment allaient-ils maintenant réagir si cette sinécure ne leur procurait plus ces douceurs de fin d'année qui leur permettaient de si bien profiter de la vie ?

Elle avait décidé de traiter les deux affaires l'une après l'autre : la perte du mandat puis la trahison.

« Certains d'entre vous savaient peut-être que nous étions sur le point de conclure l'affaire la plus importante que notre banque n'ait jamais réalisée : la vente de la société américaine Hotchkiss. L'affaire avait été conclue avec un conglomérat franco-américain. Je parle désormais à l'imparfait de cette opération, car ce n'est pas nous qui nous en chargerons. »

Elle marqua un temps d'arrêt, mis à profit par Dormeuil pour intervenir.

« Mais que s'est-il passé ?

— Au dernier moment, alors que tout était pratiquement finalisé, Hotchkiss a changé de banque-conseil et s'est tournée vers Morgan Stanley pour régler les derniers détails et conclure définitivement la transaction.

— La perte est de quel ordre pour Pérignon ? » C'était le roi de la soie qui s'inquiétait.

Béatrice donna le chiffre et lut dans les yeux qui la fixaient une glaciale incrédulité. Costa fut le premier à reprendre ses esprits.

Chapitre 21

« Je croyais que dans toutes les affaires, nous étions protégés par une clause d'exclusivité ? Ce n'était donc pas le cas pour celle-ci ?

— Bien sûr que si. Tout était en ordre. Notre cabinet d'avocats a vérifié le contrat, notamment l'article 12 qui précise les droits de la banque. Hotchkiss a agi en parfaite violation d'un contrat que son président avait signé.

— Mais pourquoi ont-ils fait cela ? » La question que tout le monde attendait à ce stade des explications émanait de Lombard à qui ses années de diplomate avaient permis d'en connaître des coups fourrés comme celui-ci ! « Il faut toujours comprendre le mobile de la turpitude » chuchota-t-il à son voisin, le prince Roumanoff, dont le nœud papillon avait perdu de son bel équilibre depuis le début de la réunion.

« Je ne peux répondre à leur place. Pourquoi, en effet ? La volonté de punir notre banque me semble la raison la plus évidente. Vous comprendrez que j'ai immédiatement mandaté notre cabinet d'avocats pour engager à New York une procédure contentieuse conjointe contre Hotchkiss et Morgan Stanley. Nous réclamons le paiement intégral de la commission que nous aurions dû toucher, plus un montant de trois millions de dollars de dommages et intérêts, car le préjudice moral est énorme pour nous.

— Préjudice moral ? s'étonnait l'avocat Bailly.

— Oui, maître. Cette affaire va se répandre comme une traînée de poudre dans le petit monde des banques d'affaires. Il ne fait jamais bon être dans le camp des *loosers* et c'est bien ainsi que l'affaire sera interprétée.

— Vous dites qu'on a voulu punir notre banque… »

C'était maintenant au tour de la belle-sœur de faire entendre sa petite voix de fausset qui avait le don d'agacer Béatrice.

« Et pourquoi donc aurait-on voulu punir notre banque à votre avis ? Pourquoi la vénérable Pérignon créée et développée par mes ancêtres depuis un siècle, cette banque qui n'a jamais défrayé la moindre chronique, qui a fait vœu de discrétion tout au long de ces années, pourquoi donc subitement se trouve-t-elle ainsi attaquée au point que nos concurrents n'hésitent plus à considérer nos contrats comme des carpettes sur lesquelles on s'essuie les pieds. Je pose simplement la question et ne vous fais, croyez-le bien, nul procès d'intention. On peut quand même s'étonner de cette brutale accélération du film de notre histoire. »

La charge était fielleuse. Ce n'était pas une attaque directe, mais le sous-entendu était lourd. Elle laissa le conseil d'administration sans voix. Roselyne de Puychardon avait le masque mauvais avec des yeux pour ainsi dire en flammes. Sa bile avait viré au noir depuis trop longtemps pour qu'elle ne soit contrainte de l'épancher avec violence. Sa charge n'était pas terminée.

« Je regrette et ne crois pas être la seule à le regretter que vous ayez pris cette présidence à la hussarde, privant la banque de Michel Diarmon, un homme de grande qualité qui nous serait précieux dans la situation que nous vivons. Il aurait fallu, madame la présidente, que vous preniez conscience de vos réelles compétences avant de prendre des responsabilités qui vous dépassaient. Vous n'avez pas eu cette sagesse-là, je le regrette. »

Béatrice allait en venir à son deuxième point, celui de la trahison, mais la diatribe de sa belle-sœur ne pouvait rester sans réponse.

« Madame, votre haine vous égare. Libre à vous de regretter le départ de M. Diarmon, mais je vous rappelle que personne ne l'a chassé du conseil ; sa décision, il l'a prise de lui-même quand je lui ai fermé sous le nez la porte d'accès à la présidence. Rester simple administrateur manquait sans doute de prestige à ses yeux. Les qualificatifs flatteurs que vous portez sur ma modeste personne ne me surprennent ni ne me chagrinent. C'est votre point de vue, c'est tout. Je voudrais maintenant instruire le conseil d'une information qui, elle, m'a profondément bouleversée. Notre banque a été trahie sur cette affaire Hotchkiss.

— Grands dieux, trahie ? Et par qui donc avons-nous été trahis ? »

C'était Roumanoff, chez qui la simple idée de trahison semblait avoir réveillé le feu des combats anciens où on ne trahissait jamais. Ni pour sauver sa peau ni pour renier sa cause.

« Nous le saurons très vite. Une de mes sources que je peux considérer comme très fiable m'a indiqué qu'une copie de notre mandat de vente a été communiquée au bureau parisien de Morgan Stanley. C'est après l'avoir lu, en ayant notamment pris connaissance de la commission qui devait nous revenir au terme de l'opération, qu'ils ont fait leur offre à notre client. Ils avaient beau jeu de proposer une commission cent fois moindre que la nôtre puisque le gros du travail avait été fait et qu'on leur apportait cette affaire sur un plateau. Nous avons donc, madame, messieurs, un ou plusieurs traîtres au sein de notre établissement. »

Le conseil d'administration était sous le choc. Les membres se regardaient, chacun pensant peut-être rencontrer chez son voisin l'âme d'un traître, ce qu'il n'aurait jamais imaginé jusque-là. Personne ne demandait la parole. La présidente décida de conclure la réunion. Les deux communications avaient marqué les esprits, cela se lisait sur beaucoup de visages figés dans la stupeur comme des masques de carnaval. Ce conseil, si bon enfant, qui vivait sa présence dans les locaux de la rue Lafayette comme une aimable et grasseyante sinécure, venait de prendre conscience que rien ne serait plus comme avant. L'arrivée de cette femme à la tête de la banque n'était pas seulement un changement de président, c'était l'annonce d'une ambiance oppressante de citadelle assiégée. Béatrice conclut une réunion qu'elle avait voulue courte pour éviter des questions auxquelles elle n'avait aucune réponse à apporter.

« J'ai honte pour ces misérables qui ont vendu leur âme pour… pour quoi au fait ? J'aurais peut-être dû dire pour combien ? Nous connaîtrons un jour le prix de la trahison. Pour aujourd'hui, je ne peux vous en dire davantage, tout simplement parce que je n'en sais pas plus. »

Roselyne de Puychardon voulait probablement avoir le dernier mot.

« Toute cette histoire que vous nous racontez est cousue d'un fil qui serait blanc s'il n'était pas sale. Vous ne nous dites cela que pour cacher la perte de cette affaire qui va faire plonger nos résultats. Tout le reste aujourd'hui n'est que fadaises. »

Béatrice aurait pu répondre sur ce même ton où la haine qui sourdait de toute la personne de Mme de Puychardon avait fait souffler sur la salle une mauvaise odeur ; c'était une de ces haines épaisses qu'on ne rencontre que dans les familles. Elle préféra se taire et lever une séance qui n'avait pas même duré une demi-heure.

Chapitre 22

Le lendemain, elle avait rejoint l'Élysée à midi. La fièvre s'était emparée du pays dans l'attente de la décision du Général. Crauste l'avait invitée à déjeuner dans un salon du premier étage. Il lui dit en riant qu'il la recevait dans l'ancienne salle de bains de l'impératrice Eugénie. Elle aperçut effectivement, dans un coin, une forme qui pouvait ressembler à une baignoire simplement recouverte d'une banquette.

Un conseil des ministres était programmé pour quinze heures, au cours duquel chacun devait donner son avis. Le conseiller pensait que de Gaulle avait pris sa décision la veille à La Boisserie, mais lui, son principal conseiller, ignorait encore ce qui allait suivre. Pour en avoir discuté avec certains, il savait que plusieurs ministres importants – Jeanneney, Malraux, Debré, Maurice Schumann, Michelet – étaient opposés à la dévaluation. D'autres, dont le nouveau ministre des Finances Ortoli, y étaient favorables, pressés qu'ils étaient dans leurs reins par le patronat. Et Couve de Murville ? Qu'en pensait-il, celui qui semblait chaque jour étonné d'avoir été nommé Premier ministre en remplacement de Pompidou ? Bien malin celui qui aurait pu entendre un avis de sa bouche, lire le moindre signe sur un visage dont le beau sourire qui l'animait était la seule réponse qu'il savait apporter à ceux qui voulaient connaître son opinion. Comment pousser dans ses retranchements quelqu'un qui n'a que son sourire à offrir ? Dix années au quai d'Orsay avaient appris à Maurice Couve de Murville – dont de Gaulle avait dit de lui qu'il pouvait rester assis sur un bloc de glace sans le faire fondre – que les affaires importantes réclamaient de la discrétion. En d'autres temps, il aurait pu tenir ses réunions sous le manteau de la cheminée s'il avait été assez grand pour accueillir son cabinet. Avant de prendre sa décision finale, de Gaulle n'avait plus qu'une personne à voir, Raymond Barre qu'il avait fait revenir de Bruxelles où il était en poste.

En ce milieu de journée, l'Élysée était une maison calme. Béatrice avait pensé trouver une ruche toute bourdonnante avec des huissiers courant les couloirs en portant des plis, des secrétaires accrochées à leurs téléphones, des conseillers, des aides de camp, des sous-ministres avec de gros dossiers sous le bras se gonflant d'importance, foulant de leurs beaux escarpins tout brillants le marbre blanc du vestibule d'honneur ou montant l'escalier Murat. Rien de tout cela. Chacun attendait dans la sérénité l'oracle qui devait tomber en fin d'après-midi.

Le repas ressembla plus à celui servi dans les cuisines des ordres mineurs que dans un palais de la République. Ce n'était pas un jour à faire bombance à l'Élysée. Un serveur en livrée blanche leur servit deux rougets grillés aux herbes et du fromage de brebis. Brigitte avait été surprise d'être la seule banquière invitée par Crauste. Elle écarta vite la piste d'un repas galant – ce n'était pas le style de ce haut fonctionnaire, grand, sec, le visage émacié, qui vivait sa mission auprès du Général comme un apostolat – et se douta qu'il avait un message à lui faire passer.

« J'ai suivi évidemment les derniers épisodes vécus par votre banque. D'abord cet étrange petit article dans *Les Échos* dont je me suis douté que vous n'y étiez pour rien, mais qu'on cherchait par ce biais à vous nuire. Figurez-vous que je me suis renseigné… Nous y reviendrons… Et puis cette perte de mandat dont toute la place financière de Paris fait ses choux gras. Ces affaires m'ont navré, car je me suis senti coupable de vous avoir amenée dans le concert des banques en soutien du franc, oui coupable d'avoir attiré sur votre banque et sur sa jeune présidente la colère de tous ceux dont nous avons contrarié la boulimie de gains faciles en jouant sur les monnaies.

— Ne craignez rien. Ma conduite dans cette affaire ne m'a été dictée que par ma conscience.

— J'ai demandé à Bord, le secrétaire d'État à l'intérieur, de diligenter une petite enquête sur tout cela. Je ne le lui ai pas demandé pour empiéter dans une affaire privée – ce serait un dévoiement de la mission de l'État –, mais pour comprendre comment une de nos banques partenaires pouvait ainsi subir coup sur coup deux pareilles vilenies. Je ne crois pas au hasard dans toutes ces affaires où le pouvoir et l'argent, le pouvoir de l'argent, conduisent des esprits faibles à se vautrer dans la boue la plus abjecte. »

Le communiqué de la présidence tomba un peu plus tard. Crauste l'avait rédigé après avoir été reçu par Bernard Tricot, le secrétaire général de l'Élysée. De Gaulle le voulait très sobre. Il n'y avait pas à épiloguer sur cette affaire. Crauste montra son texte de deux lignes à Béatrice, qui était restée jusqu'à ce qu'elle connût la décision.

Le président de la République fait savoir qu'à la suite du Conseil du 23 novembre, la décision a été prise : la parité du franc est maintenue.

Il était cinglant de brièveté, cinglant dans sa brièveté. On y sentait le mépris pour des hommes qui ne méritaient pas plus d'une phrase. De Gaulle n'avait pas à expliquer et encore moins à justifier sa décision. « La parité du franc est maintenue. » Quoi dire d'autre en effet ? Pour ces spéculateurs en peau de lapin, il n'allait quand même pas prononcer un discours de 18 juin, il n'allait quand même pas s'offrir à la télé en tenue de général, dénoncer le *pronunciamiento* d'un quarteron de vils spéculateurs, il n'allait pas clamer un « Je vous ai compris » à ces messieurs de la corbeille ou un « Vive le franc libre » tonitruant d'un quelconque forum. Non ! « La parité du franc est maintenue ». Chacun devra se contenter de ces six mots.

Crauste avait dit qu'il s'était renseigné. Dès qu'il eut mis la dernière main au communiqué, il le remit à Tricot pour suite à donner aux agences de presse et retrouva Béatrice qui était restée dans la salle de bains de la princesse de Montijo.

« J'ai souhaité vous voir et prendre un peu de temps malgré la journée peu ordinaire que nous vivons ici. Je voudrais vous parler de ce que j'ai appris sur cet étrange article paru dans *Les Échos*, où on présentait votre conseil comme profondément divisé. Ce qui ne peut être révélé à la personne directement visée, fût-elle présidente de la banque Pérignon, on peut le confier sous le sceau du secret bien entendu, à un honorable correspondant du SDECE, venant là pour révéler au journal avec le même impératif de discrétion absolue cela va de soi, une information savoureuse et néanmoins scabreuse sur un ministre bien en cour. C'est par cet échange de bons procédés, si courant dans nos milieux, que j'ai appris, la veille du jour où l'article est paru, qu'une personne est venue porter un pli qui a été repris tel quel par le journal, sans croiser ses sources, ce qui, soit dit en passant, est une vraie faute. Cette personne s'est contentée de remettre son enveloppe au vigile qui assure l'accueil des visiteurs. Je n'aurais pas pris la peine de vous en parler si je ne savais que cela… Le plus intéressant est que ladite personne, ne trouvant probablement pas de place pour se garer dans la rue du 4 Septembre, est entrée avec sa voiture dans le parking souterrain du journal et là, elle a été filmée. Notre honorable correspondant a visionné le film de l'entrée et de la sortie de sa voiture. »

Le conseiller économique de la présidence de la République sortit alors de la poche de sa veste une feuille quadrillée pliée en quatre.

« Il s'agit d'une voiture de votre société – nous avons vérifié à la Préfecture de la Seine – une Peugeot 404 noire immatriculée 3047 MP 75. L'homme n'a évidemment pas donné son nom, qui ne lui a d'ailleurs pas été demandé, mais d'après le vigile qui s'en est bien souvenu, c'est un homme d'une trentaine d'années, au teint basané, probablement nord-africain, l'index droit de la première phalange très abîmé, comme si ce doigt avait été par le passé écrasé ou coincé dans une porte. C'est un détail qui a frappé le vigile au moment où le visiteur lui remettait l'enveloppe. Voilà les informations que je voulais vous transmettre. À vous maintenant de lever le mystère. Je pense qu'avec ces détails vous n'aurez pas de mal à découvrir qui est cette personne. Sans jouer au commissaire Mégret, je ne serais pas surpris qu'entre cette première infamie et la perte de votre mandat, il y ait un lien ténu.

— Je vous remercie de ces informations.

— Bonne chance. Et, j'allais oublier : merci pour votre appui, il nous a été très précieux. »

Chapitre 23

Arrivée dès potron-minet le lendemain à son bureau, Béatrice était impatiente de se plonger dans le trombinoscope de la banque, cet album que Mme Globeux tenait à jour et dans lequel le personnel était réparti par service avec, pour chaque employé, sa photo. Elle alla directement à la dernière page, celle du service « véhicules et moyens généraux ». Six photos occupaient la page d'un des plus petits services de la banque. Dans ses rencontres avec l'ensemble des salariés, elle y était passée, en coup de vent, conduite par de Balzan. Ce service logeait en sous-sol, là où les voitures de la banque étaient rangées dans un petit atelier sentant la graisse, l'essence et la transpiration de six corps en nage et en gilets de peau. Au centre de la pièce, une cuve à vidange était recouverte d'une simple feuille de zinc. Quand elle leur tendit la main, les salariés eurent tous le même geste : ils lui présentèrent leurs poignets pour éviter à la présidente de repartir les doigts maculés de graisse. Ce groupe semblait vivre sa vie, tranquillement, attendant qu'on lui signale une fuite dans les WC, une ampoule qui venait de griller, un joint de culasse à changer.

Sur les six photos qu'elle avait devant elle, quatre étaient celles de personnes sans conteste d'origine européenne et deux autres d'origine maghrébine. Elle lut Saïd Mekloufi et Nordine Ben Barek. L'un des deux était-il le commissionnaire qui avait porté l'enveloppe aux *Échos* ou devrait-elle chercher ailleurs ? La liste des voitures de service était sous clé dans l'armoire de Mme Globeux. Elle se la fit apporter dès l'arrivée de la secrétaire. La 404 noire immatriculée 3047 MP 75 faisait bien partie de la flotte de la banque.

Chapitre 23

Elle ne voulait confier à personne ce qu'elle avait appris de la bouche de Crauste. Cette recherche, elle devait la mener seule. Les fuites, les trahisons de ces dernières semaines lui avaient appris à se méfier de tout le monde. Rechercher l'identité du chauffeur de la 404 noire était la première étape. Elle descendit au garage, disant à sa secrétaire qu'elle allait y récupérer un document qu'elle avait oublié dans sa voiture. L'esprit de mensonge et de ruse commençait à lui devenir familier.

Quand il vit sa présidente pénétrer dans l'atelier, le responsable de l'équipe, Pierre Lhermitte, un solide gaillard aux cheveux épais, marqua une surprise teintée d'un brin d'inquiétude. Ce n'était pas tous les jours qu'il voyait quelqu'un du haut État-major descendre jusqu'à son atelier ! Alors, la présidente elle-même ! Il conduisit Béatrice jusqu'au garage où elle fit mine de retirer son agenda de la boîte à gants de sa voiture.

Elle dit à Lhermitte qu'elle voulait profiter de sa présence ici pour rencontrer l'équipe et entendre ses hommes sur leurs conditions de travail. Toujours cette même odeur âcre des aisselles, de graisse et d'essence. Le chef héla sa troupe et ils s'installèrent tous les six dans son bureau autour d'une table en fer-blanc qui servait plus souvent à réparer des chaises bancales qu'à y rédiger des rapports. Il n'y avait pas de sièges pour tout le monde et les deux Maghrébins restèrent debout face à elle avec leurs salopettes bleues pleines de taches.

Ces hommes n'avaient pas l'habitude de s'exprimer – ils n'avaient pas été recrutés pour cela – et le faire devant leur présidente les impressionnait tous au point qu'ils n'eurent ni les uns ni les autres grand-chose à dire. Elle les regardait en souriant pour les mettre en confiance et tournait souvent les yeux vers les deux hommes qui étaient debout, vers leurs mains qu'elle avait du mal à bien distinguer. Ils avaient adopté la même attitude : la casquette aplatie dans leurs mains croisées devant eux.

Le tour de table allait se terminer. Ils n'avaient pas encore parlé. Béatrice demanda au premier de s'approcher un peu plus près d'elle. Quand il décroisa ses mains, Béatrice vit une phalange, c'était bien la première, de l'index droit nettement écrasée. L'ongle était réduit à une minuscule lame cornée.

Elle n'écoutait déjà plus ce qui se disait. Elle avait la réponse à ce qu'elle était venue chercher.

Saïd Mekloufi était l'homme qui était allé porter le pli assassin à la rédaction des *Échos*. Et si c'était lui aussi qui avait remis le contrat Hotchkiss à Morgan Stanley ?

Béatrice demanda à Mme Globeux de lui transmettre le dossier de M. Mekloufi. Elle avait forcé sur le « monsieur » qui ne pouvait qu'étonner sa secrétaire qui condescendait rarement à fouler la moquette des étages inférieurs. Quant au quatrième sous-sol ! Comment la présidente pouvait-elle s'intéresser à cet homme qu'elle-même n'avait jamais vu, peut-être aperçu le soir de l'arbre de Noël – et encore… Décidément, cette présidente était surprenante avec ses convocations à la hussarde et son intérêt pour un Maghrébin du quatrième sous-sol. Mais bon, c'était la cheffe. Mme Globeux avait conscience de jouer un rôle dans la banque, là où les autres dans les étages de dessous remplissaient des tâches. Ce rôle, elle l'accomplissait comme si tout ordre était un devoir.

Dans le dossier, il n'y avait rien de particulier et encore moins de répréhensible. Mekloufi était entré à la banque à vingt ans en 1959, l'année où il avait rejoint son père qui était tourneur à Billancourt aux usines Renault. Le reste de la famille était encore en Algérie et il était précisé dans le dossier « virer le quart de son salaire en fin de mois sur le compte xxxxx ouvert à la Banque Nationale de Paris à Sétif (Algérie) ». Cet employé modèle, la présidente avait maintenant hâte de le rencontrer.

Elle ne voulait pas non plus se précipiter et avant de le convoquer, elle eut envie de retrouver Philippe Cardinet pour bavarder avec lui. Ces discussions où elle pouvait se confier étaient des moments de détente qui lui faisaient du bien. Ils la soulageaient de l'atmosphère oppressante dans laquelle elle était confinée depuis son élection. Le parler de son ami n'était jamais une suite de mots lancés en l'air comme on lance un pétard, il était agréable de la suivre dans son cheminement. Il avançait mot après mot, phrase après phrase, réflexion après réflexion, en marquant des temps d'arrêt comme pour s'assurer qu'il ne faisait pas fausse route, jusqu'à ce que de sa bouche sorte ce qui apparaissait alors comme l'évidence. Sa manière de s'exprimer n'était pas linéaire, il avait besoin de tournailler autour du sujet, s'en évadant parfois avant d'y revenir sûr de lui avec une idée nouvelle. Elle ressemblait au vol du busard qui tournoie longuement dans les airs en semblant hésiter avant de plonger sur sa proie. Ils convinrent de se retrouver pour déjeuner dans un petit restaurant de la rue de l'Ancienne-Comédie.

Chapitre 24

C'était un caboulot sans prétention, « Le marmiton », où on croisait bien plus d'étudiants que de présidents de banque, mais ils savaient que là, ils allaient pouvoir discuter dans la discrétion. Ils choisirent dans un coin une petite table recouverte d'une nappe à carreaux rouges et blancs. Le menu du jour était écrit à la craie sur une grande ardoise accrochée à un mur : salade de tomates, faux filet, frites et fromage. Ils décidèrent de l'accompagner d'un pichet de vin rouge.

Ils ne s'étaient pas revus depuis que Sciglia et Fendi étaient venus à Paris. Elle le mit au courant des derniers évènements dont il était dans l'ignorance : la perte du contrat Hotchkiss et la connaissance qu'elle avait maintenant du nom de celui qui avait remis le pli aux *Échos.*

Cardinet écoutait avec stupéfaction ce que lui disait son amie. La solution qu'une partie de l'énigme qu'elle allait maintenant régler lui ait été transmise par l'Élysée le laissait pantois.

« Que tu connaisses le nom de celui qui est allé remettre ce communiqué aux *Échos* va faire franchir un pas important à ton enquête. Il est clair que ce n'est pas ce pauvre bougre qui a rédigé les deux lignes assassines, mais par lui tu connaîtras vite le nom du… comment dire ?… du commanditaire de cet acte. Je savais que le SDECE était d'une redoutable efficacité aux moyens parfois brutaux. Ses modes d'action lui sont soufflés par l'imagination qui trouve chez les espions son terrain le plus fertile, mais, comme dans ton cas, ils reposent souvent sur un échange classique de tuyaux entre services et informateurs. La République est gangrenée d'officines – SDECE, RG, SAC – officielles ou pas, dans lesquelles grouille et grenouille une faune de personnages interlopes. Ils sont dangereux pour tout le monde et sans doute même pour le pouvoir qui les emploie et qui en a besoin. Ils peuvent le trahir sans états d'âme comme dans cette malheureuse affaire Ben Barka où ils ont obéi aux ordres du palais à Rabat, oubliant de prévenir le pouvoir politique de leur pays. Ce sont de vraies petites citadelles qui ne rendent finalement de comptes à personne et qui peuvent faire des dégâts. Pour toi, le SDECE a été utile. Et c'est tant mieux.

— Je découvre là un monde qui m'est parfaitement étranger. Je suppose qu'un État a besoin de ces hommes de l'ombre pour régler des problèmes qui ne supportent pas l'exposition à la lumière crue. Mais de là à échanger quelques images d'un système de surveillance intérieure contre des photos graveleuses d'un ministre dont j'imagine que le journal peut les vendre à des publications qui font leur beurre avec tout ce qui croustille… S'il y trouve son intérêt…

—… Et s'il n'est pas trop regardant sur l'éthique et la déontologie, dit Philippe en servant un verre de vin à Béatrice, bien… nous n'allons pas épiloguer sur les vices et les vertus des services spéciaux français… Ta prise de fonction démarre sur un mode plutôt musclé. Que disent-ils, que pensent-ils de tout cela tes administrateurs, ton *staff* ?

— Ah ! Mes administrateurs. Ah ! Mon *staff*. Bien sûr que je les ai informés les uns et les autres. Avec le conseil, mes annonces firent l'effet d'un coup d'assommoir. Je ne sais ce qui les a le plus perturbés : la perte d'un gros mandat ou la trahison de quelqu'un de la maison. "Trahison", je pense que c'est un mot qui depuis un siècle n'avait jamais été prononcé en ces lieux. L'assommoir sur huit têtes et un grain de folie dans la neuvième.

— Un grain de folie ? »

En voyant pétiller ses yeux d'un bleu très clair, Béatrice avait compris que Cardinet savourait déjà ce qu'il allait entendre.

La serveuse arrivait avec deux assiettes de rondelles de tomates entre lesquelles avaient été glissées des tranches de mozzarella.

« Tu l'aurais vue… Une tête à faire peur. La haine la défigurait, elle avait la bouche déformée avec la lèvre toute retroussée quand elle éructait. Ses yeux ne me regardaient pas, ils me foudroyaient. Je n'étais rien, rien qu'une imposture, une petite intrigante, ma place n'était pas là dans ce fauteuil de président. Les administrateurs la regardaient, étonnés d'un tel déchaînement d'invectives. Qu'espérait-elle ? M'impressionner ? Que je m'effondre en pleurs, la suppliant de me pardonner devant ce flot de mots insultants qui me criaient mon insignifiance, ma nullité ? Rien de tout cela ne s'est produit. J'ai assez vite mis fin à une séance que je n'avais pas convoquée pour être le champ clos d'un règlement de comptes familial. Elle est repartie frustrée de ne pas avoir obtenu de moi la réaction de colère à laquelle elle me poussait.

— Je t'avais dit que ta belle-sœur serait un poison dans ce conseil.

— Elle n'a pas digéré la façon dont mon beau-père avait réparti son patrimoine entre ses deux enfants. Cet héritage lui est resté en travers de la gorge.

— Intéressant cela. Raconte-moi.

— Ce ne fut pas une question d'argent. Personne n'a été lésé dans l'opération, mais la répartition a posé problème. Dans son testament, mon beau-père avait cédé en pleine propriété les deux tiers des actions de la banque à son fils et il avait réservé à sa fille le bel hôtel particulier de la rue de Monceau avec vue sur le parc et tous les tableaux d'impressionnistes accrochés aux cimaises dont trois Monnet, le Degas de *La Salle de billard au Ménil-Hubert*, *Le Café de nuit* de Van Gogh, deux Pissarro, plus un tiers des actions de la banque. Elle n'avait pas été lésée et pendant longtemps, elle ne s'est pas manifestée ni n'a contesté ce qui aux yeux de mon beau-père relevait de l'équité et du simple bon sens. Il voulait une vraie majorité pour son fils au sein de la banque. Quant au reste… Elle s'en est donc contentée. Jusqu'à ce qu'elle se marie… Oui, elle a fini par se marier, sur le tard, elle avait quarante-deux ans, avec le fils d'un banquier suisse d'une lignée huguenote qui avait émigré vers 1700 à la révocation de l'édit de Nantes. Les Puychardon s'étaient installés du côté de Neuchâtel. Moyennant sans doute quelques arguments sonnants et trébuchants avec la Confédération, la particule a été rajoutée à la fin du siècle dernier. De Puychardon, ça sonne quand même mieux et même tant qu'à faire Lignères de Puychardon, en accaparant au passage le nom d'une petite propriété qu'ils avaient conservée du côté de Parthenay. C'était comme si toutes ces rallonges, ces particules, avaient encore alourdi une personnalité qui n'avait jamais été légère. Face à elle, je n'étais jamais que Béatrice Capestan, usurpatrice d'un nom dont je n'étais pas digne. Je crois que son mari a vite lorgné sur Pérignon, mais Eugène l'en a toujours tenu à bonne distance : juste celle qui lui a permis de se gaver de dividendes. Quand je pense qu'ils auraient pu se payer chaque année des dizaines d'hectares de vignes en Armagnac ! Qu'en font-ils de cet argent ? Je n'en sais rien, ma belle-sœur ne m'a jamais fait de confidences. À la banque, même si elle n'avait aucun pouvoir, elle a toujours protégé de Balzan, au titre de je ne sais quelle confraternité nobiliaire. Ce fut la seule faiblesse de mon mari qui n'a jamais voulu contrarier sa sœur à ce sujet et a maintenu à la direction quelqu'un qu'au fond de lui-même il méprisait. Depuis qu'elle était devenue Mme Lignères de Puychardon, les relations entre le frère et la sœur s'étaient tendues au point que jamais, malgré ses demandes insistantes, il n'avait accepté qu'elle intègre le conseil d'administration. Moi, je pouvais difficilement éviter cette intrusion pour le moins violente. Je n'avais pas la même légitimité que mon mari, je n'étais que sa veuve, autant dire… »

Et Béatrice fit un geste de la main droite où les deux pointes de son index et de son pouce se rejoignaient.

« Une seule chose m'a vraiment surprise au milieu de ce délire d'une femme perdant le contrôle de ses nerfs, c'est quand elle m'a jeté dans les pattes le nom de Diarmon en me reprochant de lui avoir fermé les portes de la présidence.

— Ah, ça, c'est plus étonnant. Celui-là, il faut encore s'en méfier. La vengeance est un plat qui se mange froid, mais là, il est encore loin d'être froid, juste un peu tiède. Chez un type comme lui, l'humiliation a dû avoir beaucoup de mal à passer – si elle doit jamais passer. Elle n'a sans doute pas lancé son nom innocemment. Bien difficile encore de voir clair dans tout cela. A-t-elle un plan déjà bien cadré de prise du pouvoir avec – pourquoi pas ? – des complices ou ta belle-sœur dans son délire porte-t-elle ses coups comme le ferait un mauvais boxeur sans qu'ils soient intégrés dans un plan machiavélique d'ampleur ? Je pense qu'avec le nom du commanditaire des *Échos* – si tu parviens à l'obtenir – tu vas ouvrir une première porte pour répondre à cette question : folie toute bêtasse de ta belle-sœur ou manœuvre de plus grande envergure pour prendre le pouvoir ? Même si tu disposes d'une large majorité du capital, tu n'es pas complètement à l'abri : une suite de mauvais résultats, des dividendes en chute libre, des administrateurs travaillés au corps ou, plus sûrement, au portefeuille, la suite politique de ton soutien au franc, tout peut être prétexte pour te mettre en minorité, voter une motion de défiance, ce qui rendrait très difficile la poursuite de ta présidence. »

La serveuse arrivait maintenant avec une assiette au milieu de laquelle trônait un morceau de fromage, probablement un camembert qui avait commencé à couler. Ils éclatèrent de rire, eux qui étaient habitués à des restaurants étoilés où un serveur en veste blanche et pantalon noir apportait en fin de repas un chariot en détaillant avec précision tous les fromages qui se serraient sur trois étages. Il leur faudrait aujourd'hui se contenter d'un bout de camembert, comme trente ans plus tôt au café de l'Estoupe. Après tout, en recherchant la discrétion, ils s'étaient exposés à manger comme les étudiants qui les entouraient bruyamment. Vin et café compris ils en eurent pour cinquante francs. Une misère. C'est Philippe qui paya.

« Préviens-moi dès que tu auras reçu ce Saïd Mekloufi. J'ai hâte de connaître la suite de cette affaire. »

Chapitre 25

Il était arrivé, tout tremblotant, le visage d'une blancheur de craie, dans le hall du dernier étage. Mme Globeux l'attendait à la porte de l'ascenseur et le conduisit au bureau de la présidente. Un quart d'heure plus tôt, un coup de fil de la secrétaire avait averti le chef du service « Transports et matériels » que la présidente voulait voir Saïd Mekloufi. Mme Globeux se perdait en conjectures sur la convocation de cet employé de dernier rang. Elle continuait à s'interroger en refermant la lourde porte capitonnée derrière lui.

Saïd Mekloufi s'était changé avant de monter. Il avait remisé au vestiaire sa salopette graisseuse et avait enfilé un pantalon de toile marron et une veste cintrée à taille haute. Pour le mettre à l'aise, Béatrice avait dégagé la table ronde qui jouxtait son bureau et ils s'étaient installés là. Un café l'attendait, qu'il fut long avant d'y tremper ses lèvres.

« Monsieur Mekloufi, vous devez vous demander pourquoi vous êtes ici. »

Il répondit par un léger hochement de tête. Béatrice ne voulait pas le faire languir, ce qui aurait signifié le faire souffrir.

« Vous êtes bien allé le 18 novembre dernier, c'était un lundi, porter un document au journal *Les Échos* ?

— Oui, m'dame, c'est exact. J'ai même tourné tout un moment dans le quartier et j'ai dû descendre la voiture dans leur parking. J'savais pas si j'avais le droit, mais personne m'a rien dit, je vous l'assure.

— Ne vous en faites pas pour cela… Cette enveloppe, j'aimerais savoir qui vous avait demandé d'aller la remettre à ce journal. »

À un petit signe qui pinça la commissure de ses lèvres, elle se rendit compte que son interrogation l'embarrassait. Il avait compris qu'il était là pour répondre à cette question.

« Ça r'monte assez loin. Je crois bien que c'est tout simplement mon chef, M. Lhermitte, qui me l'a remise. Je ne vois pas qui ça pourrait être d'autre. »

Il farfouillait dans sa mémoire, les yeux perdus, sans pouvoir dire autre chose. Non, à part M. Lhermitte, personne ne lui avait jamais remis de papiers.

« Avez-vous aperçu quelqu'un d'autre venir voir M. Lhermitte pour lui remettre cette enveloppe ? »

Il n'en finissait pas de réfléchir et se tordait les doigts un peu nerveusement.

« Voyons, souvenez-vous.

— Vous savez dans notre garage, ça va, ça vient, je ne fais pas attention à tous ceux qui passent, même si on n'a pas l'habitude de voir grand monde. Vous êtes venue nous voir une première fois avec un monsieur puis vous êtes revenue nous voir toute seule il y a quelques jours. Entre les deux… Je ne vois pas. Attendez… Je crois bien qu'entre vos deux visites, le monsieur qui était avec vous la première fois a dû revenir.

— C'était M. de Balzan ?

— Oui. C'était m'sieur de Balzan.

— Voulez-vous un autre café ?

— Non m'dame, je vous remercie. »

Saïd Mekloufi était pressé de retourner sur son lieu de travail. Il pouvait maintenant redescendre. Son chef et ses collègues avaient été si étonnés quand il avait été appelé à l'étage de la présidente qu'ils n'allaient pas manquer de le bombarder de questions à son retour. Béatrice avait prévu cela et voulait conserver la maîtrise de l'opération sans que son *primus* ne prenne peur et vienne brouiller un scénario qui commençait à lui apparaître plus clairement.

Chapitre 25

« Ne dites rien de cette discussion ni à vos collègues ni à votre chef. Dites simplement que je voulais vous confier la restauration de cette statuette qui est un peu bancale là, sur son socle. Tenez, je vous la confie et remettez-la en état. Au fait, comment avez-vous fait pour vous abîmer ce doigt ?

— C'est une vieille histoire. Je devais avoir sept ou huit ans. Nous étions chez mon oncle dans un village des Aurès et je jouais avec une cousine autour de la vieille guimbarde de son père. J'avais le doigt dans la rainure de la portière, elle a poussé cette porte. Une lourde porte en ferraille. Voilà le résultat. C'est un moindre mal, j'aurais pu perdre mon doigt. »

Et il partit en montrant son pauvre doigt.

Chapitre 26

Si l'histoire du communiqué l'avait irritée, la perte du dossier Hotchkiss l'avait blessée au plus profond, et ceci davantage, se le répétait-elle en faisant tourner le scénario en boucle dans sa tête, par ce traquenard qui l'avait visée que par la perte financière dont la banque se remettrait et dont elle avait confié le recouvrement à ses avocats. Depuis, elle avait du mal à se concentrer sur son travail de présidente qu'à vrai dire elle n'avait guère entamé depuis son élection. Elle ne voulait pourtant pas brûler les étapes. Elle savait maintenant qui avait tenu la plume pour rédiger le communiqué et se doutait que cette piste pouvait la mener jusqu'à Hotchkiss/Morgan Stanley, mais elle ne savait trop comment avancer. Convoquer de Balzan et le faire avouer ? Elle couperait une tête s'il avait le courage d'avouer, mais n'y en avaient-ils pas d'autres ? Elle réfléchissait à tout cela dans son salon en feuilletant d'un œil distrait le manuscrit enluminé du *Livre de la chasse* quand le téléphone sonna. Elle fut surprise de reconnaître au bout du fil la grosse voix rocailleuse de Roumanoff. Il sollicitait un entretien pour le lendemain matin.

Ils se rencontrèrent donc le lendemain matin.

En le voyant pénétrer dans son bureau de son pas lourd, elle comprit qu'il avait une communication importante à lui faire. Déjà, la veille, elle avait perçu de l'âpreté dans le souffle de sa voix. Sa belle et épaisse chevelure argentée n'avait pas ce matin-là son port aristocratique habituel : des mèches rebelles s'échappaient, comme si Roumanoff avait trouvé dans sa toison l'exutoire dont il avait besoin pour calmer ses nerfs.

Elle lui avait fait servir un café qu'il repoussa au milieu de la table. Il était pressé d'en venir à l'objet de sa visite.

Chapitre 26

« J'ai honte, madame. »

Elle ouvrit de grands yeux devant cette entrée en matière si peu conventionnelle. En trois mots, il semblait s'être libéré d'un poids qui l'oppressait.

« Oui, j'ai honte du manque de réaction, de l'inertie de notre conseil d'administration qui se comporte comme une assemblée de vieillards indolents. J'ai des défauts et je les assume, je n'ai pas partagé votre décision d'associer la banque à la défense du franc, mais je ne m'y suis pas opposé. Je vous ai expliqué mes raisons. Contrairement à d'autres, ma présence au conseil de Pérignon ne se limite pas à la perception des dividendes. Votre mari m'a fait confiance et il ne me l'a jamais retirée même si je l'ai parfois irrité. Il savait qu'en cas de coup dur, il pouvait compter sur moi. Je ne peux plus me contenter de ce rôle passif de spectateur. »

Elle se demandait où il voulait en venir.

« Voilà... J'ai reçu, hier, une étrange visite. Votre belle-sœur est venue me voir. Elle a dû faire, je suppose, la même démarche auprès de tous les administrateurs. Qu'avait-elle donc à me dire, elle que je connais si peu pour ne l'avoir croisée que deux fois, qui méritât qu'elle vienne me rencontrer chez moi en me demandant de garder le plus grand secret sur ce qu'elle allait me dire ? Dès ses premiers mots, j'ai compris qu'un complot était en cours. J'en ai connu des putschs, et des violents, mais celui-ci je n'y prêterai pas la main. Mme de Puychardon cherche à rallier une majorité d'administrateurs en leur faisant peur. À l'entendre, d'autres catastrophes se préparent, d'autres gros contrats vont être annulés, vos collaborateurs directs sont prêts à émigrer chez des concurrents. Bref, tout y passe pour nous intimider. Je ne peux, madame, accepter cela. Je suis venu vous voir pour vous assurer de ma loyauté et vous dire que je suis prêt à vous apporter mon concours pour tuer dans l'œuf ce complot avant qu'il ne débouche sur l'explosion du conseil, la décapitation de votre *staff*, la chute de la maison Pérignon. »

Il en avait fini et semblait soulagé.

Béatrice le regardait. Cet homme de combat, d'engagement extrême était le premier – peut-être serait-il le seul – à l'avertir et lui proposer son « concours », ce qu'elle avait aussitôt traduit par sa protection. Ce qu'elle aurait attendu d'un Dormeuil ou d'un Peyraud, c'était Roumanoff qui le lui offrait. Elle était émue devant la confession de ce gaillard de laquelle suintait une sincérité qui se lisait sur un visage où la véhémence de la tension qui l'avait un temps agité était maintenant parfaitement contenue.

« Je vous remercie. Avez-vous pu contacter vos collègues ?

— Non. Ma priorité était d'abord de venir vous voir pour vous alerter.

— Quelle était précisément la proposition de Mme de Puychardon et que lui avez-vous répondu ?

— Elle organise minutieusement, administrateur après administrateur, votre mise en minorité. Elle prétend que vous ne pourrez continuer à être présidente sans majorité au conseil. C'est le seul point sur lequel je peux lui donner raison… Je ne lui ai dit qu'une phrase avant de lui montrer ma porte : "Laissons de côté sa veuve si vous le voulez bien, mais pensez-vous respecter votre frère en faisant cela ?" Pour toute réponse, elle m'a souri.

— Et dans ce scénario si séduisant qui me remplacerait ?

— C'est le mystère. Elle ne m'en a rien dit. Peut-être ne le sait-elle pas encore ? Ma longue expérience de ces moments de conspiration où on échafaude des scénarios qui ne sont souvent que des chimères m'a appris que ces équipes se désagrègent souvent de l'intérieur en une implosion qui ne fait que des victimes. Il faut des âmes exaltées pour mener ce type d'actions. Vous imaginez nos Lombard et autres Amanieu en âmes exaltées ? Quand les ardeurs des uns se brûlent à celles des autres, les disputes commencent. Remarquez qu'avec nos amis ces disputes ne seraient que des chamailleries. Plus sérieusement, j'ai connu cela avec l'OAS entre ceux que de Gaulle avait appelés le quarteron de généraux en retraite d'un côté et les officiers boutefeux et fanatiques de l'autre. Pour ceux-ci, la capitulation de leurs chefs ne fut rien moins qu'une trahison. Donc, à mon avis, il y aura concurrence pour occuper votre poste. »

Béatrice était sidérée de la vigueur avec laquelle Roumanoff se saisissait de la question comme si parler de ces moments exaltants réveillait en lui toutes les fibres en sommeil, depuis qu'il avait quitté la clandestinité et retrouvé le chemin de la légalité républicaine. Il réagissait comme un homme pour qui la lutte qui s'annonce dégage déjà cette odeur qu'il aimait tant, celle du soufre. Elle l'écoutait raconter cette soirée avec le sourire comme si elle n'avait été qu'une soirée des dupes. Il semblait ravi du tour qu'il jouait à celle qui l'avait invité et qui devait toujours le considérer comme un de ses complices. Et pourtant, la présidente en aurait eu des motifs de se méfier de l'administrateur le plus incontrôlable de son conseil ! C'est bien lui qui s'était abstenu quand elle avait posé la question de confiance dans la défense du franc, c'est bien lui qui ne faisait pas mystère de ses engagements extrémistes, lesquels avaient fini par exaspérer Eugène au point qu'il lui avait signifié que la prochaine assemblée générale serait sa dernière. Aurait-on interrogé Béatrice, c'est bien sur lui qu'elle aurait misé pour désigner le premier prêt à s'enfoncer dans un complot. Derrière la belle façade, le porte-cigarettes en bakélite, la grosse chevalière blasonnée, le nœud papillon, la chevelure si bien lustrée, il y avait donc autre chose que de furieuses prises de position politiques. Il y avait aussi ce que Béatrice découvrait : de vraies valeurs morales au nom desquelles il refusait la trahison, ainsi qu'un réel attachement à la banque et à la personne qui aujourd'hui l'incarnait. Il choisissait ses combats et ne se les laissait pas imposer. Celui-ci méritait qu'il s'y engageât.

La décision de la présidente fut prise sur-le-champ en regardant le visage énergique et froid comme déjà engagé dans un combat où il jouissait en distribuant des ramponneaux. Elle allait à nouveau convoquer un conseil d'administration ; elle donnerait consigne à Mme Globeux de ne lui passer aucune communication d'aucun administrateur ; elle souhaitait créer le vide autour d'elle ; elle ne voulait pas entrer dans ce jeu-là. Si elle obtenait la majorité, elle demanderait à sa belle-sœur et à ses complices de démissionner, et en cas de refus demanderait qu'ils soient tous démis de leur mandat ; si elle était mise en minorité, elle démissionnerait à la minute même.

« Comment puis-je vous être utile maintenant, madame ?

— Infiltrez le corps de l'ennemi et venez me rendre compte », déclara-t-elle en riant. Nonobstant le rire, on eût dit un officier donnant des ordres à son ordonnance. « Moi, je vais convoquer un conseil pour le 20 décembre. Nos comptes au 30 septembre seront arrêtés. Les gâteries seront distribuées ce jour-là. »

Chapitre 27

L'entrée de Louis de Puychardon dans l'histoire mérite qu'on mette maintenant un coup de projecteur sur cet homme qui jusque-là s'était tenu tellement en retrait qu'on pouvait presque douter de son existence. C'était un gros homme qui ressemblait à un abbé avec des bajoues qui tombaient jusqu'au cou. La peau, sensible, était cachée sous plusieurs épaisseurs de gras. L'œil – car il n'en avait qu'un, l'autre étant dissimulé derrière un monocle qui le rendait démesurément globuleux –, était froid, plus froid qu'une prothèse oculaire. Là où d'ordinaire on lit la pellicule de la personnalité, chez Louis de Puychardon, on ne déchiffrait rien dans cette escarbille de la couleur d'une eau stagnante. Son visage gentiment couperosé aux pommettes était d'une rotondité parfaite. Sa grande taille aurait pu le faire paraître élégant s'il n'avait accumulé autour de sa ceinture de méchants renflements qui lui rendaient la marche difficile. On s'en apercevait en le voyant peiner pour suivre Roselyne qui trottait d'un pas menu et nerveux sur les parquets cirés de son hôtel. On pouvait à la rigueur trouver de l'élégance dans sa mise toujours tirée à quatre épingles avec un costume trois-pièces d'où sortait de la taille une chaîne en or, laquelle aboutissait dans la poche gousset du gilet. On aurait attendu sur une mise aussi soignée un alignement de rubans verts ou violets, peut-être même rouges, mais l'histoire et son cortège de malheurs et d'humiliations, qu'aucun orgueil n'avait pu relever, étaient passés par là ; seule une médaille du Rotary club de Neuchâtel ornait le beau plastron. Roselyne parlait pour deux. L'homme était un taiseux. Il ne disait jamais rien sur rien, telle était sa façon de penser. La mélancolie de son âme avait gâché son sourire, qu'il avait triste.

Il n'avait que l'avantage de mettre en évidence la belle rangée de dents en or qui ornait sa mâchoire.

La veille du conseil, Roumanoff était venu rue Geoffroy Saint-Hilaire. Elle n'avait pas voulu qu'ils se voient au siège de la banque. La liaison du roi de la soie et de Mme Globeux ne pouvait qu'inciter à la prudence pour garantir la discrétion de ce contact. Roumanoff, paré de son éternel nœud papillon, rouge ce soir-là, lui expliqua ce qu'il avait vu et entendu ces derniers jours. Il avait été convoqué – « c'était bien une convocation pas une invitation », insista-t-il – avec tous les administrateurs un soir rue de Monceau dans l'hôtel particulier de Mme de Puychardon. À sa grande surprise, deux invités qu'il n'attendait pas là, étaient présents : Michel Diarmon et Louis de Balzan. Les trois énormes lustres en cristal du grand salon avaient été allumés. Des torrents de lumière blanche tombaient en cristaux pulvérulents sur les invités qui arrivaient, étonnés, les uns après les autres. « Ils avaient sorti le grand jeu pour nous impressionner. » Si trois personnes faisaient la surprise de leur présence, deux autres brillaient par leur absence : Dormeuil et Lombard. Mme Globeux avait prévenu Béatrice qu'ils avaient vainement essayé de la joindre au téléphone dans la journée, ainsi que Grosdidier.

« Nous étions donc six administrateurs : Amanieu, Costa, Peyraud, Bailly, Grosdidier et moi. Une grosse majorité était acquise à votre belle-sœur. Elle jubilait. Un repas nous attendait. Il fut fastueux, comme d'un autre siècle. Du Grand Siècle, osons le mot. L'opération séduction se poursuivait. Juste pour vous mettre l'eau à la bouche, je vais vous dire ce que vous avez manqué en n'étant pas des nôtres ce soir-là. »

Il sortit de la poche intérieure de sa veste une fiche cartonnée et blasonnée, chaussa ses grosses lunettes d'écaille, prit un petit air mutin et se mit à lire drôlement, en chantonnant :

« Salade de foie gras en crépine, noix de Saint-Jacques poêlées sur tartare de fromages, gigolette de volailles, farce provençale, assiette de trois fromages avec sa mini baguette raisins, saint-honoré à la crème, le café et ses mignardises. Comment voulez-vous qu'après un festin pareil, nous n'ayons pas été séduits par une telle profusion de générosité et emplis de reconnaissance pour une famille dotée d'un tel art de vivre ? En fait, beaucoup d'entre nous étaient si repus qu'il fallut appeler des taxis pour rapatrier chez eux Grosdidier et Bailly qui dormaient dans leurs fauteuils. Leurs voitures restèrent à quai, toute la nuit, rue de Monceau. Le meilleur était encore à venir.

— J'imagine que cette invitation n'était pas innocente et pas seulement destinée à remplir des estomacs déjà bien chargés.

— Effectivement. Nous nous déplaçâmes de conserve, un peu lourds, pour le café dans un petit salon que madame appela "notre salon bleu" et fûmes installés en cercle tandis que votre belle-sœur prenait place sur une chaise au milieu. Elle commença par vous attaquer bille en tête, très sèchement. Cette large majorité des actions que vous détenez semble lui peser, je ne sais où, sur la conscience ou sur la bile, mais elle ne l'a toujours pas digérée. Vous auriez comploté auprès de votre mari et lui auriez pratiquement tenu la main pour qu'il écrive son testament. Elle se réserve d'ailleurs d'attaquer ce document en justice, considérant que vous avez profité d'un état de faiblesse du président. Nous fûmes tous surpris d'entendre cela, l'ayant côtoyé jusqu'à la veille de sa mort et n'ayant jamais remarqué le moindre signe de défaillance chez lui qui l'aurait rendu incapable au sens juridique du terme. Il fut lucide et solide jusqu'au bout, je pourrai en attester s'il est nécessaire de le faire. Elle n'a fait que répéter ce qu'elle avait déjà dit en séance, que vous meniez la banque à sa perte et que ce qu'elle engageait, elle le faisait au nom de feu son père. Moïse Cardi-Tabuschi, répéta-t-elle plusieurs fois, devait se retourner dans sa tombe en voyant en quelles pauvres mains sa banque était tombée. Elle se sentait investie d'une mission conduite *au nom du père*. »

Béatrice ne disait rien. Ce qu'elle venait d'entendre, elle l'avait déjà entendu tant de fois, prononcé sur tous les tons, des plus doucereux aux plus violents. Roumanoff continuait.

« La suite fut le moment le plus intéressant. Elle nous dévoila son plan et ce qui allait s'ensuivre. Elle s'adressa aux six administrateurs comme si nous étions déjà ses partenaires et qu'elle n'avait plus à nous convaincre. "Monsieur Michel Diarmon (je le regardais et le vis forcer un peu plus son sourire condescendant), dont vous connaissez tous les éminentes qualités, sera notre président et si vous le voulez bien je serai la vice-présidente." Telle était la répartition des rôles sur laquelle ils s'étaient mis d'accord. Elle nous a alors expliqué qu'elle ne voulait pas commettre la même erreur que vous : "La présidence est une affaire de spécialiste. Qu'on ne voie donc pas d'ambition personnelle derrière tout cela, mais simplement l'envie que Pérignon soit présidée par un homme de haute tenue, de grande compétence." Je suis alors intervenu, car ça devenait vraiment trop touchant. "Le président n'a pas de fonction exécutive. Votre frère n'a jamais étudié un dossier – il laissait cela aux spécialistes – ni peut-être même jamais reçu un client. Vous seriez parfaite, madame, dans le costume présidentiel". Elle redressa le buste, son visage se couvrit, le temps d'un éclair, de la flamme de la fierté. Je la sentis flattée, mais elle est restée ferme sur sa position. J'avoue avoir quand même été bluffé par tant d'humilité. »

Béatrice souriait en l'écoutant. Depuis la veille, elle savait que Roselyne de Puychardon ne serait jamais la présidente de Pérignon. Elle sortit du dossier qu'elle avait près d'elle, une longue note et des articles de journaux. « Tenez, lisez, cela vaut tous les longs discours. »

L'article était un numéro du 14 septembre 1945 de *La Tribune de Genève*. Un titre barrait la Une. « La banque de Puychardon radiée de la liste des banques autorisées à travailler en Suisse ». Le sous-titre expliquait les raisons de cette radiation : « Ses dirigeants compromis avec le régime nazi pour avoir abrité la fortune des dignitaires. » Roumanoff se plongea dans la lecture de l'article qui expliquait comment plusieurs proches du Führer, qui s'étaient enrichis de mille façons, avaient confié leur fortune à la banque la plus discrète et la plus accueillante de la place de Genève où on était pourtant peu regardant sur l'origine des fonds. Mais là, les Américains avaient frappé très fort sur la table et exigé la radiation de cette banque compromise jusqu'au cou. Les autorités suisses s'étaient inclinées.

Roumanoff remit l'article de la Tribune dans le dossier largement étalé devant lui.

« Ça alors ! Vous n'en aviez jamais parlé.

— Je pouvais d'autant moins en parler que je n'étais pas au courant. C'est hier soir, en mettant de l'ordre dans les archives personnelles de mon mari, que je suis tombée sur ce dossier. Eugène ne m'en avait jamais parlé, car il n'avait pas voulu, je pense, salir l'honneur de sa sœur en ressortant cette vieille affaire. Vous comprenez maintenant pourquoi Mme de Puychardon veut mettre un homme de main à la présidence. Son nom est frappé d'opprobre par toute la communauté financière internationale. Ce sont des infamies qui sont ineffaçables. Si l'interdiction qui frappe cette famille ne concerne que la Suisse, on comprendrait mal qu'une Mme Lignères de Puychardon fasse en France ce qu'elle n'aurait pas le droit de faire en Suisse. Lisez donc maintenant la note rédigée par mon mari. »

Roumanoff saisit le paquet de feuilles que lui tendait Béatrice et entama une longue lecture. Il devait y avoir une dizaine de feuillets sur lesquels, d'une écriture serrée, Eugène Cardi-Tabuschi avait consigné ses sentiments les plus intimes sur sa sœur et son beau-frère. Il n'ignorait rien bien sûr de la déchéance qui avait frappé les Puychardon et abîmé leur nom quand sa sœur lui avait présenté son futur mari. Il se souvenait de cette affaire qui avait défrayé la chronique financière de la Libération. C'était l'époque où il devenait lui-même président de Pérignon. La famille de Puychardon, dépouillée de ses actifs bancaires, ne s'était pas pour autant retrouvée dans le besoin. Sa fortune était devenue à large dominante immobilière avec des immeubles dans les beaux quartiers de Genève et de Paris.

Eugène avait écrit la note que Roumanoff avait entre les mains peu après le mariage de sa sœur. Cette arrivée d'un Puychardon dans sa famille avait nourri ses craintes. Ce que cet ancien banquier qu'il avait vite jugé intrigant et arriviste ne pouvait plus exercer en Suisse, son mariage avec la fille de Moïse Cardi-Tabuschi pouvait lui permettre, avec un peu d'habileté, de le réaliser en France. À vrai dire, l'habileté il ne l'avait pas vraiment décelée quand sa sœur lui avait présenté son futur époux. Il avait rarement trouvé dans la même personne une telle correspondance entre l'épaisseur du corps et la lourdeur de l'esprit. Il n'avait pas trouvé chez lui la moindre trace d'humour, ces traits qu'il appréciait tant chez les autres et dont lui-même savait faire grand usage. Puychardon n'avait pas non plus l'étoffe d'un grand banquier d'affaires, ces prédateurs au flair infaillible, fidèles du Bilderberg, aux antennes toujours en veille. Eugène était, lui, de cette race, avec son vaste réseau transcrit en yiddish dans un mémo secret que même Mme Globeux n'avait jamais vu. Pour tout dire, l'homme était apparu à Eugène dans toute son insignifiance, une de ces personnes si ternes qu'on n'a pas envie d'engager un bout de dialogue avec eux. Sa sœur avait d'abord épousé une particule, un nom certes un peu abîmé, certes décati et même un peu oublié pour ne plus être prononcé dans la bonne société genevoise, mais c'était un nom. Mme Lignères de Puychardon ça sonnait comme un souffle de hautbois dans un opéra de Lully. C'est donc plutôt sa sœur qui lui faisait peur et c'était ce qu'il avait consigné dans les feuillets dont Roumanoff terminait la lecture.

« Ce sont ces feuillets que je vais lire demain au conseil » dit Béatrice alors que Roumanoff reposait le paquet sur la table.

Chapitre 27

« Votre mari avait vu clair. Il connaissait trop bien sa sœur pour se faire des illusions sur sa capacité à accepter que vous accédiez à la présidence. Quelle dureté de ton dans la conclusion de ce long texte où toutes les perfidies dont sa sœur est capable sont énumérées les unes après les autres : “dangereux tempérament volcanique”, “jalousie maladive”, “incapacité à diriger une équipe”, “paranoïa maladive voyant des complots partout” et jusqu'à des doutes sur son honnêteté sans être plus précis, sans doute pour ne pas raviver une vieille histoire — et quelle sentence sans appel pour finir ! *J'interdis à ma femme, si je décède avant elle ou à toute personne qu'elle aura elle-même désignée, de confier la responsabilité de la banque à ma sœur, Roselyne Cardi-Tabuschi, épouse Lignères de Puychardon. Je lui interdis également d'accepter qu'un prête-nom soit imposé par des manœuvres dolosives, derrière lequel madame Cardi-Tabuschi, épouse Lignères de Puychardon pourrait s'abriter pour diriger* de facto *la banque. Toute décision prise en contradiction avec ce qui précède constituerait un viol de mes volontés. Document dûment authentifié le 4 janvier 1965 par maître Fromentin.*

— Vous allez vraiment le lire ce document ? Dans son intégralité ?

— Oui, je vais le lire entièrement. Ce sont les volontés de mon mari, ses dernières volontés en quelque sorte et le conseil a le droit de les connaître. Quand il a rédigé ce texte, il ne pensait sans doute pas qu'un jour sa veuve viendrait les porter à la connaissance de son conseil.

— Mais vous allez faire exploser votre belle-sœur… et peut-être même le conseil d'administration.

— Eh bien alors, qu'ils explosent ! Je fournirai le détonateur. »

Chapitre 28

Le ciel noir déversait depuis l'aube une pluie mauvaise et froide qui piétinait furieusement l'asphalte des rues. Dans sa petite Fiat Abarth, Béatrice écoutait la radio. Comme chaque matin, elle l'avait branchée sur Europe n°1. Ce matin, Maurice Siegel le directeur, était au micro à la place de Georges Altschuller. Le moment était grave. Dans deux jours, la France allait voter et les derniers sondages étaient mauvais pour le Général. Georges Pompidou dans une déclaration prononcée à Rome avait annoncé qu'« il était prêt ». Chacun avait compris. En trois mots, il avait signé la mort politique du général de Gaulle. Giscard ne voulait pas laisser la curée refroidir sans lui et il avait dit dans un étrange balancement qu'il voterait non, « avec regret, mais avec certitude. » Partout les sénateurs, inquiets par la suppression de ce qu'ils appelaient la « Haute » assemblée, battaient la campagne, effrayaient maires et conseillers généraux, inventaient des histoires de fin du monde ou de fin de la démocratie (ce qui pour eux revenait au même), se posaient en ultimes garants, en derniers défenseurs de la France des terroirs, celle où « la terre, elle, ne ment pas », pour s'opposer à cette réforme. Elle tourna le bouton. Sur Radio Luxembourg, c'était le bulletin météo qui n'annonçait rien de beau dans le ciel pour le week-end. Elle resta sur Luxembourg. La défaite annoncée du Général, le lâchage de ceux qui lui devaient tout, l'écœuraient. À deux jours du scrutin, l'évènement l'intéressait surtout par ce qu'il lui montrait (*sans qu'elle n'eût la moindre illusion à ce sujet depuis longtemps*) des faiblesses de la nature humaine. Elle était de ceux qui pensaient que de Gaulle n'avait jamais cru à son projet et qu'il se suicidait politiquement en choisissant de lui-même le moment du *clap* final de son épopée. Entre la rue Geoffroy Saint-Hilaire et la rue Lafayette, sa petite voiture se faufilait, éclaboussant au passage les piétons qui marchaient un peu près de la chaussée. En traversant la place de la Concorde, là où enfin la perspective se dégage, elle se remplit les yeux d'un ciel noir qui déversait des tombereaux d'une pluie toujours aussi furieuse.

Elle était nerveuse et avait l'humeur maussade.

La veille, elle avait licencié de Balzan. Elle l'avait fait appeler par Mme Globeux. Le témoignage de Philippe Lhermitte, le chef de Saïd Mekloufi, avait été probant et écrasant. Il n'avait pas fait mystère de cette visite que lui avait rendue de Balzan un soir, lui remettant une enveloppe qu'il devait porter aux *Échos* le lendemain matin. Ils avaient l'habitude de rendre ces services en profitant des voitures qu'ils avaient sous la main. Venant du directeur général, ce n'était plus un service, mais un ordre et il s'était empressé d'envoyer Mekloufi remettre le pli. Il n'avait jamais eu connaissance de l'entrefilet qui avait causé tant d'émois. Lhermitte ne lisait pas *Les Échos* ; il ne lisait que *Paris Turf.* De Balzan lui avait donné une consigne : l'enveloppe devra être remise « dans la plus grande discrétion » en précisant même que « c'est une mission à accomplir dans l'intérêt de notre banque ». Quand Lhermitte, qui se souvenait mot à mot de la phrase prononcée par son directeur général, rapporta cela à Béatrice, celle-ci en eut des frémissements qui lui glacèrent l'échine. « Dans l'intérêt de notre banque. » Comment ne pas comprendre que l'intérêt de la banque, dans l'esprit de M. de Balzan, passait par l'humiliation de sa présidente en préalable à son élimination ?

Le pauvre homme, car il faut maintenant le plaindre de son infortune, était arrivé ponctuel comme chaque matin, sanglé dans son beau costume trois-pièces. Sitôt arrivé, il avait retiré la veste avant de la placer avec délicatesse sur un cintre. Dans un rituel inchangé depuis des lustres, sa secrétaire avait alors déposé, comme le prêtre dépose la chasuble sur la sainte table, la veste et le cintre dans une armoire dont bien vite, elle avait refermé la porte à clés.

Une heure d'horloge plus tard, le même cérémonial était une nouvelle fois exécuté, mais en sens rigoureusement inverse. Il était neuf heures précises quand la veste grise du costume trois-pièces d'Oxford Street recouvrit à nouveau les frêles épaules de M. de Balzan. Une toute petite nuance séparait ces deux situations.

À huit heures, le vicomte était entré la tête haute, la démarche martiale, avec toujours le même air un peu hautain. Il allait, pensait-il alors, démarrer une journée semblable aux autres. Il avait encore le verbe précieux, la bouche cousue d'or dont chaque mot qui en sortait ressemblait à une offrande faite à celui qui devait savourer son bonheur de recueillir un tel miel.

À neuf heures, notre homme n'était plus rien.

Un ouragan avait, entre temps, balayé toute cette façade de respectable probité ; de la bouche cousue d'or ne tombait plus que du vil plomb ; le teint si clair s'était empourpré et de fines gouttelettes avaient commencé à nimber le beau front bien bombé avant de couler le long de fines ridules et de s'écraser sur un col de chemise soudain trop serré.

Béatrice avait décidé la veille au soir de licencier son directeur général.

Devant elle, recroquevillé sur son siège, il avait d'abord tenté de nier. Ce qu'il avait remis à Lhermitte, dit-il, n'était pas le communiqué paru le lendemain, mais un texte sur la nomination d'un jeune HEC à un poste de responsabilité que la rédaction des *Échos* n'avait pas jugé bon de publier dans sa page « Carnet ». On était bien loin de « l'intérêt de la banque ». Sa défense était si ridicule, si dérisoire que Béatrice, sentant son directeur général perdre pied, dévia la discussion sur le cas Hotchkiss/Morgan Stanley. Il dut pressentir que là, il jouait sa place. Il essaya, saisi de tremblements convulsifs, de reprendre pied, se redressa et prit un air outragé alors qu'elle ne lui avait posé qu'une simple question : « Avez-vous une idée, monsieur de Balzan, de la façon dont les Américains ont pu nous rafler cette affaire sous le nez ? » Eh bien. Non que non ! M. de Balzan n'en avait aucune idée. Son beau regard n'était plus le même. Une glaciale incrédulité s'y attardait, il voyait maintenant le précipice devant lui et savait qu'il allait y tomber. L'éclair de son regard s'était voilé et il regardait sa présidente tristement, de ses grands yeux de bœuf assommé. Elle eut pitié de lui et fut tentée de mettre fin à la séance, mais le poids de la trahison était trop lourd à porter. Béatrice décida alors de pousser les feux en racontant une histoire qu'elle inventait à mesure qu'elle la relatait.

« Glen Feldman, le patron de Morgan Paris, m'a appelée. Il s'est presque excusé en me disant qu'il ne pouvait passer à côté d'une affaire pareille, quels qu'en soient les risques pour sa banque à cause de l'exclusivité de notre contrat. Je l'ai senti quand même gêné par cette crasse qu'il nous faisait et qui certes allait pénaliser Pérignon, mais aussi réduire leur respectabilité à peau de chagrin sur la place de Paris. Un contrat, cela se respecte, même dans un pays de maquignons. Bref, tout cela pour finir par me dire que ce document – à partir duquel il avait pu faire des propositions mirobolantes à Hotchkiss –, il ne l'avait pas volé, on était venu le lui apporter… »

Elle marqua un temps d'arrêt comme les enquêteurs le font sans doute quand ils sentent un présumé innocent sur le point de devenir présumé coupable. De Balzan était blême. Il ne regardait plus Béatrice, mais le plafond, les yeux brillants, comme perdu dans un monde qui n'était déjà plus le sien. Elle se taisait et sentait que pour de Balzan, c'était le moment de parler.

« Oui, c'est moi qui lui ai remis notre mandat… mais je l'ai fait sur ordre.

— Sur ordre ? Mais de qui grands dieux ?

— Cela je ne vous le dirai jamais. »

Elle sentait qu'il n'en dirait pas plus. Il s'était effondré sur son bureau, le visage enfoui dans le coude d'un bras replié et des sanglots qui lui secouaient la poitrine. Elle avait fait un grand pas dans la découverte de la trahison et n'en saurait pas plus aujourd'hui. De Balzan était l'exécuteur d'une machination dont il fallait chercher les vrais responsables ailleurs. Il ne lui inspirait plus que de la pitié quand elle le vit se relever les yeux encore pleins de larmes, les plis de ses cheveux en désordre qu'il tentait de remettre en place. L'homme était un faible que son mari n'avait conservé à ce poste que pour son nom. Elle était décidée maintenant à décapiter la banque de cette tête qui inspirait pourtant confiance au gotha, lequel ne confiait ses participations, logées dans des *holdings* aussi profondes et aussi pures que doivent l'être les bleus lagons des îles Caïman, qu'à des personnages que même dans les romans les mieux ficelés on ne rencontre que rarement. Il leur faut un nom, de vrais quartiers de noblesse – et pas celles, trop faisandées, de l'Empire ou de la Restauration, et moins encore celle d'Orléans ! Et puis ce nom il faut savoir le porter avec dignité et surtout distinction. Les banques d'affaires raffolent de ces hommes qui ornent leurs plaquettes.

M. de Balzan était de ceux-là.

Le pauvre homme ne s'attendait pas à ce brutal congédiement. Béatrice avait décidé d'entourer ce licenciement d'un habillage permettant d'éviter ces grosses vagues qui peuvent abîmer la réputation d'un établissement et d'un homme. Dans le communiqué publié le soir même et repris le lendemain par *Les Échos*, il était fait état de divergences stratégiques entre de Balzan et la nouvelle présidente, ce qui en langage décodé, ne pouvait tromper personne. Elle n'avait mis aucune hargne dans l'entretien qui mit fin aux fonctions de son directeur général et se contenta, quand vint l'heure de conclure cette formalité, de sortir de sa serviette un chèque dont nous tairons le nom, de peur de donner le vertige aux lecteurs non avertis de ces transactions-là.

Chapitre 29

Les chèques de dividendes et de jetons de présence furent remis à la présidente le lendemain matin, dès son arrivée, par le comptable de la banque, M. Thourmier. Comme il le faisait depuis des années, il était arrivé dès neuf heures dans le bureau du président avec sa sacoche en cuir sous le bras. Il avait sorti le dernier procès-verbal d'assemblée générale qui précisait la somme versée aux actionnaires, puis avait étalé les chèques les uns à côté des autres en expliquant à la présidente les différences entre eux. D'un rapide coup d'œil sur les comptes, elle avait vu que les mérites des actionnaires étaient récompensés au même titre et au même niveau que ceux des salariés, ce qui était bien le moins. La récompense était équitablement répartie – *fifty-fifty*, telle était la règle non écrite, mais respectée depuis des lustres avec grand scrupule. Pérignon versait à ses dix administrateurs un montant de dividendes et de jetons de présence parfaitement égal à la masse salariale annuelle de ses 246 salariés. Aucun chèque n'avait été établi à l'ordre de Diarmon ni d'Albertini, partis trop tôt.

Béatrice et sa belle-sœur se partageaient la quasi-totalité du capital, et percevaient aussi la quasi-totalité des dividendes. Eugène avait mis en place une règle de grande générosité, puisqu'elle affectait là encore la parité entre les dividendes et les jetons de présence, afin de donner au moins à ceux qui n'avaient qu'une brassée d'actions, une bonne raison de siéger en son conseil. Les sommes distribuées cette année-là encore ne pouvaient que les encourager à rester. Ces jetons récompensaient la présence effective aux séances, fût-elle de pure forme comme certains après-midi, où quelques-uns confondaient leur siège au conseil avec le sofa de leur appartement. Eugène avait compris depuis longtemps que c'était le matin qu'il fallait réunir son conseil.

La présidente était arrivée un bon quart d'heure avant le début de la réunion pour tester les humeurs. Comme beaucoup de femmes, elle avait la faculté de bien percevoir les états d'âme et de vite détecter ceux qui cherchent à cacher le fond de leur personnalité *en faisant des phrases.* Cette matinée était le moment où toutes les humeurs allaient se dévoiler. Plusieurs administrateurs étaient déjà arrivés et discutaient dans un coin de la salle. Il y avait là Peyraud, Lombard et Costa, l'homme de l'immobilier qui dirigeait la foncière de la banque. Ils avaient l'air de petits conspirateurs, parlant à voix basse, les regards rapides et en alerte. La présidente déballait son dossier devant elle quand ils vinrent la saluer avec trop de déférence, comme on vient faire allégeance à son suzerain, seigneur et maître, pour qu'elle en fût dupe. Elle vit clairement leur embarras à leurs mines empesées, mais se garda bien de manifester le moindre signe d'étonnement. Elle allait ouvrir la réunion la plus sympathique de l'année, celle de la distribution des gâteries que les vieux messieurs attendaient avec plus d'impatience encore que les enfants du personnel le soir de la distribution des cadeaux de Noël.

Peyraud avait l'humeur badine et Béatrice vit qu'il était sans doute le plus mal à l'aise du trio. La présidente savait que le sous-ministre avait fait partie des invités du grand dîner, rue de Monceau. Il semblait porter cette soirée comme un fardeau sur la conscience, en regardant sa présidente ou plutôt, en évitant son regard autant qu'il le pouvait. Qu'avait donc pu lui promettre sa belle-sœur ?

Costa jouait au grand calme, en homme qui en avait vu d'autres. Lui aussi était du complot, et à le regarder, on pouvait croire qu'il assumait pleinement son nouveau rôle, tant l'homme était gourmand dès qu'on parlait gros sous. Quant à Lombard, le diplomate, il n'avait pas répondu à l'invitation de Mme de Puychardon et tout dans son attitude témoignait d'une profonde irritation. Il venait sans doute d'apprendre ce qui se tramait et ce qu'il avait entendu de la bouche de ses collègues avait empourpré de colère un visage d'ordinaire calme et joyeux. À un moment, il sembla à Béatrice qu'il allait lui parler, mais il n'en fit rien.

Ils arrivaient seuls ou par grappes les uns après les autres. Pas un ne manqua de venir saluer sa présidente. Elle s'amusait à lire dans les yeux la détresse des uns, la tristesse des autres. Pas un ne semblait fier de ce qu'ils allaient faire.

Mme de Puychardon arriva la dernière comme pour se démarquer du troupeau, mais elle n'était pas seule. Premier incident. Elle était suivie de Diarmon qui portait une grosse sacoche. Dès qu'elle le vit, Béatrice lui demanda sur un ton ferme, mais sans hausser la voix, de quitter la salle. Le brouhaha qui recouvrait les voix cessa brutalement.

« Sortez d'ici, monsieur. C'est une réunion de conseil d'administration, pas la Foire du Trône. »

Roselyne de Puychardon, comme si elle n'attendait que cela, bondit vers sa belle-sœur, blême et jurant dans sa rage. Pour un peu, on aurait dit qu'elle allait la tuer.

« M. Diarmon est mon invité personnel, madame. Vous ne pouvez pas vous opposer à sa présence. Il restera silencieux. »

Béatrice semblait l'ignorer et s'était tournée vers Diarmon.

« Monsieur, je vous demande de sortir ou j'appelle les agents de sécurité. »

Ils furent trois – ils ne furent que trois, Costa, Peyraud et Grosdidier – à venir entourer Mme de Puychardon d'un simulacre de soutien, vociférant tellement que personne ne comprenait ce qu'ils disaient. On était bien là dans les allées de la Foire du Trône. Dans leurs niches, les ancêtres ouvraient un peu plus leurs gros yeux globuleux et on les sentait fâchés, comme si ce spectacle dépassait tout ce qu'ils pouvaient supporter. Ce n'était pourtant qu'un ultime baroufle mené en respect d'une parole donnée, un simulacre de rébellion. On était plus au théâtre que sur le pré. Les cinq autres administrateurs – Dormeuil, Amanieu, Lombard, Bailly et Roumanoff – avaient gagné leur place et attendaient, goguenards, le début du conseil. Certains avaient déjà oublié leurs serments d'allégeance : ils attendaient surtout la distribution des chèques que la présidente avait posés sur la table…

C'était l'arme fatale que Béatrice allait maintenant sortir. Elle éleva la voix quand le tumulte se fut un peu calmé. « Ne recevront leur chèque de dividendes et de jetons de présence que ceux qui assisteront au conseil. Pour les autres, il faudra venir me voir personnellement et nous en discuterons au cas par cas. »

Ce n'était pas là paroles en l'air. Si le dividende par action était le même pour tout le monde, le président avait toute latitude pour fixer le montant des jetons au niveau qui lui plaisait – et ce niveau pouvait descendre à zéro si tel était son bon plaisir.

Elle remarqua un temps d'hésitation chez Grosdidier qui avait compris qu'il fallait cesser de jouer au malin, et perçut chez Peyraud une réelle interrogation, se demandant probablement ce qu'il faisait dans cette galère. Costa, lui, se rendait compte qu'il avait gros à perdre si la gestion de la Foncière lui était retirée.

L'un après l'autre, l'un derrière l'autre, ils regagnèrent leurs places.

Mme de Puychardon fit alors un signe discret à Diarmon, lui signifiant qu'il pouvait partir. Elle lui chuchota quelques mots à l'oreille, puis il sortit. Il n'y eut pas cette fois-ci d'insulte quand il referma la porte derrière lui. Quant à Mme de Puychardon, elle vint s'installer à sa place et sans plus tarder, demanda la parole. D'un petit signe de tête, Béatrice acquiesça.

« Nous sommes une majorité d'administrateurs ici présents à ne plus vous faire confiance, madame. Je ne reviendrai pas sur la malheureuse affaire Hotchkiss qui nous a tous beaucoup peinés et qui a fait subir un énorme préjudice financier à la banque, sans parler du ridicule dans lequel elle nous a traînés. Le Tout-Paris de la Finance n'a parlé que de cela pendant plusieurs semaines et pour tout dire s'en est gaussé. J'en avais honte, et, avec mon mari, nous avons évité toutes les invitations auxquelles nous étions conviés. Il est des sourires que je ne pouvais plus supporter, qui font plus mal que des insultes. J'ai appris par le plus grand des hasards que vous veniez de vous séparer de votre directeur général. Voici donc maintenant notre banque sans tête : pas de président digne de ce nom et plus de directeur général. Comprenez, madame, que nous soyons non seulement inquiets, mais encore exaspérés, et nous ne pouvons rester sans réagir face à une telle situation qui met notre banque en grand danger. En tant que fille de feu Moïse Cardi-Tabuschi, je veux me porter garante de la pérennité de cette institution qui n'est plus assurée aujourd'hui avec vous. Il est fini le temps des critiques et des parlotes, place maintenant à celui de l'action et des mesures. Voici donc ce qu'avec une majorité d'administrateurs, nous avons convenu : vous allez démissionner de votre poste ou nous voterons une motion de défiance ; Michel Diarmon, que vous avez si sèchement éconduit tout à l'heure, vous remplacera. Il a toutes les qualités pour cela. Je réintégrerai Louis de Balzan, sans qui la frange la plus fortunée de notre clientèle va fuir à la concurrence.

— Et vous, madame, quelle est votre place dans cet auguste aréopage ? » Béatrice avait le visage fermé. Elle avait maintenant hâte d'en finir.

« Moi ? Je deviens vice-présidente, un poste que je vous avais demandé, bien en vain d'ailleurs. »

La présidente pouvait maintenir ouvrir la séance.

« Avant d'en venir à l'ordre du jour et à la distribution des chèques que vous attendez, je suppose, avec impatience (quelques sourires discrets et néanmoins gourmands autour de la table), je voudrais porter à votre connaissance quelques informations pour lesquelles je vous demande la plus grande attention. Vous vous souvenez de cet entrefilet paru dans *Les Échos* qui a mis le feu aux poudres en prétendant bien à tort que notre conseil, votre conseil madame, messieurs, était scindé, fracturé, pulvérisé. Le but de cette manœuvre était clair : il fallait discréditer la banque Pérignon. Quelle confiance peut-on accorder à un établissement financier dont le conseil d'administration est miné d'intrigues et de mésalliances ? Ce n'était pourtant là que le premier coup porté. Un petit pétard au regard de ce qui allait suivre. J'ai appris par une source que je ne peux citer, mais dont le nom vous étonnerait beaucoup si je vous le communiquais, l'identité de la personne qui est allée porter le pli au journal puis, grâce à celle-ci, le nom du commanditaire, celui-là même qui avait rédigé le communiqué assassin. Je peux maintenant vous dévoiler ce nom. C'était M. de Balzan, ci-devant directeur général de la banque Pérignon et ci-derrière comploteur à la petite semaine. Travaillait-il pour son propre compte ? Nenni, madame, messieurs. Lors de cet entretien au cours duquel il m'a confessé son forfait et à l'issue duquel j'ai mis fin à son contrat de travail, il m'a avoué une autre turpitude. C'est lui qui a remis notre mandat Hotchkiss à Morgan Stanley. Plus grave encore, si on peut tomber plus bas dans l'ignominie. Il m'a dit avoir agi sur ordre. Sur ordre, madame, messieurs ! Et sur ordre de qui ? Je me le demande encore. Mais à qui profite le crime ? À qui profite cette turpitude, madame de Puychardon ? »

Sa voix était froide, implacable. Elle regardait sa belle-sœur avec un visage impénétrable. Le charisme qu'elle dégageait devait impressionner ses administrateurs, mais elle ne prenait pas garde à eux. En ce moment de tension, seule sa belle-sœur l'intéressait. Elle lui planta droit dans les yeux un regard d'un calme absolu en prononçant sa dernière phrase : « À qui profite cette turpitude, madame de Puychardon ? »

« Vous m'accusez maintenant ? Vous êtes vraiment une femme ignoble, une de ces aventurières qui traversent le monde de la finance en profitant de la faiblesse d'hommes trop sensibles à vos charmes, mais nous allons vous chasser hors de notre banque. Vous êtes, madame, la cause de vos propres malheurs, ce qui ne nous chagrinerait pas outre mesure si ces malheurs ne touchaient aussi Pérignon. »

Béatrice sortit alors de sa sacoche les feuillets rédigés de la main de son mari, et, embrassant l'assemblée d'un regard circulaire, elle précisa avant de commencer : « Je vous demande la plus grande attention sur ce que je vais vous lire. Ce document écrit par mon mari a été authentifié en 1965 par maître Fromentin. »

D'une voix claire, elle entama sa lecture.

J'interdis à ma femme, si je décède avant elle, ou à toute personne qu'elle aura elle-même désignée, de confier la responsabilité de la banque à ma sœur Roselyne Cardi-Tabuschi, épouse Lignères de Puychardon. Je lui interdis également d'accepter qu'un prête-nom soit imposé par des manœuvres dolosives derrière lequel madame Cardi-Tabuschi, épouse Lignères de Puychardon, pourrait s'abriter pour diriger de facto la banque.

Toute décision prise en contradiction avec ce qui précède constituerait un viol de mes volontés.

Au fil de la lecture, le visage si conquérant de sa belle-sœur se transformait en un buste vert-de-gris en carton-pâte d'une femme vaincue de la pire des façons : être humiliée par une autre femme. Quand elle prononça les derniers mots – « Je lui interdis également d'accepter qu'un prête-nom soit imposé par des manœuvres dolosives derrière lequel madame Cardi-Tabuschi, épouse Lignères de Puychardon pourrait s'abriter pour diriger dc facto la banque » – un silence de crypte peuplée d'ombres enveloppa la salle.

Tous les administrateurs avaient les yeux tournés vers elle. Ils avaient saisi que la messe était dite et qu'après un tel coup de poignard, Mme de Puychardon était discréditée. Ceux du complot

– Amanieu, Costa, Peyraud, Bailly, Grosdidier – baissaient la tête, n'osant croiser le regard de leur présidente, encore moins celui de sa belle-sœur ; tous comprenaient que la comédie était terminée. Les autres, quant à eux, semblaient soulagés. Roumanoff jubilait, lui savait depuis la veille. Son sourire éclatant en était insolent pour ceux qui avaient trempé. Dormeuil semblait sortir d'un mauvais rêve. Il avait mal vécu toute cette dramaturgie qui depuis des semaines empoisonnait le climat du conseil. Lombard réfléchissait : *comment toute cette affaire aurait-elle tourné si la présidente n'avait inopinément sorti la lettre de consignes de son mari ?*

Mme de Puychardon était tétanisée. L'effet de surprise était total pour elle. De Balzan n'avait pas repris contact avec elle depuis son licenciement. Peut-être n'avait-il pas eu le courage de lui dire que sa présidente avait compris tout l'écheveau aussi entremêlé qu'une bobine de laine avec laquelle aurait joué un chat. Roselyne de Puychardon avait perdu de sa superbe. Ses lèvres bougeaient, mais aucun son ne sortait de sa bouche. Tous les administrateurs avaient les yeux tournés vers elle, attendant qu'elle réponde. Elle finit par articuler d'une voix à peine audible, que seuls ses proches voisins purent entendre :

« Je n'ai agi que pour sauver Pérignon et je continue à penser que vous menez la banque à sa perte. J'ai rappelé Diarmon qui était ulcéré d'avoir dû quitter ce conseil quand vous en avez pris la présidence. Je savais que je pouvais compter sur lui et qu'il n'avait qu'une envie : se venger de l'humiliation que vous lui avez infligée ce jour-là. De Balzan, dès le premier jour, était prêt à me suivre. Ce qu'il acceptait de mon frère, il ne pouvait l'accepter de sa veuve. Vous n'êtes pas de son monde, madame, tout simplement. Je vais quitter ce conseil maintenant où je n'ai plus rien à faire. Reste la question de mes actions. Nous allons y réfléchir avec mon mari. »

Chapitre 30

Béatrice avait écouté les informations tard dans la nuit. Dès vingt heures, Europe n°1 avait annoncé la défaite du général de Gaulle. Les invités politiques s'étaient succédé à la télé où Danièle Breem avait arbitré les débats avec un sourire qui cachait mal son interrogation, peut-être même sa crainte *: lequel de ceux-là sera demain le maître de la télé, celui auprès duquel j'irai chercher mes consignes* ? Peu étaient déçus de ce résultat. Les gaullistes eux-mêmes ne juraient plus que par Pompidou et étaient déjà engagés dans une nouvelle conquête de l'Élysée. Les giscardiens brocardaient le pouvoir autoritaire et personnel des dernières années et ce référendum qui n'avait guère de sens. Elle avait attendu minuit. Quand, de la Boisserie, le communiqué était tombé – « Je cesse d'exercer mes fonctions de président de la République. Cette décision prend effet aujourd'hui à midi » – Béatrice alla se coucher.

Le lendemain, elle s'était levée tôt pour rencontrer Hautefort qui voulait lui parler d'un nouveau gros dossier transmis par le *desk* de New York. Le téléphone sonna. Au bout du fil, Philippe Cardinet : « Tu es au courant ?

— Au courant de quoi ?

— De Balzan s'est suicidé. Après le départ de de Gaulle, c'est l'information du matin sur toutes les radios. »

Il raccrocha.

Elle fonça à la banque. Sur Europe, le suicide de l'ancien directeur général de Pérignon était régulièrement annoncé en fin de flash. Il s'était pendu dans sa gentilhommière en Normandie. Un commentaire la fit sursauter alors qu'elle engageait sa voiture dans le boyau qui menait au parking de la banque. « M. de Balzan, très affecté par son récent licenciement, aurait laissé une lettre d'explications à sa femme. On n'en sait pas plus pour le moment. Nous vous tiendrons au courant dans nos prochains bulletins. » Dans le grand hall, les employés étaient rassemblés comme s'ils avaient besoin d'être ensemble, besoin de parler pour essayer de comprendre ce qui avait pu conduire leur ancien directeur général à s'abolir. Le même mot revenait dans tous les groupes, « licenciement ». Ils discutaient à voix basse et étaient manifestement sous le choc d'une nouvelle que beaucoup venaient d'apprendre. Quand ils la virent entrer dans l'ascenseur qui la conduisait au dernier étage, ceux qui étaient là avaient dans leurs yeux des larmes de chagrin. Elle ne lut pas l'once d'un reproche.

Mme Globeux était déjà là. La mine défaite, elle osait à peine regarder sa présidente de crainte d'y lire un sentiment qu'elle n'avait pas envie d'y voir : de l'indifférence ? De la tristesse ? Une joie maligne ? Elle se contenta comme chaque matin de lui serrer la main, d'une main plus mollassonne que d'habitude.

Derrière son bureau, Béatrice fut prise de panique. Que devait-elle faire ? Appeler la veuve ? Elle n'en avait pas le courage. Et, en vérité, que pourrait-elle bien lui dire sinon ânonner des condoléances de circonstance qui pourraient ne pas être acceptées, voire même rejetées avec violence ? Elle fut tirée de cet état d'abandon dans lequel elle s'enfonçait par des coups frappés à sa porte. Hautefort et Malleville arrivaient. Quand elle repensa, bien des années plus tard, à ce moment de crise, elle se souvint que ce furent ces deux directeurs qui la remirent sur pied et lui évitèrent de sombrer. Ils prirent l'un et l'autre, dans leurs styles respectifs, la direction des opérations. Hautefort conseilla de réunir l'ensemble du personnel sans plus tarder, d'expliquer pourquoi de Balzan avait été licencié et d'éviter de faire des raccourcis trop rapides.

Chapitre 30

« J'ai l'impression de vivre un cauchemar, le coupa Béatrice. Ce pauvre de Balzan n'a pas supporté le qu'en-dira-t-on de son licenciement.

— Je ne suis pas sûr que ce soit la raison, même si c'est celle qui sera sans doute comprise par tout le monde. Je crois surtout qu'il n'a pas supporté la machination dans laquelle il a été entraîné par votre belle-sœur et par le comptable. La haute conception qu'il avait de son rôle à la direction de cette banque était aux antipodes de telles turpitudes. Sa seule faute fut de faire confiance à cette sorcière. Quand le plan machiavélique s'est effondré, il a compris que ce qui lui avait été promis – connaîtrons-nous un jour le prix de sa trahison ? – n'était plus qu'un mirage. C'est sans doute cela la vérité. »

Malleville expliqua qu'il avait dîné chez les de Balzan le samedi soir. Il l'avait trouvé fatigué, et lui qui détestait de Gaulle, et aurait pu se réjouir d'une défaite annoncée pour le lendemain, s'était tenu à l'écart de toutes ces discussions comme si déjà ses yeux perdus au loin ne regardaient plus ceux qui l'entouraient, mais embrassaient toute une vie en un regard de souffrance et de pressentiment.

Ils préparèrent ensemble la réunion du personnel que Béatrice allait animer, seule, dans l'après-midi. Face au drame qui touchait une famille et à la mort si brutale de celui qui avait été longtemps le premier collaborateur de son mari, la présidente se devait d'être en première ligne, sans vengeance et sans faiblesse. Ils tombèrent d'accord sur la seule information à donner : expliquer pourquoi de Balzan avait fait l'objet d'une procédure de licenciement. Il n'était plus question de divergences stratégiques, mais il fallait que la vérité fût portée à la connaissance du personnel. « De Balzan nous a tous trahis. Jamais il n'aurait été licencié, s'il n'avait pas trahi sa banque à deux reprises. Que chacun en tire ensuite la conséquence qu'il voudra quant à la raison qui avait pu l'amener à se suicider. Ce n'est pas à la direction de la banque de s'immiscer dans la conscience de son ancien directeur général. »

Leur discussion prit ensuite un tour moral sur le suicide, dont Camus avait écrit quelques années plus tôt qu'il était « le seul problème philosophique vraiment sérieux », mais eux n'étaient pas des philosophes et ne s'aventurèrent pas sur ce terrain-là.

Malleville était le plus dur face à cet acte : « Là où vous voyez du courage, je n'y vois qu'une fuite. C'est la peur panique d'affronter l'adversité, cet adversaire sans visage ou aux mille visages, ce qui revient au même. J'y vois une impression non de noblesse, mais de misère. Celui à qui on ne cessait jusque-là de tresser des couronnes avec beaucoup de roses et peu d'épines découvrait à son insu le banc d'infamie sur lequel il trônait impunément. Il ne l'a pas supporté. » Béatrice essayait de comprendre.

« Je vous en prie. Un être humain est plein de fragilités. De Balzan a choisi un camp ; pourquoi pas après tout, même si la morale n'y trouvait pas son compte ? Et quand il a compris dans quelle tartufferie il avait été entraîné, que le pot aux roses était découvert, qu'il n'avait plus rien à attendre de Mme de Puychardon, la honte l'a poussé au suicide. Il a été le jouet de la famille Lignères de Puychardon. Je l'imagine devant le précipice dans lequel il allait se jeter en comprenant l'étendue de sa trahison – ses équipes, sa banque et tous ceux qui depuis un siècle l'ont portée là où elle est. Quand il a pris conscience de son avilissement, ce fut pour lui un déchirement, une première mort – sa mort morale –, et c'est cela qui l'a conduit au suicide. Ses pieds d'argile étaient descendus de leur socle, la statue ne pouvait plus que tomber. »

Hautefort avait un avis plus tranché, plus sévère, comme s'il voulait rompre une dernière lance avec ce de Balzan qui travaillait si peu et qu'il avait longtemps méprisé.

« C'est un acte d'abandon, de désertion. C'est la réponse du désespoir qui ignore les tourments à venir pour la famille, les amis.

Chapitre 30

Par son acte, de Balzan a soulagé définitivement sa conscience. Et après ? Le vrai courage n'aurait-il pas été d'assumer sa faute et de vivre avec ce poids sur sa conscience ? Elle ne devait pas être très solide, cette conscience, pour qu'il se rende compte que cette charge serait trop lourde à porter dans les jours et surtout les nuits qui lui restaient à vivre. »

Chapitre 31

Ils avaient prévu de rassembler le personnel à quinze heures, dans la grande salle un peu froide qui n'était utilisée qu'en de rares occasions pour l'arbre de Noël des enfants ou pour les remises des médailles du travail. Ces jours-là, des petites mains s'affairaient pour redonner de la joie, de la chaleur, des couleurs à une salle qui le reste du temps n'était qu'un bois mort oublié dans une ruche bourdonnante.

À quatorze heures, comme chaque jour, Mme Globeux avait apporté *Le Monde* à sa présidente. Occupée à peaufiner son discours, elle ne jeta qu'un œil distrait sur le journal dont la Une affichait toujours le départ du Général. Avec un titre un peu accrocheur : « Et maintenant… Pompidou ? », Pierre Viansson-Ponté signait un long article où l'on sentait déjà poindre une esquisse de sympathie – et donc de préférence – pour l'ancien premier ministre. La colonne de gauche était tout entière occupée par le point de vue, où Sirius de son Olympe goûtait l'ambroisie de son orgueil et tirait les leçons de la fin de trente ans de gaullisme, dans la critique toujours aussi balancée d'un pouvoir césarien mené avec grandeur qui avait montré au monde une France plus grande qu'elle n'était en réalité. Béatrice allait mettre le journal de côté pour le lire plus tard, quand son attention fut attirée par un encart de bas de page : *La confession de monsieur de Balzan (p. 12).*

Elle fut comme pétrifiée par ce qu'elle vit en page 12 du *Monde* daté du mardi 29 avril 1969 sous le titre « Le "J'accuse" de Louis de Balzan ». Cette affaire n'était pas tout de même pas l'affaire Dreyfus et Louis de Balzan n'était pas Émile Zola.

Chapitre 31

Je demande pardon.

Je demande pardon à ma femme et à mes enfants de leur faire vivre une épreuve que je sais difficile pour eux et que je n'aurais jamais pensé leur faire infliger un jour.

Je demande pardon à tous mes anciens collaborateurs de la banque Pérignon et à mes anciens collègues directeurs. Je les abandonne alors que s'ouvre une nouvelle période politique porteuse d'une belle prospérité.

Je demande pardon à madame Cardi-Tabuschi. Je mesure à quel point je me suis trompé sur son compte. Je suis sûr qu'elle sera une grande présidente pour Pérignon.

J'accuse madame Lignères de Puychardon de m'avoir trompé. Aveuglée par la haine, elle m'a entraîné dans une aventure dont je suis le seul à payer aujourd'hui le prix. Je l'accuse de m'avoir promis une somme de xxxxx francs (NdR du Monde : Nous taisons volontairement le montant) en récompense des opérations déloyales que j'ai malheureusement commises au détriment de Pérignon. Je précise que je n'ai évidemment pas perçu un centime de cette somme.

J'autorise enfin mon épouse à donner à cette lettre la diffusion qu'elle jugera la plus appropriée.

La salle de réunion était pleine à craquer quand Béatrice, suivie de ses deux directeurs, y entra. Pas un employé de la banque n'était resté à son bureau, personne n'avait souhaité manquer cette séance de clarification et d'explication voulue par la présidente. Des chaises avaient été installées et tout le monde avait pu s'asseoir. Elle aperçut quelques numéros du *Monde* qu'on se passait de chaise en chaise. Ils avaient dû être achetés au kiosque du boulevard Montmartre. Une petite estrade avait été dressée et Béatrice s'assit sur la seule chaise qui s'y trouvait. Hautefort et Malleville s'installèrent au premier rang au milieu des collaborateurs.

La voix de la présidente était blanche. Ses prises de parole en public s'étaient limitées avant sa prise de fonction aux réunions de copropriétaires de son immeuble, mais le moment était alors moins grave et l'assistance moins fournie. Pour tout dire, elle avait un peu le trac, et fut étonnée qu'il produisît chez elle une sorte de stimulant avant de fouler le sable de l'arène.

« C'est une circonstance bien pénible qui nous réunit ici aujourd'hui » (elle avait appris par cœur sa phrase d'introduction). « Vous connaissez mon manque d'expérience, mais quelle qu'elle soit, il est toujours triste pour un responsable d'apprendre la mort d'un de ses collaborateurs, surtout quand celle-ci intervient dans des circonstances aussi tragiques. N'attendez de moi ni ragots ni informations exclusives. Je vois que certains d'entre vous se sont procuré *Le Monde* de cet après-midi. J'ai lu moi aussi avec une grande attention l'émouvante lettre de notre ancien directeur général. J'apprécie que sa veuve ait choisi de la rendre publique. Elle éclaire d'un jour particulièrement sombre toute cette affaire. J'ai mis fin au contrat de travail de Louis de Balzan comme je l'aurais fait de tout collaborateur, parce qu'il avait causé, d'une manière singulièrement grave un préjudice à notre banque, risquant de mettre en péril son existence même, et donc vos emplois. »

À ces mots, un long murmure traversa la salle.

« Notre directeur général dans sa lettre nous exonère de la responsabilité de son acte. Cela ne réduit pas ma peine, mais soulage un peu ma conscience. Le malheureux a été entraîné dans un enchaînement d'infamies dont rien dans sa carrière passée ne laissait penser qu'il pouvait aller jusque-là. Dans sa lettre, il met nommément en cause une personne. Vous comprendrez que je n'ai pas à épiloguer sur celle-ci, qui est encore une importante actionnaire de la banque. Mon rôle consiste désormais à réparer tous les dégâts causés à nos finances et à notre réputation, et de réduire à néant la capacité de nuisance de la femme citée dans la lettre. Avez-vous des questions ? »

Chapitre 31

Une petite voix s'éleva du milieu de l'assistance.

« Avez-vous prévu qu'une délégation du personnel puisse assister aux obsèques de M. de Balzan ?

— Je m'y rendrai, cela va de soi. Ils auront lieu à Cabourg, là où sa famille a sa résidence secondaire. Nous pourrions organiser le déplacement d'une délégation du personnel pour y assister. Que ceux qui souhaiteraient rendre un dernier hommage à leur directeur général se fassent connaître auprès de Mme Globeux et nous nous organiserons en conséquence. Autre question ?

— On nous a parlé de la perte d'un très gros dossier. Pourriez-vous nous en dire quelques mots ?

— Ce dossier est perdu, définitivement perdu. Nous avons engagé une procédure, et j'ai bon espoir de gagner le procès contre notre client qui n'a pas respecté le contrat signé, et contre Morgan Stanley qui a contrevenu à tous les usages en vigueur dans le métier. M. de Balzan est malheureusement à l'origine de cette déconvenue. En l'état actuel de cette affaire, je ne peux en dire davantage. »

La réunion se terminait. L'essentiel avait été dit. Au fond d'elle-même, elle remerciait l'article du *Monde* qui avait déminé la situation. La lettre pointait clairement les vrais responsables de la chute du *primus* sans qu'elle ait eu à développer davantage. De sa chaire, elle regardait les gens partir sans se presser, en discutant entre eux. Ils avaient l'air satisfaits que des explications leur aient été apportées ; cette affaire, leur entourage n'allait pas manquer maintenant de leur en parler et ils avaient de quoi répondre. Elle se doutait que beaucoup s'interrogeaient sur le rôle de Mme de Puychardon, dont jusque-là ils ignoraient jusqu'au nom. Elle avait rappelé l'importance de sa participation. Ce n'était pas rien. Dans un établissement où beaucoup jonglaient à longueur de dossiers avec les pourcentages des uns et des autres pour construire des majorités viables ou des minorités hostiles, la question n'allait pas manquer d'agiter les discussions de couloir. Béatrice avait eu le cran de convoquer cette réunion et de la mener. Elle demanda à Hautefort et à Malleville de l'accompagner à son bureau. Dans l'ascenseur, ils la félicitèrent de la tenue de la réunion. Le personnel – qu'ils connaissaient mieux qu'elle – avait bien réagi à cette séance d'explications.

La question qui la turlupinait maintenant était celle de la présence de sa belle-sœur à 33 % du capital, moins quelques centièmes de points. Ces quelques centièmes valaient chers dans le contexte du moment puisqu'ils empêchaient Mme de Puychardon d'atteindre la minorité de blocage avec laquelle elle aurait pu entraver sérieusement la marche de la banque et éviter que certaines grandes décisions fussent prises. Mais un tiers du capital, c'était quand même du lourd et ça valait cher. Très cher même. Elle n'avait évidemment pas les moyens de payer une telle somme, pour autant que sa belle-sœur soit elle-même vendeuse de ses actions.

Elle décida d'en parler à Philippe Cardinet.

Chapitre 32

Ils se retrouvèrent dans un nouveau restaurant qu'elle avait elle-même dégotté dans son guide rouge, boulevard de Grenelle. L'agrément du lieu était apporté par un ravissant petit patio encastré entre de vieux et solides murs de pierres tapissés de fougères. Le propriétaire avait eu la délicate attention de ne décorer sa salle que de plantes sans odeur – ils étaient eux-mêmes entourés d'un bougainvillier et d'un dahlia géant – afin de ne pas incommoder les clients dont les narines n'étaient chatouillées que par les effluves qui flottaient des cuisines. Des pétales de roses avaient été étalés autour de la table et lui donnaient un petit air de fête.

Philippe avait lu, bien sûr, la lettre que *Le Monde* avait publiée deux jours plus tôt. Il avait même avec lui le numéro daté du 29 avril.

« Quand j'ai lu cette lettre que le journal a eu l'élégance de n'accompagner d'aucun commentaire, j'ai compris que ta conscience devait être plus légère. Ta belle-sœur est clairement accusée et soumise à la vindicte, non pas de la justice mais – ce qui est pire ! –, du peuple, enfin… du peuple…, n'exagérons pas, disons, de ceux de son rang, c'est-à-dire de l'écume de la société. Elle est directement accusée par la victime d'être sa meurtrière…

— Meurtrière, peut-être pas, mais il l'accuse de lui avoir fourni le glaive avec lequel il s'est frappé.

— Après cette lettre, elle est déconsidérée aux yeux de tous ceux qui comptaient pour elle et pour qui elle comptait, et qui vont maintenant s'en détourner de peur de se compromettre avec elle. La nature humaine est ainsi faite, comme l'a dit, en substance,

Choderlos de Laclos dans une phrase terriblement cynique, qu'*on a rarement les vertus dont on n'a plus besoin*. Tu remplaces vertus par amis et tu vois ce qui attend ta chère belle-sœur. Le mieux qu'elle ait à faire est de rester cloîtrée dans le château de son mari en Suisse, comme une nonne, pour expier dans la prière et qu'on n'entende plus jamais parler d'elle.

— Qu'elle ait un tiers des actions me pose quand même un vrai problème. La bête est blessée et, la connaissant, je crains qu'elle ne soit encore plus dangereuse. Même si elle ne peut contrarier mes projets, elle représente un poids, un contrepoids qui me gênent. Et ce paquet d'actions, elle peut le vendre à un concurrent… non ? Et tu me vois avec un concurrent au capital et au conseil d'administration, au courant de tout ?

— Un pacte d'actionnaires a dû être signé entre ton mari et sa sœur au moment de la mort de leur père et de la dévolution du capital. Tu ne l'as pas vu ?

— J'ai un peu honte de te demander ce qu'est un pacte d'actionnaires.

— C'est un acte qui précise les conditions qu'une partie doit respecter si l'autre veut vendre, par exemple en lui proposant en priorité les actions dont elle veut se séparer, ou que son acheteur soit agréé par l'autre partie, ou autre chose encore.

— Qui peut avoir ce pacte ? Moi je ne l'ai jamais vu.

— Je suis bien sûr qu'un tel pacte a été signé. Ton beau-père était un homme d'affaires avisé, il connaissait trop bien sa fille pour ne pas protéger son fils – et surtout les intérêts de sa banque – en ayant rédigé un tel document. Ta belle-sœur en possède sans doute un exemplaire dans ses papiers. Ton mari avait dû faire la même chose.

— Toutes ses archives ont été passées au crible. Je n'ai vu aucune trace de ce qui aurait pu ressembler à ce papier.

— Vraiment très étrange. Sans pacte d'actionnaires, Mme de Puychardon peut maintenant vendre à qui elle veut. »

Chapitre 32

Béatrice réfléchissait et une image lui revenait en mémoire. Elle se souvenait de ces traces à peine détectables de vernis écaillé qu'elle avait remarquées autour de la serrure de sa porte le soir de la mort d'Eugène. Quand elle était rentrée dans son appartement, elle n'avait rien constaté d'anormal, pressée qu'elle était par d'autres priorités ; ce bout de vernis écaillé avait rejoint le cimetière des souvenirs estompés au fond de sa mémoire.

« J'ai bien peur d'avoir été cambriolée avec un but bien précis qui était de mettre la main sur ce fameux document.

— Cambriolée ? Mais tu ne m'en as jamais parlé ? Et à quel moment cela a-t-il pu se produire ?

— Le soir des obsèques, ma belle-sœur est venue me voir. Elle m'a annoncé tout crûment que la place de présidente lui revenait. Quand je lui ai montré le testament d'Eugène que le notaire venait de me faire passer et qui me léguait toutes ses actions, elle m'a dit que ce document était une déclaration de guerre entre nous. J'étais tellement ébranlée, ce jour-là, que j'ai sauté dans ma voiture et suis allée te voir. Tu t'en souviens ?

— Oui, bien sûr.

— À mon retour, j'ai remarqué quelques écorchures sur ma porte, sans y prêter beaucoup d'attention. Et puis, j'ai oublié tout cela.

— Ce n'est pas qu'un détail. Tu peux apprendre très vite qu'un tiers des actions de Pérignon ont été vendues à… tiens, un exemple au hasard… Morgan Stanley…

— Arrête. Je cauchemarde.

— Il faut au contraire rester bien éveillée. Quoi faire maintenant ? Porter plainte ? Il est bien tard pour le faire et puis tu n'as constaté aucun vol. Tu ne connaissais même pas l'existence de ce pacte d'actionnaires. Le notaire t'a remis tous ses papiers et parmi eux, il n'y avait pas ce document donc ce n'est pas lui qui l'a écrit. Il est probable que ton beau-père l'ait rédigé seul et en ait fourni un exemplaire à chacun de ces enfants.

— Ce qui pourrait vouloir dire qu'il en avait lui-même une copie.

— Très probablement. Mais où pourrait-elle être maintenant ? Bien du temps a passé, les évènements se sont précipités et ce pauvre pacte a pu voler de carton en valise pour finir peut-être dans une benne à ordures. Il nous faut pourtant mettre la main sur ce bout de papier s'il existe toujours. Où ton beau-père habitait-il ?

— Rue de Monceau jusqu'à sa mort, puis sa fille et son gendre en ont fait leur pied-à-terre parisien.

— Pied à terre ? Tu plaisantes ? C'est une bien drôle expression pour une des plus belles demeures du faubourg Monceau.

— Pied à terre de luxe si tu préfères... Ils vivent toute l'année en Suisse et n'occupent leur logement parisien que quand ils viennent en France pour toucher leurs dividendes à Noël et en juin, à Chantilly, pour le prix de Diane.

— Si l'exemplaire de ton beau-père a été conservé rue de Monceau, il est probable que les Puychardon ont fait main basse sur ces quelques feuillets qu'ils ont alors détruits pour garder leurs mains libres. Il n'avait rien d'autre que cet hôtel particulier ?

— Son admiration pour Claude Monet l'avait conduit trois ou quatre ans avant sa mort à acheter une maison d'artiste à Giverny. Nous y sommes allés avec Eugène plusieurs fois.

— À qui appartient-elle aujourd'hui ?

— À ma belle-sœur, mais ils n'y vont jamais. C'est trop loin, trop froid, et ça manque de volume. De classe pour tout dire. C'est pourtant une jolie maison à colombages en chêne et au toit de chaume, mais ma belle-sœur n'a jamais été touchée par le charme de la maison et encore moins par la grâce impressionniste.

— Notre seule chance de mettre la main sur ce document est de se rendre dans cette maison. Il faut la fouiller et peut-être qu'avec le concours bienveillant de Dame fortune, nous trouverons l'exemplaire de ton beau-père grâce auquel tu dois pouvoir bloquer toute vente sauvage de la participation de ta chère belle-sœur.

Chapitre 32

— Y entrer, mais alors il faudra fracturer la porte d'entrée.

— Exactement. Et c'est ce que nous allons faire. J'ai ce qu'il faut sous la main.

– …

— Fais-moi confiance, il n'arrivera rien de fâcheux. »

Chapitre 33

Entrer dans la maison de Giverny fut plus facile qu'un jeu d'enfant. Depuis la mort de Moïse Cardi-Tabuschi, la demeure était à l'abandon. C'était misère que de voir le jardin transformé en une friche luxuriante de mauvaises herbes, d'adventices et de chiendents là où on pouvait deviner que des massifs, protégés par de petits croisillons en bois, avaient jadis agrémenté le jardin d'un homme de goût. Ils passèrent une première fois, au ralenti, pour un rapide repérage des lieux avant de ranger leur voiture dans une petite rue à quelques dizaines de mètres de la maison. Là, ils attendirent l'extinction des réverbères et vers minuit se dirigèrent vers la bâtisse.

La soirée avait été belle et en passant devant les maisons aux volets clos, ils profitaient des capiteuses senteurs qu'exhalaient les jardins alentour. Que la présidente de la banque Pérignon, inconnue à Giverny, ait troqué ses tenues Chanel pour un pantalon noir et un étrange blouson sombre d'aviateur et longeât ainsi, nuitamment, les murs du chemin Blanche-Hoschede en serrant très fort contre elle son sac à main, aurait stupéfié ceux qui la connaissaient. Mais que n'aurait-elle fait pour récupérer ce fameux pacte, dont rien n'assurait qu'il fût là ? Elle n'avait pourtant pas l'âme en paix et avait essayé de dissuader Philippe de se lancer dans cette aventure qui pouvait mal tourner. La dernière crainte qu'elle avait émise dans la voiture était celle d'une maison piégée. Philippe la rassura. Pourquoi piéger une maison abandonnée ? Dans son sac, elle avait glissé un petit pied de biche orné en son extrémité d'une croche de fer.

Ils se faufilèrent à l'arrière de la maison. Au loin, un chien jappait comme il devait le faire chaque nuit. Ils étaient trop loin de lui pour que ses aboiements s'adressent à ces visiteurs du soir d'un genre particulier. Philippe crocheta la serrure avec une sûreté de geste qui stupéfia Béatrice. Alors qu'ils se glissaient dans la maison, elle lui chuchota à l'oreille :

« On dirait que tu n'en es pas à ton premier coup d'essai. »

Il mit un doigt en travers de ses lèvres. Les faisceaux lumineux de leurs piles électriques ne dévoilaient que des boîtes en fer et des cartons, avec au milieu une grande table recouverte de glaces empilées et de baguettes de cadres. Sûrement l'atelier d'encadrement du vieux banquier. Posées au pied d'un mur, des lithographies attendaient – et elles allaient sans doute attendre encore longtemps – qu'un maître vînt les encadrer. Ils montèrent quelques marches qui ouvraient sur la pièce principale, la pièce de vie de la maison. Sans perdre de temps, ils se répartirent la fouille des meubles. Ils avaient revêtu des gants pour éviter de laisser des traces de doigts ce qui, en cas d'enquête, pourrait être du plus mauvais effet. Quelques assiettes furent ébréchées en vérifiant si un document n'avait pas été glissé au milieu d'une pile. Quand ils ouvraient un meuble, une odeur grisâtre de renfermé s'en dégageait et rendait désagréable son exploration. La grosse bibliothèque qui trônait sur le pan d'un mur fut vidée de tous ses livres. Il y avait là des romans – l'intégralité d'À *la recherche du temps perdu* (Giverny est-il si éloigné du Combray imaginaire ?) et quelques volumes de la Pléiade – mais le banquier, encadreur du dimanche, avait surtout réuni une bonne quarantaine de livres d'art. Tous les grands impressionnistes étaient là, rangés côte à côte derrière Claude Monet, omniprésent, qui, de ce fait, faisait figure de général en chef d'une armée n'ayant pour seule arme que son talent. Chaque livre fut soigneusement ouvert pour voir si le document qu'ils recherchaient n'y avait pas été glissé. Des documents, il y en avait beaucoup – des cartes postales, des lettres et même quelques pages de la Torah, déchirées du Livre pour servir de marque-pages –, mais nulle trace du pacte d'actionnaires.

Il ne restait plus que la chambre de Moïse à inspecter. Les meubles y furent fouillés avec le même soin, la même précision que les autres pièces et les deux cambrioleurs amateurs, un peu dépités, s'apprêtaient à quitter la maison quand Philippe s'accroupit sur le côté du grand lit à baldaquin, dirigea le faisceau de sa lampe sous le lit d'où il tira une grosse boîte en fer sculpté protégée par un cadenas. Celui-ci était solide et impossible à ouvrir ou à décrocher de la boîte à la seule force des mains. Philippe avait repéré dans la première pièce une grosse pince monseigneur. Ils retournèrent dans l'atelier d'encadrement.

L'ouverture du cadenas prit du temps. L'anneau n'était pas en acier trempé, mais l'armature était solide et la pince plus adaptée aux bricolages d'un vieux banquier qu'au sectionnement d'une tige en métal dur protégeant un trésor.

Le cadenas dégagé, ils ouvrirent la boîte. À l'intérieur, il y avait des papiers et encore des papiers, des coupures de journaux glorifiant le rôle de la banque Pérignon en plusieurs circonstances (ils étaient trop impatients pour s'arrêter à ces lectures) et même la médaille d'officier de la Légion d'honneur d'Alexandre Cardi-Tabuschi, le grand-père d'Eugène, accompagnée d'une carte du ministre des Finances de l'époque, Maurice Rouvier. Un vrai bric-à-brac au fond duquel une enveloppe kraft ne pouvait pas échapper à l'attention de Béatrice. Au gros crayon rouge, une mention y était portée : « Pacte d'actionnaires ». Ils se regardèrent avec la même flamme dans les yeux, celle qu'on lit chez ceux qui ressentent le vertige d'une victoire annoncée. Béatrice prit nerveusement le document qui était à l'intérieur. C'était un manuscrit de deux pages intitulé « Pacte d'actionnaires établi entre mon fils Eugène et ma fille Roselyne à l'occasion de la dévolution de mon patrimoine ». En bas du deuxième feuillet, une date : 23 novembre 1945 et à côté, trois signatures.

Philippe et Béatrice se jetèrent dans les bras l'un de l'autre dans la pénombre de l'atelier.

Chapitre 33

« Maintenant, il est temps de partir. Nous lirons le document dans la voiture. »

Ils filèrent rapidement hors de la maison. Au loin, le cerbère continuait à hurler à la mort, gâchant sans doute le sommeil de nombreux Givernois. La voiture quitta le chemin Blanche-Hoschede, le plus discrètement possible.

Ce n'est que dans l'appartement de la rue Geoffroy Saint-Hilaire qu'ils prirent connaissance du document. Après quelques articles sans grand intérêt qui expliquaient pourquoi ce pacte avait été rédigé, ils s'arrêtèrent sur l'article 7. Et ils lurent : « Il est interdit à l'une des parties de céder sa participation à un tiers sans l'accord préalable, formel et confirmé par écrit de l'autre partie. Sans cet accord, la vente sera considérée comme nulle et non avenue. » Ils parcoururent le document jusqu'à son terme. Aucun autre article ne venait tempérer cette interdiction. Leurs visages rayonnaient de joie. Philippe apporta une précision :

« On est là dans un verrouillage en règle. Une ouverture aurait pu être faite, donnant par exemple le droit de vendre avec priorité accordée à l'autre partie pour autant qu'elle propose un prix comparable à celui du tiers. Ton beau-père a voulu fermer la porte à toute intrusion qui n'aurait pas eu l'agrément de ton mari et aujourd'hui le tien. »

En l'écoutant, un pli de souci traversa le front de Béatrice, comme si un palimpseste de sa mémoire la troublait.

« Ce document a été signé entre les deux enfants et mon beau-père. Deux des signataires sont aujourd'hui décédés. A-t-il toujours la même valeur ?

— Oui, même s'il a signé le document, ton beau-père n'était là qu'en rédacteur du pacte et en garant de sa bonne application. L'acte concerne deux actionnaires dont une est encore en vie et l'autre – ton mari – t'a cédé par testament, non seulement ses biens, mais encore tous ses droits. Ta belle-sœur en te le dérobant nuitamment pour faire disparaître un pacte qui la gênait savait bien ce qu'elle faisait. Il faut maintenant mettre ces deux feuillets en sécurité. Nous avons bien travaillé ce soir, il est peut-être temps maintenant d'aller dormir. »

Il prit Béatrice par le cou et l'embrassa. Elle avait déjà la bouche ouverte.

Chapitre 34

L'accélération des évènements, la précipitation même qu'ils avaient entraînée dans la vie de Béatrice, l'enchaînement des péripéties et des coups du sort, ont fait passer au second plan de cette histoire, ce qui sans doute aurait mérité d'être introduit depuis longtemps par une sirupeuse musique de nuit, au moyen d'une clarinette fictive !

Leurs cœurs étaient probablement prêts depuis longtemps à se rejoindre ; Béatrice et Philippe avaient décidé de vivre ensemble.

Dans le couple Philippe-Anne, rien n'allait plus. Il sentit que le moment était maintenant venu de rompre ce fil si écharpé qu'il ne pouvait plus rien accrocher. Leur histoire entamée une trentaine d'années plus tôt à Bordeaux était parvenue à son terme. Ils n'y pouvaient plus rien ni l'un ni l'autre ; les cœurs s'étaient trop asséchés au fil de soirées sans un mot, de désirs évanouis, de plaisirs sans envie ni partage. Les enfants étaient maintenant partis, absorbés dans de douillettes occupations familiales et professionnelles, bref rien ne justifiait plus ce simulacre de vie qui n'était que souffrance. Aucun souffle ne pouvait rallumer le feu. Après une soirée plus orageuse que les autres, Philippe, un beau matin, avait préféré faire sa valise et quitter le bel appartement de la rue Guynemer. Ils n'avaient jamais vraiment évoqué cette possibilité, mais Béatrice n'avait fait aucune difficulté pour l'accueillir.

Ils avaient maintenant l'un et l'autre passé la cinquantaine ; c'était un âge où ils pouvaient encore faire des projets et surtout les réaliser. Béatrice était rassurée par la présence à ses côtés d'un homme qu'elle connaissait bien et depuis longtemps. Sa place à la direction de la banque Dumaine, il l'avait gagnée par son talent – dont il ne se gaussait pas – et sans doute aussi par quelques coups fumeux et moins glorieux sans lesquels on ne peut prétendre réaliser son destin. Ce fut sa voie royale à lui pour devenir le directeur de cette petite banque patrimoniale, vraie Lilliput au pays de Gulliver.

Elle n'aurait pas recherché un homme si la présence de Philippe ne s'était pas imposée à elle ; il était la seule personne à qui elle avait pu faire confiance dans un monde qui se dérobait sous ses pieds. Elle avait apprécié de le retrouver sans que la vie ait trop buriné son personnage depuis le cours de l'Argonne. Toujours la même bonhomie souriante face aux situations compliquées, les mêmes traits d'esprit pour détendre une situation. Elle avait surtout apprécié la vigueur avec laquelle il s'était emparé de ses problèmes comme s'ils étaient siens, comme s'il avait engagé un combat personnel contre l'adversité qui s'acharnait sur elle.

Ils ne pouvaient l'un comme l'autre échapper à la même question, à laquelle ils ne répondraient jamais : comment auraient été leurs vies s'ils avaient engagé l'union de leurs cœurs dès leur vingtième année au lieu de la cinquantième ? La question les amusa un temps, mais bien vite les réalités du moment s'imposèrent et cette vie en pointillé, où seule l'imagination avait sa place, s'effaça. La question n'avait tout simplement aucun sens.

Eugène était mort depuis huit mois et le fameux délai de viduité qu'elle préférait appeler « délai de décence à respecter », plus à ses propres yeux d'ailleurs qu'à ceux des autres, lui semblait terminé. Elle retrouvait auprès de Philippe ses émois de jeune fille, d'abord à l'âge des courtisaneries de boutonneux, puis à celui de la séduction, quand Eugène avait entrepris son siège. Elle aimait ces moments où Philippe la courtisait. Bien sûr qu'elle lui avait épargné beaucoup de ces stations que le jeune amoureux doit franchir pour conquérir sa belle, mais il avait compris qu'elle avait besoin qu'il la séduisît par des marques qu'un quinquagénaire devait imaginer, et là, il n'était pas plus malin que l'aurait été son fils… Quand Béatrice se regardait dans son miroir, les quelques fils blancs qui se dispersaient çà et là et se fondaient dans le roux doré de sa chevelure étaient un signe qui la rassurait, car ils lui évitaient, se plaisait-elle à penser, de chavirer comme une midinette.

Un peu plus de deux mois plus tard – Georges Pompidou était maintenant à l'Élysée – une lettre recommandée lui fut apportée par Mme Globeux. Elle émanait d'un cabinet d'avocats new-yorkais. Rédigée en anglais, elle en comprit vite la teneur et surtout le sens d'une phrase écrite en gras au milieu de la lettre : *We are mandated to sell the stake of Mrs Roselyne Lignères de Puychardon in the capital of your bank. An agreement was found with the Swedish Silk bank. You will kindly send us the movement orders to regularize the operation. (Nous sommes mandatés pour vendre la participation de madame Lignères de Puychardon au capital de votre banque. Un accord a été trouvé avec la banque suédoise Silk. Nous vous serons reconnaissants de bien nous transmettre les ordres de mouvement afin de régulariser l'opération.)*

Le soir même, Béatrice avait déposé la lettre sur la table du salon de l'appartement. Elle était frappée sur un beau papier à gros grammage avec, imprimé en lettres gothiques, le nom du cabinet d'avocats *Ellis & Elliott, 402 Lexington Ave, New York, NY 10022.* Enfoncée dans sa bergère, elle était songeuse. Un nouveau conflit avec Mme de Puychardon se profilait mais cette fois-ci, loin de l'énerver, cette perspective la ravissait. Philippe, de son côté, le verre de Mac Callan près de lui, n'en finissait pas de relire la lettre.

« Je ne connais pas cette banque Silk. Elle ne fait pas partie des banques suédoises connues. C'est plus probablement un de ces fonds activistes qui pourrissent la vie des sociétés. Si c'est bien cela, c'est la première fois à ma connaissance qu'ils ciblent une banque. Leur seule finalité est la belle plus-value à la sortie, c'est-à-dire à la revente. Des tas de banques, françaises comme étrangères, pourraient être intéressées par une entrée à une hauteur significative au capital de Pérignon. Ce cabinet d'avocats est soit incompétent – ce dont je doute – soit gonflé en demandant les ordres de mouvement qui est la dernière opération avant l'échange des actions avant même d'avoir pris contact avec la présidente de la banque. Je crois lire dans leur jeu. Ta belle-sœur confie un mandat à ce cabinet d'avocats américain pour qu'il lui trouve un acheteur. Celui-ci, on sait maintenant qu'il s'agit de Silk, est sans doute déjà en contact avec une banque d'affaires concurrente de Pérignon qu'il aurait été imprudent de sortir de sa manche trop tôt, la ficelle aurait été trop grosse. Silk n'est qu'un leurre dans cette affaire. Dès qu'ils auraient acheté les titres de ta belle-sœur, ils se seraient empressés de les fourguer à la banque d'affaires. Sans le pacte d'actionnaires, tu étais piégée et te retrouvais avec tes propres concurrents au sein de ton capital et même de ton conseil d'administration. Situation ubuesque dont tu aurais eu du mal à sortir.

— Peu importe puisque ni les Suédois ni les Javanais n'entreront jamais chez Pérignon, dit Béatrice en brandissant le pacte d'actionnaires.

— Tu vas maintenant te fendre d'une belle lettre écrite évidemment en français, langue que la correction la plus élémentaire aurait dû les amener à utiliser en s'adressant à la présidente de la banque.

— Oui et je vais leur répondre que cette participation n'est pas à vendre. Tout simplement. Et puis j'attendrai tranquillement leur réaction… »

Le téléphone se mit à sonner.

« Qui peut bien appeler à cette heure ? » dit Béatrice en prenant le combiné.

Au bout du fil, elle reconnut aussitôt la voix d'une suavité de lotus de sa belle-sœur. Elle semblait paniquée.

Chapitre 34

« Je viens d'être prévenue par la gendarmerie de Giverny que la maison de mon père a été cambriolée. Un voisin s'est étonné que la porte de l'atelier soit entrouverte.

— Mon Dieu ! Des choses importantes ont-elles été dérobées ?

— Non, justement, et c'est ce qui intrigue la gendarmerie. Son coffre-fort n'a même pas été forcé. Il y avait pourtant des liasses de billets encore à l'intérieur. »

Béatrice n'en revenait pas. On était là bien loin de ce ton supérieur qu'elle semblait prendre plaisir à faire grincer face à elle. Sa voix était tranquille, d'une douceur de sirop, qu'elle n'avait entendu qu'une seule fois, le jour où elle était venue solliciter avec toute l'humilité dont elle était capable un poste de vice-présidente. Elle comprenait en l'écoutant qu'elle n'entendrait pas ce soir des mots de haine sortir de cette petite bouche pincée. Qu'attendait-elle donc ?

Philippe avait pris l'écouteur et avait le plus grand mal à éviter d'éclater de rire en entendant Mme de Puychardon raconter un cambriolage qui semblait être un acte purement gratuit, sans doute à mettre au compte de quelques maraudeurs qui avaient fait chou blanc. « Personne dans le quartier n'a rien entendu, rien remarqué » ajoutait-elle.

« Je suis en Suisse et n'ai pas l'intention de me rendre à Giverny. Je vous appelle pour savoir si vous ne pourriez aller à la gendarmerie de ce bled pour signer la plainte que je leur ai demandé d'enregistrer.

— Pas de problème. Vous pouvez compter sur moi. »

Le combiné raccroché, Philippe avait rengainé son fou rire ; son visage était parcouru d'une sorte d'intensité radieuse comme s'il était le spectateur d'une pièce ubuesque qui le ravissait.

« Alors ça ! Rencontrer des gendarmes pour porter plainte contre X en connaissant l'identité de ce X que personne n'a vu ni entendu, avoue que ce n'est pas banal. Cette affaire me rappelle un roman picaresque de Mateo Aleman que j'ai lu dans mes jeunes années et qui s'appelle *Guzman de Alfarache*. Le jeune Guzman avait été volé, avait porté plainte et alors qu'il était plaignant fut mené en prison. J'espère que pour nous, le dénouement sera plus heureux que pour ce pauvre jeune homme.

— Tu me fais peur avec ton histoire, lâcha-t-elle en souriant. J'appellerai la gendarmerie demain matin pour prendre rendez-vous.

— Je te conseille aussi de prendre un taxi pour aller là-bas. On ne sait jamais, notre voiture a peut-être été repérée. »

Chapitre 35

Le taxi l'avait déposée devant la gendarmerie. Elle avait demandé au chauffeur de l'attendre. Elle n'en avait sans doute pas pour très longtemps.

La gendarmerie était une petite brigade composée de deux pièces : le bureau de l'adjudant et la salle où deux gendarmes attendaient leur lot quotidien d'accidents, de cambriolages ou d'agressions, en faisant des mots croisés. L'un des deux lui demanda de s'asseoir devant son bureau où trônait une solide machine à écrire grise, dans laquelle deux feuilles étaient encore insérées avec, entre elles, un papier carbone bleu dont l'encre avait bavé sur une feuille. Sur sa veste réglementaire, il portait une petite plaque métallisée où l'on pouvait lire : brigadier Michel Vinet.

Il avait été prévenu que la propriétaire, une résidente suisse, ne pouvait se déplacer et avait demandé à sa belle-sœur de la remplacer. Pour en attester, elle montra sa carte d'identité. C'était bien elle, Béatrice Cardi-Tabuschi, demeurant au 24 rue Geoffroy Saint-Hilaire, Paris Ve, qui remplaçait Mme Roselyne Lignères de Puychardon, domiciliée à Neuchâtel (Suisse) au 14 rue des Terreaux. Tout était en ordre. Elle allait pouvoir signer le procès-verbal déjà rédigé que le brigadier Vinet retirait de la machine. Il tint quand même à ce qu'elle prenne connaissance de ce qu'il avait retranscrit avant de signer. Ce n'était pas tous les jours qu'il recevait une dame de Paris. Pendant qu'elle lisait, il faisait ses propres commentaires :

« Je me suis rendu sur place. Des cambriolages, il s'en commet beaucoup par ici, mais des comme çui-là, j'en avais jamais vu. Un coffre-fort était là, encore plein de sous, car nous on l'a ouvert quand même et ils n'y ont pas touché. On aurait dit qu'après la chambre du pépé, plus rien ne les avait intéressés. Le coffre était dans la pièce d'à côté. Vous comprenez cela, vous, madame ?

— C'est étrange en effet.

— Étrange. Et ça me complique mon enquête. Autant les bandes de voleurs de tableaux ou de grosses coupures, nous les connaissons, nous savons où ils crèchent et à qui ils recèlent les peintures, autant là je suis devant une énigme qui me dépasse. Dans toute cette histoire, le seul point qui m'intrigue c'est le cadenas. Ils ont coupé la grosse tige en métal qui protégeait un coffret, mais comme nous ne savons pas ce qu'il y avait à l'intérieur, on ne peut parler de vol. Votre belle-sœur que nous avons interrogée au téléphone à ce sujet n'en savait rien. À croire qu'elle n'a jamais mis les pieds dans sa maison. Drôles de gens quand même que ces Suisses. »

Il regardait Béatrice de ses gros yeux tout pleins d'incompréhension. Pour un peu, son œil quand il tournait l'aurait rendu soupçonneux. Béatrice était mal à l'aise. Elle ne voulait pas jouer un jeu qui, à ses yeux, ridiculisait le malheureux brigadier. En le regardant, elle savait maintenant qu'à cette allure, l'énigme n'était pas près d'être résolue. L'homme pataugeait et il allait continuer à patauger jusqu'à ce que l'adjudant décide un beau jour d'éteindre l'enquête.

Et puis quel était le délit qui justifiait cette plainte ? Une porte fracturée, un domicile violé, un peu de vaisselle cassée, un cadenas forcé. C'était bien peu. Personne n'était en mesure de dire s'il y avait eu réellement cambriolage. La propriétaire ne daignait pas se déplacer de Suisse et la dame qui était là pour signer le PV n'était jamais venue dans cette maison depuis des lustres. Le gendarme Vinet avait même hésité à enregistrer la plainte, mais l'adjudant avait insisté, histoire de gonfler les statistiques et de récupérer cet homme supplémentaire qu'il réclamait depuis si longtemps.

Chapitre 35

Le brigadier s'était levé et tendait une main ferme à Béatrice.

« Madame, nous vous tiendrons au courant si nous trouvons quelque chose d'intéressant, mais ne vous faites pas trop d'illusions. Les hommes qui ont fait cela ne sont que de pauvres hères, des paumés de la société, des rebuts de l'humanité qui empoisonnent la vie de leurs concitoyens. Bon retour sur Paris. »

Sur ces fortes paroles, elle quitta la brigade pour monter dans le taxi qui attendait un peu plus loin.

Chapitre 36

Les jours passaient sans que ni la banque américaine ni la belle-sœur ne se manifestent après avoir reçu la lettre un peu sèche que Béatrice leur avait adressée.

Monsieur le Directeur,

J'ai reçu avec surprise votre courrier du 20 juin par lequel vous me faites part de la vente des actions de madame Lignères de Puychardon. Sachez que je n'ai nullement l'intention d'autoriser cette opération qui, en tout état de cause, devra recevoir mon autorisation préalable.

Veuillez croire à mes sentiments courroucés, mais néanmoins distingués.

Béatrice Cardi-Tabuschi.

Ils avaient dû se rendre compte que cette transaction ne pourrait se faire aussi facilement et que la présidente, si elle n'avait plus le pacte d'actionnaires en mains puisqu'il lui avait été dérobé, faisait comme si… Sa posture intransigeante n'était sans doute que du bluff. « À moins », se demanda la belle-sœur, le temps de la réflexion ayant activé ses neurones, « à moins donc que le fric-frac de Giverny ne soit peut-être pas si étranger que cela à la raideur de cette réponse ».

Mme de Puychardon tenta le tout pour le tout, le jour de la Saint-Jean. Il faisait un temps superbe sur Paris. Béatrice avait ouvert toute grande la fenêtre qui donnait sur le jardinet intérieur. L'air saturé d'odeur de soleil entrait par bouffées expirantes dans son bureau. Avec Philippe, ils avaient décidé d'aller fêter l'arrivée du beau solstice au Pré Catelan. Le coup de fil de la belle-sœur tomba en début d'après-midi et elle sollicitait un rendez-vous pour dix-sept heures. « Peut-être pourrions-nous dîner ensemble », avait-elle ajouté d'une voix trop suave pour être honnête. Béatrice n'avait nulle envie de sacrifier une soirée avec Philippe pour partager la table de sa belle-sœur. Elle refusa poliment en prétextant un important rendez-vous tard dans la journée.

Cette fois-ci, elle n'avait rien à préparer pour recevoir sa belle-sœur. Tous les éléments de la future discussion, elle les avait bien en tête. Le pacte avait été glissé dans une chemise et elle était prête à le brandir sous le nez de Mme de Puychardon. C'était sa botte de Nevers, son coup de Jarnac à elle. Qu'elle veuille vendre sa participation, pourquoi pas, après tout ? Écœurée par le lâchage de ceux sur qui elle comptait, ignorée dans la gouvernance de Pérignon, snobée par une belle-sœur qu'elle avait sous-estimée et qui ne lâchait rien, il y avait de quoi être découragée et vouloir quitter cette galère. Pourquoi ne pas vendre en effet, pensait Béatrice, mais à ceux qu'elle aurait elle-même choisis ? Une idée commençait à germer dans sa tête.

Mme Globeux annonça sa visiteuse. Il était dix-sept heures pétantes.

Roselyne de Puychardon commença par remercier sa belle-sœur de s'être déplacée à Giverny pour signer le procès-verbal. Béatrice répondit par un petit signe qui pouvait vouloir dire « je vous en prie. C'était bien naturel ». Elle comprit vite que la dague allait ce soir rester dans son fourreau. Mme Lignères de Puychardon était venue pour rendre les armes.

« *Ellis et Elliott* m'a communiqué votre réponse. Je ne peux donc vendre ma participation sans votre accord. Je m'y plie. Qu'il y ait eu ou pas un acte juridique pour contracter cela m'importe peu. La stabilité de Pérignon et sa prospérité à venir exigent que vous ayez les coudées franches au niveau du capital. Je ne veux plus vivre avec vous les mêmes affres que celles vécues quand mon frère était président, celles de la grosse actionnaire qu'on ignore superbement. Pour qualifier cette situation, mon père avait une formule – "petit minoritaire, petit con, gros minoritaire, gros con". J'ai retenu la leçon puisqu'elle s'applique à moi. Je ne peux plus la supporter. Ce rôle ne me convient plus. Je veux vendre ma participation et je veux que vous m'y aidiez.

— J'apprécie vos paroles. Je suis prête à vous aider, mais il faut me laisser un peu de temps.

— Le temps, je l'ai. Je compte sur vous. »

L'entretien avait duré cinq petites minutes. Mme Globeux fut surprise de voir sortir Mme de Puychardon si vite du bureau de la présidente. Son visage était calme.

Avant d'aller rejoindre Philippe pour le dîner d'amoureux qu'il lui avait promis, elle réunit toute la documentation qu'elle avait sous la main sur Montebanca, des rapports d'assemblée générale, des articles à la louange de Sciglia, des plaquettes de présentation, des feuilles et des feuilles sur les dernières grosses opérations réalisées… Une idée lui était venue. Il fallait qu'elle en parle à Philippe.

Elle le rejoignit à ses bureaux dans un immeuble qui marquait l'angle de la rue de Prony et de l'avenue de Wagram. Dans les rues, elle sentait une atmosphère joyeuse qu'elle mit sur le compte de l'entrée dans la belle saison, du soleil qui commençait à disparaître derrière les grands arbres du parc Monceau, des vacances qui n'étaient plus qu'à une poignée de jours. C'était la première vraie soirée d'été. Les terrasses des cafés étaient bondées ; sur les trottoirs en cette fin de journée, un flot ondulait dans la poussière. Il lui sembla que depuis la veille, les jupes avaient raccourci d'un bon centimètre et toutes, découvraient des galbes qui ne demandaient maintenant qu'à bronzer.

Dans la voiture qui les conduisait au restaurant de la Cascade, au Bois, elle lui raconta l'étonnante visite de sa belle-sœur.

Chapitre 36

« L'âme humaine est ainsi faite, philosopha Philippe. Elle a compris qu'elle se gâchait la vie avec ces querelles qui la minent. Elle va pouvoir se libérer de cette couche de vase qui gît au fond d'elle. Mais quelle solution trouver pour l'en libérer ? As-tu une idée ? À quel prix et à qui vendre ce gros paquet d'actions ? T'en a-t-elle parlé ? »

Autant de questions auxquelles elle n'avait pas encore de réponse à apporter, même si une idée continuait à lui trotter en tête. Elle comptait sur ce dîner en terrasse pour creuser avec Philippe la piste à laquelle elle avait spontanément pensé. Ne lui avait-il pas dit, le vieux renard, en la quittant après le repas au Monteverdi, ces quelques mots qu'elle avait encore à l'oreille : « Nous vous soutiendrons, madame. »

Quand Philippe la vit déposer sur la table le gros dossier qu'elle avait apporté, il ouvrit de grands yeux étonnés. Ils n'étaient pas là pour travailler ; elle avait besoin d'être calmée dans ses ardeurs. Sur toutes les tables, des bouchons sautaient, des verres s'entrechoquaient dans la bonne humeur. Autour d'eux, la terrasse était pleine. L'atmosphère baignait dans le calme, comme si une telle soirée devait se déguster en y mettant les formes appropriées, celles de l'élégance et de la retenue qui étouffait le bourdonnement des conversations.

« Ne brûle pas les étapes. Je t'ai invitée pour que nous passions une soirée agréable. Prenons d'abord l'apéritif.

— Comme tu veux, mais j'aimerais que, sans trop empiéter sur les délices de notre soirée, on prenne un peu de temps pour discuter de cette affaire. Le moment est venu de la solder. Pour ma plus grande quiétude et sans doute aussi pour la tienne. »

Un serveur arrivait et leur demanda s'ils voulaient prendre l'apéritif. Ils regardèrent machinalement autour d'eux. Béatrice choisit un Kir « à la mûre s'il vous plaît ». Philippe choisit un pastis.

« Un pastis ? C'est la première fois que je te vois prendre un pastis.

— Oui, mais aujourd'hui, c'est l'été, le jour du beau solstice. À chaque saison son apéritif, ça permet de varier les plaisirs. Donc, pour moi, l'été c'est le pastis, avec ses flots de soleil. À l'automne je quitte le *jaune*, comme on dit dans le Sud, et ne prends que du guignolet kirsch dans lequel je retrouve les rouges et les ors de la saison. En hiver, c'est le whisky qui m'aide à somnoler devant un bon feu de cheminée et au printemps, je reviens à la douceur avec le pineau des Charentes de mon enfance. Voilà… C'est ma ritournelle des apéros, une vieille habitude que m'a transmise mon grand-père. On ne s'habille pas de la même façon selon les saisons, les humeurs varient elles aussi avec le temps, la vie n'est plus la même aujourd'hui, premier jour de l'été, qu'elle l'était hier, dernier jour du printemps. Pourquoi donc les apéritifs échapperaient-ils à cette règle ? *Pourriez-vous mettre un glaçon dans mon verre, deux plutôt merci…* ? Mais bon, venez-en au sujet qui te préoccupe.

— Veux-tu voir les documents qui sont dans ce classeur ? Ils concernent Montebanca.

— Épargne-moi cela. Ce n'est pas un dîner de travail, mais de pure réflexion. Pourquoi les as-tu apportés ?

— Parce que je réfléchis, figure-toi, au cas où tu ne l'aurais pas remarqué. Les deux rencontres avec Sciglia, celle de Paris puis ma visite chez lui à Milan, m'ont beaucoup marquée. Sciglia, outre qu'il est grand banquier, est un homme qui m'inspire confiance.

— Oui sans doute, mais je ne vois pas le rapport avec la question de la vente des actions de ta belle-sœur. »

Béatrice marqua un temps d'arrêt, porta le verre de Kir à ses lèvres et en le reposant, dit d'une voix assurée :

« Je me demande si le moment n'est pas venu de vendre non seulement la participation de ma belle-sœur, mais la mienne aussi, c'est-à-dire de vendre Pérignon. Qui d'autre que Montebanca est en mesure de racheter la banque ? Ils ont l'argent – d'autres l'auraient aussi sans doute –, mais ils ont surtout la même conception de ce que Sciglia appelle *le travail de dentelle* du métier de banquier. Ce n'est qu'en vendant à Montebanca que j'aurais le sentiment de ne trahir ni Eugène ni ceux qui l'ont précédé.

— Tu plaisantes ?

— Je ne plaisanterais évidemment pas avec un sujet comme celui-ci. J'y réfléchis depuis plusieurs jours. C'est en revenant de Giverny dans le taxi que j'ai réalisé que cette vie dans laquelle m'a entraînée la mort de mon mari n'était pas faite pour moi. La présidence de Pérignon n'a, tu le sais bien, jamais été un objectif que j'ai recherché. D'autres se couleraient sans doute avec délices dans le beau fauteuil. C'est une obligation qui s'est imposée à moi brutalement, mais que je ne veux pas poursuivre encore longtemps. J'ai 52 ans, j'entame une nouvelle vie avec toi et de celle-ci, je veux profiter à fond. Je sais ce que vaut la banque, je sais que l'argent que je tirerai de sa vente peut me permettre de vivre sans souci jusqu'à la fin de mes jours. Et puis, je n'ai pas d'enfants, pas de descendance, donc il vaut mieux que j'assure ma succession à la tête de la banque avant que la faucheuse ne me fasse signe de passer la voir. »

Elle n'avait pas vu le garçon qui patientait derrière elle en attendant qu'elle ait fini de parler. Ils firent le choix d'un homard pour deux, arrosé d'un montrachet. Béatrice avait envie de parler. Les mots se bousculaient tant ils avaient du mal à suivre le rythme des idées.

« J'ai même déjà réfléchi à la suite, je veux dire après avoir vendu mes actions. Mener la vie d'une bourgeoise du Vᵉ arrondissement – même si le Vᵉ n'est pas l'arrondissement le plus bourgeois de Paris – en regardant passer les joggers tourner autour du Jardin des Plantes et en gobant mes œufs à la coque, très peu pour moi de cette vie-là *ad aeternam*.

— À quoi donc as-tu pensé ?

— Je vais racheter l'ancienne propriété de mes parents en Armagnac. J'ai appris que le nouveau propriétaire est en difficulté après avoir commis de grosses erreurs de gestion. Il a des stocks énormes qu'il ne sait comment écouler. Le rôle qui devait être le mien après mes études d'œnologie, personne ne l'a jamais rempli. Pas une bouteille n'a jamais traversé l'Atlantique. La vente de mes actions me permettrait d'acheter tous les vignobles, d'Eauze à Marciac. Je me contenterai du domaine de Capestan.

— Rien que ça. Et toutes ces idées te sont venues à l'esprit dans le taxi de Giverny ? Et moi dans cette affaire, je deviens quoi ?

— Toi, mais tu suis évidemment. À toi de voir si tu veux que nous écrivions cette histoire ensemble ou si je la mène en solo. Le choix vous appartient monseigneur. Rester à Paris et diriger votre banque encore quelques années ou devenir propriétaire-récoltant-vigneron en Armagnac. Inutile de te dire où va ma préférence ! Nous mènerons à Eauze une vie de producteurs d'alcool tout en gardant l'appartement à Paris. En trois quarts d'heure, on est à Toulouse et de là, hop l'avion pour Paris-Orly. La gestion, les finances ce sera pour toi, les marchés à l'export pour moi. Tu vois tout est déjà prêt dans ma tête.

— Mais c'est d'un vrai bouleversement de nos vies dont tu me parles là. Choisir ainsi une nouvelle vie entre le homard et les mille-feuilles est pour moi un peu rapide. Je crois que le plus sage est que nous savourions d'abord pleinement cette soirée… Le reste attendra un peu. »

Le serveur apportait déjà les desserts. Il revint avec deux petites coupes de champagne et renouvela la bougie qui vacillait dans son globe de verre vénitien.

Chapitre 37

Le lendemain, Philippe prit une décision qui surprit Béatrice : il se retira quelques jours dans une pension de famille, rue du Bourg Tibourg derrière l'Hôtel de Ville comme s'il s'engageait dans une retraite spirituelle aux Prémontrés. Il avait besoin d'un temps de méditation ; tout allait si vite qu'il voulait prendre le temps, un peu de temps volé à Béatrice, pour songer dans la solitude à ce que les caprices du destin lui offraient. Comme Oreste, il aurait pu soupirer le soir dans sa chambre : « Je me livre en aveugle au destin qui m'entraîne. »

Il voulait simplement méditer sur le sens de cette nouvelle vie, l'imaginer, la sentir, comme déjà pour en jouir. Ce n'était pas un petit souffle de sirocco qui le caressait, mais le coup de tonnerre magnifique du Destin auquel il ne pouvait pas échapper et qui ébranlait toutes ses certitudes, tous les projets qu'il avait commencé à échafauder en pointillé pour ses dernières années à la banque Dumaine.

Cette vie nouvelle qu'il dessinait dans sa tête le tentait et l'effrayait tout à la fois : elle tranchait tellement avec celle qu'il avait menée depuis vingt ans, chez lui comme un fantôme puis dans ce IIe arrondissement à deux pas du palais Brongniart dont il grimpait lestement les marches chaque jour, la cote Desfossés sous le bras, avant de déjeuner « Au Rosbif », son rond de serviette déjà en place sur la table derrière le comptoir.

Son ignorance des techniques qui permettaient à Capestan de transformer le vin en un alcool réputé pour être un des plus fameux d'Armagnac l'avait bien inquiété, mais Béatrice l'avait rassuré en lui parlant du maître de chais, le même que son père avait engagé trente ans plus tôt. L'homme était un taiseux, mais un grand professionnel de la distillation des vins blancs de chaudière et du vieillissement silencieux des alcools en fûts de chêne.

Il s'était accordé un délai de deux semaines, pas un jour de plus, qu'il passa dans sa chambre, réfléchissant sur son lit les bras croisés derrière la tête ou griffonnant des bouts de papier. Deux fois par jour, il partageait la table d'hôte de la pension sans échanger un mot avec un groupe interlope de passage à Paris.

Cette vie nouvelle que Béatrice lui offrait loin de Paris dans cet Armagnac qu'il ne connaissait pas ne pouvait s'envisager que s'il coupait les amarres qui le rattachaient à sa banque, cette banque qu'il avait sortie du pétrin dans lequel elle était engluée quand il l'avait prise en mains vingt ans plus tôt. Partir, n'était-ce pas une forme d'abandon ? Il voulait faire les choses proprement et ne pas apparaître comme un général abandonnant ses troupes au milieu de la bataille. Il savait bien que ces batailles-là ne sont jamais terminées. Donc lui ou un autre pour les mener.

Ses hésitations n'étaient qu'un rideau de fumée cachant une scène déjà écrite. C'était comme s'il voulait garder en lui, l'illusion qu'il avait encore le pouvoir de choisir. Il lui arrivait de partir s'enfoncer dans la ville, de s'asseoir sur un banc dans un jardin public au bout de la rue du Bac, de visiter Le Louvre, de prendre un pot au pied de La Tour d'Argent dans un misérable caboulot qui semblait avoir honte de partager dans l'ombre un peu de l'espace de son glorieux voisin.

Et puis en cette fin de journée, l'horizon s'éclaircit, sa décision était prise, il y voyait plus clair et se projetait dans cette nouvelle vie que Béatrice lui servait sur plateau.

Quand il lui annonça sa décision, le visage de Béatrice s'illumina. Ces deux semaines de séparation avaient instillé un petit doute dans son esprit. « Et s'il préférait continuer à mener sa vie de banquier à celle que je lui propose ? »

« Banco ! » s'était-il contenté de lui dire. « Pendant que tu vas négocier ton opération, j'ai des tas de choses à régler de mon côté. On ne quitte pas aussi facilement une banque où on a passé vingt-cinq ans de sa vie. Cette banque était ma vieille maîtresse. Il me fut plus facile de quitter ma femme que ma banque. » Il vit au froncement de sourcils de Béatrice qu'elle n'appréciait que modérément cette comparaison.

« Il faut que j'annonce ma décision à mon président, Môsieur de Valmoison. Pour le rassurer, il faudra que je lui présente celui que j'ai choisi comme successeur. Et puis j'ai encore quelques dossiers à terminer, de vieux clients à visiter, d'autres à inviter à déjeuner, négocier mes conditions de départ, vendre probablement aussi mes actions de la banque. Bref, avant d'enfiler mon nouveau costume, il faut que je me dépouille, pièce par pièce, de ma vieille défroque. »

Le président fut surpris de ce départ qui n'avait été précédé d'aucun de ces méchants signes annonciateurs d'une mauvaise nouvelle. Cardinet, si ordonné dans son travail, si rangé dans son attitude ne l'avait jamais habitué à de telles surprises. Il cherchait à comprendre ce qui avait pu amener son directeur général à prendre cette décision : un problème de rémunération ? Une proposition d'un établissement concurrent ? Une grosse querelle avec ses collaborateurs ? Quand Philippe lui expliqua qu'il allait tout simplement s'occuper d'un domaine viticole en Armagnac, Valmoison tomba des nues. Quitter la banque, s'éloigner de Paris pour partir dans cette lointaine région d'Occitanie qu'il voyait de loin et jaugeait de haut ! Quelle idée farfelue alors qu'il jouissait à la banque Dumaine d'une situation de grand confort qui allait le conduire jusqu'à la retraite ! Valmoison n'en revenait pas et marmonna des paroles sympathiques qui voulaient sans doute dire quelque chose comme « mon pauvre ami, que faites-vous là ? » Philippe en profita pour l'inviter au domaine de Capestan si d'aventure ses pas – ou plus probablement son chauffeur au volant de sa Rolls – le conduisaient dans la région. Mais bon, si tel était son choix… Il voulait maintenant rencontrer très vite le jeune Mézerac qu'il ne connaissait pas ; Philippe lui en avait parlé en se portant garant de ses belles qualités.

Les conditions du départ furent celles prévues dans son contrat de directeur général : deux années de salaire ni plus ni moins avec interdiction d'exercer à vie la même profession. Cette dernière clause le fit sourire.

Il lui restait maintenant à rencontrer ses vieux clients, ceux qui aimaient la façon dont la banque Dumaine gérait leurs économies en traquant les pépites de la cote Desfossés, en dénichant un bien immobilier d'exception, en anticipant avec une grande sûreté de jugement les renversements des cycles économiques, bref en leur permettant de dormir sur leurs deux oreilles sans craindre de voir leur pactole partir en fumée.

Sa grande affaire avait été de promouvoir et nommer à la direction le jeune Mézac, en qui il avait détecté de la bonne graine de banquier patrimonial et qui faisait des merveilles à la tête du *family office*. Il était conscient que cette annonce allait faire sortir du bois les mécontents et les jaloux, mais il savait aussi qu'il prenait la bonne décision en le proposant à son président pour lui succéder.

Il annonça la nomination de son jeune dauphin lors de son pot d'adieu. Il avait demandé à Béatrice de venir partager ce moment avec lui. Beaucoup connaissaient son visage pour l'avoir découvert dans les pages des magazines. Elle se tenait discrètement dans un coin de la salle, mais c'est vers elle que les regards convergeaient. Quand vint le moment de partager le verre de l'amitié, elle s'avança, souriante, et trinqua avec ceux qui se trouvaient autour d'elle. Lorsque Philippe arriva, il déposa sur ses lèvres un baiser. Ceux qui ne savaient pas avaient compris. Ce qu'il n'aurait jamais osé jusque-là, rien ne pouvait maintenant lui interdire de le faire.

Chapitre 37

Il fut bref dans son discours. Il ne voulait pas s'épancher sur les belles années passées dans cette banque et verser dans la nostalgie, mais il voyait autour de lui des visages tristes. À quoi allait maintenant ressembler la banque après le départ de son directeur qui l'avait sortie de la sale ornière où elle s'était embourbée avant d'en faire une petite banque prospère. Il expliqua à la vingtaine de collaborateurs qui se pressaient autour de lui qu'après vingt-cinq ans de présence à la banque Dumaine, dont douze comme directeur général, il était temps pour lui d'envisager une autre carrière. Et ajouta-t-il pour conclure : « et de construire une nouvelle vie ».

Chapitre 38

Les négociations furent rondement menées. Chacun avait envie de conclure. Béatrice avait pris soin d'associer Roselyne de Puychardon aux discussions pour éviter une ultime déconvenue. Bien lui en prit. Sa belle-sœur fut une alliée parfaite, défendant leurs positions communes avec une férocité dont Béatrice n'aurait pas été capable. La signature eut lieu à Milan dans la belle salle de réception de Montebanca décorée pour l'occasion aux couleurs françaises. Sciglia sanglé dans son costume trois-pièces qui enserrait sa petite taille était d'humeur badine. Avant les toasts portés à la gloire du nouvel ensemble, il prit Béatrice à part.

« Vous vous souvenez de notre discussion le jour où vous êtes venue me voir. Je vous avais parlé de la trilogie des banques, de cette nécessaire trilogie si nous voulons survivre. Avec cette opération, nous pourrions n'être que deux si je commettais la maladresse de vous absorber comme le boa qui avale la biche. Je n'en ferai rien. Je veux que la biche continue à vivre sa vie. Pérignon conservera donc son indépendance même si nous en sommes aujourd'hui les seuls propriétaires. Il nous faut à Paris un partenaire solide. J'avais pensé nommer Gian Luigi Fendi patron de Pérignon et puis à la réflexion, je me suis dit que ce serait une erreur. C'est un Français qui doit occuper ce poste et le mieux est que ce soit un homme de la banque. Ce sera donc M. Hautefort qui a l'étoffe d'un vrai banquier d'affaires et dont je sais qu'il a la confiance de l'Élysée, patronage toujours important dans votre pays. Par prudence, j'ai voulu tester la réaction de M. Malleville. Pourvu qu'il ait, chéquier ouvert, toute latitude afin de mener à travers le monde son travail pour dénicher les deals – le reste lui importait peu. Je l'ai rassuré sur ce point. »

L'ambassadeur s'était déplacé de Rome et avait retrouvé son collègue Lombard qu'il avait connu au quai d'Orsay alors qu'il était jeune diplomate, et Lombard déjà ambassadeur de France.

Le lendemain, l'annonce officielle fut faite au personnel de la banque. Fendi siégeait à la droite de Béatrice et apporta au personnel les plus fermes assurances : Pérignon conserverait non seulement son nom, mais son identité qui en faisait une banque irremplaçable pour le gotha des affaires. Puis il appela Hautefort qui, perché sur ses talonnettes, piaffait de monter sur l'estrade. Béatrice était à ses côtés et c'est elle qui annonça qu'il lui succédait à la présidence. Le personnel était rassuré : Pérignon était entre de bonnes mains.

Béatrice avait été la dernière des Cardi-Tabuschi. Un siècle d'une domination familiale sans beaucoup de partages qui avait fait de Pérignon la pépite des banques d'affaires françaises. Un groupe de femmes s'approcha d'elle et lui remit un bouquet, un simple bouquet de primevères là où on aurait pu attendre une énorme gerbe, mais ces primevères étaient tout un symbole. Elles avaient joint une petite carte sur laquelle l'une d'elles avait écrit : *la primevère symbolise l'amour naissant et rempli d'une énergie juvénile, la pureté de l'amour que l'on idéalise.* Toute la banque savait que Béatrice Cardi-Tabuschi et Philippe Cardinet allaient se marier puis partir loin dans le Sud-Ouest pour entamer une nouvelle vie.

Son dernier tour de l'immeuble fut pour se rendre dans la salle du conseil d'administration. Elle fut surprise de voir son buste déjà dans sa niche à côté des grands anciens.

Elle avait été la cinquième présidente de la banque Pérignon.

Dépôt légal : premier trimestre 2020
Numéro d'édition : 82372
Imprimé en France par SEPEC Numérique
Préparation : Vincent Achour
Relecture : Catherine Dalnoky
Couverture : Léa Lavarde
Mise en pages : Léa Lavarde